Carsten Sebastian Henn
Der letzte Champagner

W0324219

PIPER

Zu diesem Buch

Die wichtigsten Champagnerwinzer hat es zu einer historischen Weinprobe an die beschauliche Lahn verschlagen, doch der Abend endet blutig. Ghislain de Montgolfier wird der Kopf abgeschlagen. Und zwar genau auf die Art, wie man eine Champagnerflasche köpft. Professor Adalbert Bietigheim, Deutschlands einziger Inhaber eines Lehrstuhls für Kulinaristik und Zeremonienmeister des Abends, sieht es als seine Pflicht, den Mord an seinem alten Freund aufzuklären. Seine Ermittlungen führen ihn in die wunderschöne Champagne mit ihrer prachtvollen Hauptstadt Reims. Sie führen tief in die kilometerlangen Kreidekeller der Champagnerhäuser und in die wechselvolle Historie der Gegend.

Carsten Sebastian Henn, geboren 1973 in Köln, arbeitet als Schriftsteller, Weinjournalist und Restaurantkritiker (unter anderem für die *Welt am Sonntag* und das Magazin *Der Feinschmecker*). Er ist Chefredakteur des *Vinum* WeinGuides sowie Autor diverser Sachbücher zum Thema Wein. Er studierte Weinbau in Australien und besitzt in St. Aldegund an der Mosel einen Steilstweinberg mit alten, wurzelechten Rieslingreben. Wenn er einmal nicht seiner Leidenschaft fürs Kochen nachgeht, ist er auf der Suche nach neuen Gaumenfreuden.

Carsten Sebastian Henn

Der letzte Champagner

Ein kulinarischer Krimi

PIPER

Mehr über unsere Autoren und Bücher:
www.piper.de

Von Carsten Sebastian Henn liegen im Piper Verlag vor:
Professor-Bietigheim-Krimis
Die letzte Reifung
Der letzte Aufguss
Die letzte Praline
Der letzte Whisky
Der letzte Champagner

Gran Reserva
Das Apfelblütenfest
Eine Prise Sterne

FSC
www.fsc.org
MIX
Papier aus verantwortungsvollen Quellen
FSC® C083411

Ungekürzte Taschenbuchausgabe
ISBN 978-3-492-31195-3
Dezember 2017
© Piper Verlag GmbH, München 2016,
erschienen im Verlagsprogramm Pendo
Umschlaggestaltung: U1 berlin/Patrizia Di Stefano
Umschlagabbildung: Oliver Wetter
Satz: seitenweise, Tübingen
Gesetzt aus der Scala
Druck und Bindung: CPI books GmbH, Leck
Printed in the EU

Für Vanessa, die Champagner so sehr liebt

*»Beim Bordeaux bedenkt, beim Burgunder bespricht,
beim Champagner begeht man Torheiten!«*
Jean Anthelme Brillat-Savarin

PROLOG

Die sanft geschwungenen Hügel der Champagne, der mineralische Duft des Windes, die Rebstöcke, wie sie bedächtig wachsen, all das fehlt hier. Zu all dem will ich. Doch nun muss ich die benötigten Utensilien penibel bereitlegen. Damit keiner sie findet. Bis ich sie brauche.

Heute ist der Abend, auf den ich so lange gewartet habe.

Vorfreude erfüllt mich, doch auch ein wenig Angst vor dem, was passieren wird. Ich habe geübt, doch lässt sich so etwas wirklich üben? Und durchplanen? All das, was man denken und fühlen wird?

Es ist kühl hier und modrig. Und still. Das beruhigt. Ja, die Dunkelheit beruhigt, die nur vom Strahl meiner Taschenlampe erhellt wird, durch den der Staub wie Schnee fällt.

Sanft lege ich den schweren Gegenstand ab, der in wenigen Stunden ein Leben beenden wird. Er wird den Endpunkt meines Plans bilden.

Dieser hat die letzten Monate bestimmt. Hat mein Leben bestimmt. Den Gegenstand zu sehen, in all seiner Schönheit, seiner Stringenz, seiner Endgültigkeit, hat oft zu einem Lächeln auf meinem Gesicht geführt. Weil nur ich wusste, dass die Zeit eines ganz bestimmten anderen Menschen abläuft. Jedes selbstverliebte Lächeln von ihm sein letztes sein könnte. Und seine Sicherheit nichts als eine Illusion war. Das Leben ist mir wie ein Pokerspiel vorgekommen, bei dem ich wusste, dass mein Blatt unschlagbar ist. Und mein Gegenspieler denkt, er hätte alles unter Kontrolle. Alles sei in Ordnung.

Dabei war nichts in Ordnung.

Für ihn.

Alles andere würde es bald wieder sein.

Endlich diese Last los sein.

Ich habe keine Angst vor Schuldgefühlen. Denn was passieren wird, ist richtig. Ist gerecht.

Was wird er wohl zum Schluss, im Angesicht des Todes sagen? Wird er Reue zeigen? Bitten, flehen, wimmern? Wird er weinen und heulen?

Das wäre eine Erlösung.

Obwohl ich nicht an Gott glaube, bekreuzige ich mich. Denn wenn es doch einen Gott gibt, dann vollbringe ich nun dessen Werk, dann wird er Verständnis dafür haben, dass hier in wenigen Stunden ein Menschenleben genommen wird. Nein, das ist falsch. Es wird nicht genommen. Denn wer etwas nimmt, der hat später ja etwas. Doch das Leben wäre einfach fort. Ausgelöscht. Beendet. Wie ein Fernsehprogramm, und danach gab es nur noch unförmiges Rauschen.

Wo wird mein Hass hingehen? Wird er ausgelöscht mit dem letzten Atemzug meines Opfers?

Oder mit jedem blutigen Hieb etwas mehr schwinden?

Ich sauge die kühle Luft ein.

Es fällt mir schwer, zu warten.

Dabei ist es nun nicht mehr lang.

Doch diese letzten Stunden fühlen sich unerträglich an. Ich will nicht mehr warten. Ich will die Zeit zusammendrücken wie ein Akkordeon. Und ihn hier vor mir haben. Ausgeliefert.

Aber zuerst stehen noch die Henkersmahlzeit an und der Henkerstrunk. Ein viel zu guter.

Und doch ein ausgesprochen passender.

Das Schicksal kennt keine Ironie, sagt man. Es ist gleichgültig.

Trotzdem muss ich lachen. Niemand hört es, doch es

bricht und spiegelt sich an den Wänden, es klingt, als würde die ganze Welt mit mir lachen. Als lachten die Toten mit den Lebenden.

Meine Hand greift zu einer Flasche Champagner. Kein guter, doch kühl ist er und erzählt von der Heimat. Den sanft geschwungenen Hügeln der Champagne, dem mineralischen Duft des Windes, den Rebstöcken, wie sie wachsen.

Meine Fingerspitzen gleiten über das Etikett.

Tränen rinnen mir die Wangen hinab. Sie sind warm. Und voller Glück.

KAPITEL 1

Der Professor schießt in die Luft

An diesem wunderbaren Samstagabend im September wusste Professor Dr. Dr. Dr. h.c. Adalbert Bietigheim zwar, dass er bald einige der legendärsten Champagner aller Zeiten genießen würde, nicht jedoch, dass ein Mord passieren würde. Ein, um es kulinarisch auszudrücken, äußerst unappetitlicher noch dazu. Dabei gab es kaum etwas, das der Professor weniger mochte als Unappetitliches.

Noch jedoch war er fabelhafter Laune und richtete in der Sakristei der schmucken Kapelle am Schafsberg die ohnehin perfekt sitzende weiße Seidenfliege. Sein treuer Foxterrier Benno von Saber beobachtete ihn dabei interessiert – was an der knochenähnlichen Form des Kleidungsstückes liegen mochte.

»Es freut mich, dass du in ebenso gespannter Vorfreude bist wie ich«, sagte der Professor und tätschelte ihm den Kopf. Wofür er sich leicht hinunterbeugen musste. Benno ergriff die Chance und sprang mit geöffnetem Maul empor.

Er verfehlte die Fliege knapp.

»Ja, du Guter! Aber fürs Schmusen ist jetzt leider keine Zeit.«

Benno stieß ein hungriges Brummen aus, erntete dafür aber nur ein: »Du kleine Schmusebacke!«

Der Professor nahm die Liste der zu verkostenden Champagner zur Hand. Von einem Who-is-Who der Champagnerwelt zu sprechen, war eine Untertreibung, ja eine Beleidigung für die Tropfen. Ohne Frage würde hier im beschaulichen Limburg an der Lahn in wenigen Augenblicken die bemerkenswerteste Champagnerprobe des noch jungen Jahrtausends stattfinden. Unter anderem mit dem als besten Champagner aller Zeiten geltenden 1928er Krug. Adalbert durchfuhr ein Kribbeln, als er daran dachte, diesen endlich verkosten zu dürfen. Er hatte schon so viel über ihn gelesen, sogar selbst publiziert, und ihn doch nie probieren können. Doch es gab einen Champagner, der ihn sogar noch mehr erregte – was er sich aufgrund der ihm so wichtigen Contenance selbstverständlich nicht anmerken ließ. Es war der Heilige Gral der Champagner. Eine Flasche 1907er Piper-Heidsieck, die Ende des 20. Jahrhunderts aus einem Schiffswrack vor der finnischen Küste geborgen werden konnte. Genauer aus dem Schoner »Jönköping«, der von einem U-Boot der Deutschen Marine versenkt worden war. Die Flaschen an Bord waren für die russische Zarenfamilie bestimmt gewesen. Unter Wasser waren sie perfekt gelagert worden. Eine Viertelmillion US-Dollar war jede einzelne davon wert, welche die Spuren ihrer Zeit unter Wasser nur noch begehrenswerter erschienen ließen. Wegen dieser Flasche, die sich nun sicher im Keller der Kapelle befand, waren die Eintrittskarten zu dieser Probe so gesucht und so unfassbar teuer gewesen.

Champagner dagegen, die vor allem aufgrund ihrer luxuriösen Flaschen so wertvoll waren, wie die mit Weißgold ummantelte »White Gold Jeroboam« von Dom Pérignon oder die »Diamond Edition« von De Watère, hatten hier heute Abend nichts zu suchen. Es ging einzig und allein um exquisiten Geschmack.

Bietigheim räusperte sich und trat aus der Sakristei in das allein von gewaltigen Lüstern mit flackerndem Kerzenlicht erleuchtete gotische Kirchenschiff und ging schweigend und gemessenen Schrittes, wie ein Priester bei der Messe, Richtung Altarraum, wo mehrere schwarze Klimaschränke mit den exklusiven und perfekt temperierten

Bouteillen standen. Ein Raunen ging bei seinem Eintreten durch die Reihen und erstarb hin zu gespannter Stille. Kurz nickte der Professor in Richtung des Tisches mit den Weinjournalisten. Ob *Wine Advocate, Decanter, Wine Spectator, La Revue du vin de France* oder *Vinum* – alles, was Rang und Namen hatte, war anwesend. Deren Karten hatte eine Heilwasserquelle aus dem benachbarten Fachingen finanziert, die an diesem Abend unter Beweis stellen wollte, wie gut ihr Produkt zur edelsten Brause der Welt passte. Am Tisch daneben saß die Winzerelite der Champagne. Taittinger, Bollinger, Roederer, Ruinart, Mumm, Veuve Clicquot – alle hatten ihre Besitzer oder Geschäftsführer entsandt. Niemand fehlte. Der Professor begrüßte jeden davon per Handschlag und einen Mann ganz besonders herzlich, denn es war ein alter Freund. Der Professor reichte ihm beide Hände, Ghislain nahm sie und schloss ihn dann in die Arme. Als Bietigheim noch Student an der Sorbonne gewesen war, hatte Ghislain de Montgolfier ihn in den Champagnerkosmos mit seinen ganz eigenen Regeln eingeführt. Ein Ehrenmann der alten Schule in einer Welt des luxuriösen Scheins. Der hochgewachsene, elegante Mann mit den leicht gewellten weißen Haaren wünschte ihm kein Glück, denn er wusste wohl, dass Bietigheim dieses nicht brauchte.

»Gut, dass du hier bist. Ich wüsste sonst niemanden, der diesen Champagnern gerecht werden könnte.« Er beugte sich hinunter zu Benno. »Das gilt auch für dich, mein kleiner Freund. Die anderen haben sich gewundert, dass ein Hund dabei ist. Doch ich sagte ihnen, du seist nicht einfach irgendein Hund, du seist schließlich Benno von Saber, der kulinarisch geschulteste Foxterrier der Welt.«

Der Professor schritt, gefolgt von Benno, der seinen Kopf nun etwas höher zu tragen schien, zum Rednerpult, wo bereits ein Säbel für ihn bereitlag. Die erste Flasche des Abends würde er wie ein napoleonischer Kavallerieoffizier öffnen – mittels Sabrieren. Ein Champagner des Hauses Salon stand dafür bereit. Bietigheim umfuhr mit den Fingerspitzen die Flasche, um die Längsnaht zu finden, an der in der Glashütte zwei gläserne Flaschenhälften zueinandergefunden hatten. Denn dort, wo diese in den Wulst des Halses überging, musste der Hieb des Säbels enden. Adalbert stellte sich vor dem Pult in Positur, setzte den Säbel ohne Umschweife oberhalb des Etiketts an und ließ die Klinge in einer fließenden Bewegung am Glas entlang auf den Wulst zugleiten.

Er hatte dies schon etliche Male getan.

Er wusste, wie viel Druck nötig war, um möglichst wenig des kostbaren Schaumweins zu vergießen.

Doch jetzt war es plötzlich anders.

Wenn dieser Schlag misslang, würde er vor der versammelten Winzerelite der Champagne zum Gespött. Das wäre ein Fleck auf seinem Ansehen, den er nie wieder loswürde und der ihm weitere Besuche in diesem gesegneten Landstrich unmöglich machen würde. Nur ein perfekter Schlag brächte ihm Applaus ein.

Der Wulst erschien ihm auf einmal unzerstörbar breit und sein Säbel lächerlich leicht. Er sah die Bewegung des Säbels wie in Zeitlupe.

Adalbert erhöhte die Kraft. Setzte viel mehr ein als sonst.

Der Flaschenhals war auf den Gang gerichtet, der zwischen den langen Tischreihen mit den gestärkten weißen Decken verlief. Am Ende saß, oder besser thronte, der Gastgeber des Abends: Gottfried von Kramp, der all die unglaublichen Bouteillen gesammelt hatte. Ein zutiefst unangenehmer Mensch, fand Adalbert. Jeden der Anwesenden hatte von Kramp betteln lassen, ja flehen, um heute Abend genau hier auf dem Planeten Erde sein zu dürfen. Siebenunddreißig Personen und damit genau die Zahl seines Geburtsjahres. Diese siebenunddreißig würden die Kunde der Probe hinaus in die Welt tragen.

Bietigheim hatte selbstverständlich weder gebettelt noch gefleht.

Er hatte sich stattdessen bitten lassen, denn er wusste, dass niemand so viel über die Champagne wusste wie er. Stammten doch das Standardwerk *Die Geschichte des Champagners und der zweiten Gärung mit Inklusion von Cava, Sekt und Crémant. Unter bewusster Auslassung von Prosecco* wie auch das augenzwinkernde Essay *Champagner – Der Gottesbeweis in Bläschenform* von ihm. Bietigheim hatte zudem den Ausspruch »Das edelste aller Getränke für die edelsten aller Geister« geprägt, womit etliche Champagnerhäuser warben – was er sich in Naturalien bezahlen ließ. Er hatte Gottfried von Kramp, von dem zuvor nie jemand gehört hatte, da der Besitzer einer Glashütte im Stillen gesammelt hatte, die Türen geöffnet.

Der Hals der Flasche zielte nun genau auf von Kramps Stirn.

Und es war keine Zeit mehr, sie abzuwenden.

Die Klinge des Säbels traf den Wulst.

Ein entschlossener, kraftvoller Hieb.

Der Schlag glückte.

Der Hals brach ab.

Durch den Druck des austretenden Schaumweines schoss der Kopf der Champagnerflasche weit in den Raum hinein, vorbei an den Tischen der Staunenden, und näherte sich dem Kopf des Gastgebers mit großer Geschwindigkeit. Die 2,5 bar Druck hatten beim Start für stolze 40 km/h gesorgt. Er wurde zwar peu à peu langsamer, doch von Kramp nutzte die wenige Zeit nicht, um sich in Deckung zu bringen.

Die Blicke der Anwesenden folgten fasziniert dem pilzförmigen Geschoss.

Der Professor dachte darüber nach, einen warnenden Ruf auszustoßen, doch das hätte seinen Schlag sämtlicher Imposanz beraubt – und ihn vor allem als nicht geplant dargestellt. Deshalb ließ er selbst in diesem Moment Contenance walten. Da er genau am Beginn der Flugbahn stand, konnte er erkennen, dass der Flaschenhals – und damit Korken, das Muselet genannte Drahtgeflecht sowie Glas – von Kramp genau auf der Stirn treffen würde. Mittig zwischen die Augen.

Es würde tatsächlich eine legendäre Probe werden.

Der Flaschenhals erreichte den Tisch des Gastgebers.

Benno von Saber erreichte den Tisch des Gastgebers.

Benno von Sabers Pfoten katapultierten den Foxterrier in die Höhe.

Der Flaschenhals war nur noch wenige Zentimeter von der Stirn des Gastgebers entfernt.

Benno von Sabers Maul umschloss den Flaschenhals.

Der Foxterrier landete samt Geschoss auf dem gekachelten Boden.

Die Kapelle explodierte vor Applaus.

Der Professor wies auf seinen Hund und Retter. »Darf ich vorstellen: Benno von Saber!«

Stolz brachte Benno den Fang zurück. Doch als Bietigheim versuchte, ihm diesen aus dem Maul zu ziehen, ließ er nicht los. Da der Professor immer einige Leckerlis bei sich trug, konnte er jedoch einen Gefangenenaustausch arrangieren.

Stolz hob er den abgeschlagenen Flaschenhals empor. »In Frankreich ist es üblich, den abgeschlagenen Kopf und Korken mit dem Datum der Zeremonie zu beschriften und als Glücksbringer aufzubewahren.« Er holte den dafür vorgesehenen Füllfederhalter hervor. »Dieser ist für Gottfried von Kramp, der einen Ort für unsere Probe ausgewählt hat, der angemessener nicht sein könnte. Denn wir huldigen dem vielleicht göttlichsten aller Getränke: dem Champagner!« Er tat so, als wolle er den Korken zu von Kramp werfen, hielt dann jedoch schmunzelnd inne. »Ich fürchte, mein Hund würde ihn vor Ihnen haben!« Dafür erntete er ein Lachen im Kirchenschiff. Er goss den noch verbliebenen Salon-Champagner in die Gläser, die auf einem Silbertablett bereitstanden, und übergab es einem weiß behandschuhten Kellner, der sie an den Tisch des Gastgebers brachte. Weitere Kellner traten in die Kapelle mit Tabletts und gefüllten Gläsern, die sie an den Tischen servierten.

»Sehr verehrte Connaisseurs«, hob der Professor wieder an. »Wir haben uns hier versammelt, um gemeinsam Sterne zu trinken – wie der große Dom Pérignon den Genuss von Champagner einst so treffend beschrieb. Es sind die leuchtendsten Sterne, die in unserem Universum existieren. Wir feiern die heilige Dreieinigkeit der Champagne: Pinot Noir, Chardonnay und Meunier. Ja, Sie haben richtig vernommen, ich sage Meunier und nicht Pinot Meunier, denn neueste Untersuchungen zeigen, dass die in Deutschland auch als Müllerrebe bekannte Sorte nicht zur Burgunderfamilie gehört.«

Das Publikum am Anfang mit überraschendem Wissen zu beeindrucken, hatte sich bereits oftmals im Leben Bietigheims als geschickter Kniff erwiesen – der potenzielle Besserwisser verstummen ließ. Und potenzielle Besserwisser waren bei Weinproben stets zuhauf anwesend. »Zugelassen für Champagner sind ebenfalls Arbane, Petit Meslier, Pinot Gris Vrai und Pinot Blanc. Man findet sie kaum noch – dank Gottfried von Kramp werden wir aber auch ihnen heute Abend hier huldigen können. À votre santé!«

Der Professor hob das hauchdünne Glas an die Lippen. Der Stiel war lang, die Form schmal wie eine Flöte, und innen stiegen unaufhörlich feinste Perlen empor. Er ließ das kühle Elixier fließen. Die kleinen Bläschen zerplatzten wie Supernovae am Gaumen, und er schloss unwillkürlich die Augen, um auch ja keine zu verpassen. Was da in seinem Mund passierte, schien nicht von dieser Welt zu sein.

Als er die Augen wieder öffnete, waren die aller Anwesenden auf ihn gerichtet.

Er räusperte sich. Schließlich war Selbstvergessenheit so unakademisch.

»Den Moment auskosten, das lehrt uns der Champagner!«, versuchte er, die Situation zu retten. »Obwohl wir begierig auf die kommenden Genüsse sind, sollten wir uns die Zeit zum Genuss nehmen. Zeit ist das Stichwort, und Zeit ist das Thema heute. Wir reisen zurück in die Zeit und beginnen mit einem Jahrgang, den viele für den besten der letzten zwanzig, vielleicht sogar der letzten vierzig Jahre halten. Den 1996er! Aus diesem Jahr wird es nun einen raren Dom Pérignon Oenothèque geben.« Der Professor stockte, denn die folgenden Worte fielen ihm schwer. »Sehr gerne würde ich selbst Ihnen etwas über diesen Champagner vortragen, da ich mich intensiv mit seiner Geschichte auseinandergesetzt habe, doch unser Gastgeber bestand eindringlich darauf, diesen Wein selbst anzukündigen. Mein Anstand gebietet es deshalb, zurückzutreten und mein umfassendes Wissen zu diesem Thema für mich zu behalten.«

Von Kramp trat mit raumgreifenden Schritten auf die Bühne. Dies sollte, wie der Professor wusste, die Krönung seiner Laufbahn als Champagnersammler sein. Er hatte beschlossen, seine Schätze zu einem Zeitpunkt zu öffnen, da er noch im Vollbesitz seiner Kräfte war. Diese führten ihn nun an das Rednerpult.

Er griff sich das Mikrofon so fest, als wollte es fliehen.

»Nach dem Theoretiker spricht nun der Praktiker! Der Professor mag viel gelesen haben, doch ich habe mehr getrunken!«

Von Kramp erntete einige höfliche Lacher, Bietigheim hielt an sich und spürte, wie seine Hände sich zu Fäusten ballten.

»Am 27. September 1694 schrieb Dom Pérignon, seine Mission sei es, den besten Wein der Welt zu erzeugen. Und man kann sagen …«

»Es war der 29. September.«

Von Kramp hielt inne und blickte in das Kirchenschiff, suchte den Störenfried. Als er ihn nicht ausmachen konnte, grunzte er mürrisch und begann von vorn. »Am 27. September 1694 ...«

»Es war der 29. September. Wie ich schon sagte.«

Von Kramp blickte den Professor an, doch dieser bedeutete ihm, dass seine Lippen wie mit einem Reißverschluss zugezogen seien. Mit einem Kopfschütteln fuhr von Kramp deshalb fort: »Man kann sagen, es ist ihm und seinen Nachfolgern geglückt.« Er schaute zum Professor. »Das können Sie einem Mann wie mir glauben, der wohl mehr Perry-Jahrgänge getrunken hat als jeder andere hier.« Der Professor bedauerte nun, dass der Champagnerkorken sein Ziel eben nicht erreicht hatte. Es hätte ihm einiges erspart. Er war nicht bereit, milde zu lächeln, nur einen abfälligen Blick hatte er für von Kramp übrig.

»Heute ist Dom Pérignon in großen Jahren fraglos einer der besten Weine der Welt. Kein Wunder, dass James Bond im Film *Goldfinger* sagte: ›Man trinkt nie einen 53er Dom Pérignon, wenn er eine Temperatur über neun Grad hat. Das wäre genau so, als hörte man den Beatles ohne Ohrenschützer zu!‹«

»Über acht Grad«, war die störende Stimme wieder zu hören. Sie klang sonor und ungemein selbstsicher. Die Gäste im Kirchenschiff sahen sich um. Wie Metallspäne nach einem Magneten richteten sich die Köpfe zu einem massigen Mann, der ganz an der Seite saß, am schlechtesten Platz, direkt hinter der Theke. Er war dem Professor schon beim Eintreten aufgefallen, denn im Gegensatz zu den anderen trug er keinen Anzug. Stattdessen sah er aus wie ein Clochard. Angefangen bei den abgewetzten Sandalen, in denen nackte Füße steckten, über die dunkle Jogginghose, das ausgeleierte T-Shirt unter der unmodischen Strickjacke bis zum fusseligen Bart und den langen strähnigen Haaren hätte man sich keinen Menschen vorstellen können, der weniger hierher passte. Und doch musste er eine exorbitant teure Karte erworben haben.

»Nun tun Sie doch etwas!«, wandte sich von Kramp an den Professor. »Der Mann soll mich nicht stören.«

»Wenn Sie recht hätten, mein lieber von Kramp, würde ich Ihnen zustimmen!«

»Was soll das?«

»Wir alle sollten dem Herrn dort dankbar sein, dass er Sie so freundlich korrigiert hat.«

Von Kramp wandte sich an den Professor und senkte die Stimme. »Er hat gestört!«

»Im Dienste der Wahrheit!«

»Stimmen Sie mir also nicht zu?« Von Kramps buschige Augenbrauen zogen sich zusammen wie fette Raupen.

»O doch, wenn Sie meiner Meinung sind, stimme ich Ihnen gerne zu.«

Von Kramp nickte, die Antwort des Professors völlig missverstehend, und blickte dann strafend zu dem Unbekannten. »Entweder Sie lassen mich nun meinen Vortrag halten oder ich entferne Sie aus der Kirche! Ob Sie gezahlt haben oder nicht!« Ihm standen dicke Schweißperlen auf der Stirn. Als keine Widerworte erklangen, fuhr er fort: »Der erste Dom Pérignon kam 1936 auf den Markt – es war der Jahrgang 1921.« Nervös blickte er in Richtung des schlecht gekleideten Gastes, doch dieser schwieg.

»Dom Pérignon ist der einzige Champagner, der Trauben von allen siebzehn Grands Crus der Champagne vereint – wie auch vom legendären Hautvillers Premier Cru.« Wieder hielt von Kramp inne. Keine Widerworte. Er nickte zufrieden und wollte fortfahren, als der merkwürdige Gast erneut sprach.

»Das Haus Moët & Chandon hat Besitz in allen Grand-Cru-Lagen, verwendet aber nur die Trauben von acht

Grands Crus für den Dom Pérignon – vier mit Chardonnay und vier mit Pinot Noir bestockte. Und falls Sie das gleich auch noch falsch sagen: Pinot Meunier ist nie enthalten. Pardon, Professor, Meunier, danke für Ihren Hinweis!«

Bietigheim schloss den Unbekannten jetzt richtig ins Herz.

Von Kramp anscheinend weniger. »Raus!«, rief er und deutete mit dem Finger auf das Hauptportal der Kapelle.

Der Professor trat vor. »Sollen wir wirklich diesen klugen Mann entfernen lassen, der gerade eine beachtliche Anzahl falscher Informationen dankenswerterweise korrigiert hat? Sollen wir ihn nicht lieber bitten, seine Korrekturen aufzuschreiben, sodass ich sie überprüfen und am Ende Ihres Vortrages dann als Paket vortragen kann?«

»Mein Vortrag ist fertig«, erwiderte von Kramp knapp. »Zum Wohl!« Damit stürmte er aus dem Altarraum.

Bietigheim referierte noch einige Fakten zu Dom Pérignon, zu denen es, wie von ihm erwartet, keine Zwischenrufe gab, und öffnete dann die erste Flasche. Wie es sich gehörte, mit einem möglichst leisen Plopp, der den Champagner nicht irritierte. So als würde man ihn ganz sanft aus dem Schlaf wecken.

Adalbert erschnupperte und erschmeckte frisch gepflückten weißen Pfirsich, von Meisterhand kandierte Limonen, Pralinen mit weißer Schokolade und eine kecke Prise weißer Pfeffer. Er nahm einen großen Schluck, denn Champagner musste stets in solchen genossen werden.

Es wurden noch viele wundervolle Champagner an diesem denkwürdigen Abend verkostet. Und doch bescherte ihm keiner davon ein solches Glücksgefühl wie der 96er Dom Pérignon.

Oder besser: von Kramps Versagen, sich essenzielle Fakten zu merken, die jeder Drittklässler kennen musste.

Am Abend war der Professor noch traurig gewesen, dass er so viele grandiose Schlucke Champagner hatte ausspucken müssen, da er als Einziger einen klaren Kopf zu behalten hatte. Doch als er nun am Sonntagmorgen in die Kapelle am Schafsberg trat, wo das gemeinsame Champagnerfrühstück angesetzt war, erhellte sich seine Miene. Die Schwerkraft wirkte so mächtig auf die Köpfe der Anwesenden, dass sie es nur mühsam schafften, nicht auf die reich gefüllten Tischplatten zu knallen. Von Kramp war nicht anwesend. Ebenso wenig der gut betuchte Clochard. Vermutlich begannen sie den Tag mit einer ordentlichen Prügelei.

Den bereitstehenden Champagner rührte niemand an.

Das heißt, Adalbert goss sich nun genüsslich ein großes Glas vor den Augen aller ein. »Zum Wohl, sehr verehrte Damen und Herren!«

Das exklusive Büfett bot keine übermäßig würzigen, scharfen oder geschmacksintensiven Gerichte, auch keine trockenen, knusprigen oder besonders süßen und bitteren Speisen, zu all diesen passte edler Jahrgangschampagner nicht. Es gab auch nichts, das stark nach Zitrone, Essig oder Oliven schmeckte, nichts Eingelegtes, keinen Knoblauch oder rohes Gemüse. Der Professor hatte dafür gesorgt. Und natürlich gab es keine Minze. Diesen Beweis, dass Gott den Menschen die Kreuzigung seines Sohnes nicht vergeben hatte. Bietigheim verachtete Minze zutiefst, konnte den Duft und erst recht den Geschmack nicht ertragen. Er wollte einfach nichts essen, das wie Zahnpasta schmeckte.

Stattdessen gab es Kaviar, Austern, Hummer, Krebse, Langusten, Jakobsmuscheln und Foie gras. Sie hatten allerdings vergessen, die Trüffel aufzutragen. Verdammt noch eins, dabei gingen diese doch so famos mit dem Blanc de Noirs des kleinen Champagnerhauses aus Bouzy zusammen, den er gerade im Glas hatte. Also würde er sie eben selbst aus der Küche holen. Was man nicht selber machte!

»Sie dürfen da nicht rein«, waren die Worte des Kellners, der den Professor am Besuch der Küche hindern wollte.

»Hätten Sie für Trüffel gesorgt, müsste ich dort auch gar nicht hinein. Ihnen ist doch hoffentlich klar, dass es in Frankreich mit Freiheitsstrafe geahndet wird, diesen Champagner ohne Trüffel zu servieren!«

Es sollte ein geistreicher Scherz sein, doch der junge Mann huschte verängstigt davon, als sei ihm der französische Auslandsgeheimdienst bereits auf der Spur.

Der Professor trat mit Benno im Schlepptau in die kleine Küche, in der drei Köche in dichtem Dampf ihrer Arbeit nachgingen. »Weitermachen«, entgegnete der Professor, als sie hochblickten.

Die Küche war bis zum Rand gefüllt mit Düften und Aromen, viele davon heiß und intensiv. Auch Trüffel waren darunter wie ein dunkles Feuer, das immer noch in der Erde zu brennen schien. Die Edelpilze fand der Professor in einer kleinen Plastikdose, wo sie mit Küchenkrepp ummantelt lagen. Ihr Duft hatte es hindurch geschafft. Sicher nicht für jeden zu erschnuppern, doch Adalberts Nase war ein fein austariertes Präzisionswerkzeug zur Identifizierung und Auffindung von kulinarischen Genüssen. Einmal pro Woche, falls irgend möglich Freitagnachmittag um 16:15 Uhr, musste seine wissenschaftliche Hilfskraft an der Universität der Hansestadt Hamburg, Rena Balingen, ihm die Augen mit einem Seidenband verbinden, selbstverständlich sachte, und zur Übung zehn Dinge, die sie zuvor wahllos eingekauft hatte, vor seine Nase halten.

Den Klostein nahm er ihr bis heute übel.

Das Riechorgan des Professors schlug nun an. Irgendetwas stimmte nicht. Er konzentrierte sich auf sein Riechorgan. Wäre es ein disharmonischer Klang gewesen, ein störendes Geräusch, so hätte er alle bitten können, für einen Moment ruhig zu sein, und es in der entstehenden Stille ausmachen können. Doch Duftaromen konnte niemand befehlen aufzuhören. Und in dieser Küche duftete etwas, das hier nicht hergehörte.

Eine junge Kellnerin trat durch die Pendeltür ein und – als sie den Professor mit weit geblähten Nüstern in der Küche sah, wie er sich langsam um die eigene Achse drehte – sofort wieder heraus.

»Alles gut?«, fragte der Chefkoch.

»Nein«, antwortete der Professor. »Ein, wie soll ich sagen, trauriger Geruch.«

»Ein trauri… was?«

»Wie umgekippte Milch. Schlecht gewordenes Fleisch. Fauliges Obst. Ein Geruch, der anzeigt, dass etwas nicht mehr gut ist. Was ich äußerst traurig finde.«

Der Chefkoch trat näher und baute sich vor Bietigheim auf. Von Nahem war er bedeutend größer. Und mieser gelaunt. »In meiner Küche ist kein trauriger Geruch!«

»Doch.«

»Der einzige traurige Geruch hier sind Sie!«

»Ich habe frisch geduscht. Unter Zuhilfenahme unparfümierter Kernseife. Alle Körperteile. Und zwar in der richtigen Reihenfolge.«

»Der richtigen Reihenfolge? Wie geht die denn bitte?«

Der Professor wies auf eine kleine Tür. »Wo geht es dort hin?«

»In den Weinkeller.«

»Die ehemalige Krypta nehme ich an? Dürfte ich dort wohl hinein?«

»Mir ist egal, wohin Sie gehen, solange Sie traurige Gestalt aus meiner Küche verschwinden. Und nehmen Sie Ihr Geschwafel über traurige Düfte gleich mit.«

»Es ist kein Geschwafel. Ihre Gerichte duften im Übrigen alle deliziös, und Ihre Küche ist in einem geradezu exquisiten Zustand.«

Dem Koch stand der Mund offen.

»Sie sollten Ihren Mund wieder schließen und weiterkochen. In der gusseisernen Pfanne brennt gerade das Rührei an.«

Und damit ging er in Richtung Weinkeller.

Der Geruch wurde stärker.

»Benno, bei Fuß!«

Der Foxterrier rannte voraus, die steinernen Treppenstufen hinunter. Folgsames Benehmen war Glückssache. Doch der Professor versuchte es immer wieder und redete sich ein, die Zufallstreffer wären Erziehungserfolge.

Plötzlich bellte Benno.

Das tat er nur, wenn er fressen oder vor die Tür gehen wollte, ein Vogel dreisterweise auf seinem Balkon einen Zwischenstopp einlegte – oder etwas ganz und gar nicht in Ordnung war.

Der Professor legte den Lichtschalter um, flackernd erwachten die Neonröhren zum Leben. Die dunklen Mauersteine waren mit schwarzen Pilzflechten überwuchert, auch die Lampen schienen den Kampf gegen diese Kellerbewohner zu verlieren. Je tiefer er in den schlecht beleuchteten Keller stieg, desto stärker wurde der Geruch. Unten angekommen, stellte sich das Kreuzgewölbe als ausgesprochen niedrig heraus, die Nischen, in denen sich ehemals Steinsärge befunden haben mussten, waren nun mit Regalen zugebaut, das Holz morsch. Im vorderen Teil lagerten keine Weine, sondern Konserven, die es nicht störte, dass ihre Etiketten von der moderigen Feuchtigkeit zersetzt wurden.

Der Professor konnte den Geruch nun identifizieren. Es war ein einfacher Champagner, das Standard-Cuvée von Moët & Chandon. Bietigheim hatte gedroht, den Vortrag nicht zu halten, wenn es während seines Aufenthalts ausgeschenkt würde. Der Geruch dieses Gesöffs war deshalb noch trauriger als sonst, da es oxidiert schien. Die Fruchtaromen wie ausgetrocknet, deren Frische nun Vergangenheit, ersetzt durch fahles, fades Alter.

Der Professor richtete sich nach Bennos Bellen, bog um eine Ecke und stand plötzlich in einer Lache. Im schummrigen Licht des Kellers sah die Flüssigkeit schwarz wie Tinte aus, doch es handelte sich um das Blut der Champagne.

In das sich weiteres Blut gemischt hatte.

Das Blut eines Menschen.

Den Benno nun unentwegt anbellte.

Weil er hoffte, von ihm gestreichelt zu werden.

Am Ende des kleinen Ganges, der links und rechts Weinregale aufwies, in denen rare Tropfen der Lahn lagerten, stand ein mannshohes, hölzernes Rüttelpult, wie es verwendet wurde, um bei Schaumweinen die Remuage durchzuführen, also die Hefe nach der zweiten Gärung in den Flaschenhals zu befördern. Dafür wurden die kopfüber gelagerten Bouteillen acht bis zehn Tage lang immer wieder gedreht, zuerst um ein Zehntel, bis eine volle Umdrehung erreicht war, dann um ein Sechstel, schließlich um ein Viertel. Und nach einer vollen Runde stets ein wenig steiler aufgestellt. Einhundertzwanzig Flaschen hatten in diesem Pult Platz. Doch keine einzige befand sich darin, alle waren auf den Boden geworfen worden. Das Restaurant schien es als dekorative Lagermöglichkeit für Champagner genutzt zu haben. Dekorativ war es im Moment überhaupt nicht.

Denn statt der Flaschen befand sich ein Mann auf dem Rüttelpult.

Wie bei einer mittelalterlichen Folterszene war er auf das Pult gespannt worden, die Arme mussten auf der Rückseite festgebunden sein. Eigentlich sah alles an ihm normal aus. Er trug sogar einen Anzug, der perfekt saß. Das heißt: bis auf die Krawatte.

Was daran lag, dass eine Krawatte einen Hals braucht, um Halt zu finden.

Doch einen Hals im eigentlichen Sinne gab es nicht mehr.

Der Kopf des Mannes hing nach hinten, nur noch an einem blutigen Zipfel am Rumpf befestigt. Der ganze Rest musste mit einem großen Messer zerhackt worden sein.

Die Tatwaffe lag daneben.

Es war ein Champagnersäbel, die Klinge blutig, Stücke von Haut und Knochensplittern daran.

Der Professor überwand seinen Ekel, beugte sich vor und schloss dem Toten sanft die Augen.

Denn das tat man für einen guten Freund.

Besonders für einen wie Ghislain de Montgolfier.

»Er erwartet Sie schon, Herr Professor.« Von Kramps Frau Petra schien die Leidenschaft des britischen Königshauses für Pastellfarben zu teilen und auch deren Faible für kleine Hunde. Fünf Langhaardackel standen um sie, als die Tür geöffnet wurde. Sie scharten sich sogleich um Benno, wobei fünf feuchte Hundenasen versuchten, dessen Hinterteil zu erschnüffeln. »Die tun nix, die wollen nur spielen.«

Benno war es sichtlich unangenehm, dass sie dies alle auf einmal tun wollten.

»Wo finde ich Ihren Mann denn?« Adalbert wollte diesen Termin schnell hinter sich bringen. Er würde nicht zulassen, dass der Mord an seinem Freund ungesühnt bliebe. Und wenn er dafür ein Freisemester nehmen musste!

»Er badet.«

»Dann warte ich so lange.«

»Nein, Sie können hoch zu ihm. Er wird ohnehin lange in der Wanne bleiben. Das macht er immer, wenn ihn etwas beschäftigt. Und dieser Mord ...«

»... verlangt nach einem mehrtägigen Bad.«

»Er hat bereits fünfmal warmes Wasser nachlaufen lassen.«

»Ich möchte Ihren Herrn Gatten ungern unbekleidet sehen.«

»Es ist ein Schaumbad.«

Bevor der Professor etwas erwidern konnte, drehte sie sich um und stieg die Treppe empor, gefolgt von den fünf Dackeln, die ihr wie Enten der Mutter hinterherwatschelten.

Er musste ihr wohl ebenfalls folgen – vor allem, da er wirklich nicht Zeit hatte zu warten, bis Gottfried von Kramp so schrumpelig aufgequollen war, dass kein Wasser mehr zu ihm in die Wanne passte.

Das Badezimmer war nicht zu übersehen, genau wie alles andere auf der Etage. Von Kramp schien Glas nicht nur zu produzieren, sondern auch zu viel davon zu besitzen. Sämtliche Türen bestanden aus Glas. Und nur eine davon war beschlagen.

Der Professor klopfte an.

»Ist offen.«

Er trat ein – und hätte sich beinahe übergeben. Von Kramp verwendete ein Minz-Intensivbad. Selbst der Dampf war grün.

»Setzen Sie sich, hier in den Korbsessel.«

Bietigheim hustete. Und wäre Benno nicht hineingestürmt, hätte er wohl kehrtgemacht. »Ich habe leider nicht viel Zeit.«

»Nun kommen Sie schon näher.«

Der Professor trat langsam zu ihm.

Auch hier im Badezimmer bestand alles aus Glas. Die Schränke, das Waschbecken, der Stuhl.

Und leider auch die Wanne.

Bietigheim wusste nicht, ob er besser stehen oder sitzen wollte. Jeder Blickwinkel war problematisch.

»Setzen Sie sich endlich!«

Benno hatte Aufstellung vor der Wanne genommen und beobachtete fasziniert, was sich da im Wasser bewegte.

Bietigheim nahm widerwillig Platz. »Die Polizei wird sich um alles kümmern. Und zu gegebener Zeit Pressemitteilungen herausgeben.«

»Aber ich will alles von Ihnen hören, Professor. Sie haben den Mann schließlich gefunden. Stimmen die Details denn? War es ein Mord im Affekt?«

»Wenn das ein Mord im Affekt war, dann liegt die Hansestadt Hamburg am Indischen Ozean. Zum einen waren Ghislain de Montgolfiers Hände und Füße mit Kabelbinder fixiert, der in einem Weinkeller nicht einfach so herumliegt, zum anderen war der Säbel präpariert – oder überhaupt erst zu einem wirklichen Säbel gemacht worden.«

»Wie meinen Sie das?« Von Kramp richtete sich auf.

Der Professor rückte den Stuhl zurück.

Benno bellte die Wanne an. Er hoffte wohl, man werfe ihm etwas daraus zu. Zum Beispiel das wurstähnliche Ding. Sah aus wie eine Nürnberger.

»Normalerweise sind diese Champagnersäbel stumpf, da der Flaschenhals nicht abgeschnitten, sondern abgeschlagen wird. Doch die Klinge dieses Säbels ist mit einem Wetzstein bearbeitet worden – und einen solchen trägt man nicht bei sich. Und dann ist da noch dieses andere unappetitliche Detail.«

»Welches denn?«

»Jenes, das erklärt, warum niemand Ghislain schreien hörte.«

»Hat man ihm etwa die Zunge herausgeschnitten?«

Bietigheim schüttelte entschieden den Kopf. »Befinden wir uns im Mittelalter? Wohl selbst an der Lahn nicht. Ghislains Mund war bis zum Bersten gefüllt. Und zwar mit Korken seines Champagnerhauses. Es ist ein Wunder, dass er nicht daran erstickt ist, bevor er geköpft wurde. Oder genauer: größtenteils geköpft.«

»Weiß die Polizei denn schon, wann Ghislain de Montgolfier ermordet wurde?«

»Ungefähr eine Stunde nachdem die Probe zu Ende war. Die Schnittwunden an Armen und Beinen durch die eng zugezogenen Kabelbinder müssen ihm aber bereits kurz danach zugefügt worden sein.«

»Das heißt ...«

»Dass er bis zu seinem Tod vermutlich gefoltert wurde. Die Frage ist, warum ihn der oder die Täter nicht gleich getötet haben. Vielleicht sollte Ghislain etwas verraten, was er nicht preisgeben wollte? Und nach einer guten Stunde tat er es dann doch – oder der Fragensteller verlor die Geduld. Sie müssen Wasser in die Wanne nachlassen, der Schaum schwindet. Es ist nicht gut, wenn der Schaum schwindet. Gar nicht gut.«

»Ja, natürlich.«

»Geben Sie auch Schaumbad nach.«

Von Kramp griff danach, Benno bellte. »Warum ist Ihr Hund so aufgeregt?«

»Ich bevorzuge es, nicht darüber nachzudenken. Stattdessen werde ich jetzt ein wenig die Augen schließen, um besser denken zu können.«

Bietigheim hörte es plätschern, während von Kramp tat, wie geheißen. Um sich abzulenken, dachte der Professor laut.

»Es gibt viele offene Fragen. Mit wem hat Ghislain zuletzt geredet? Hat ihn jemand gesehen, als er in den Keller ging? Wurde er dorthin gezwungen, oder hatte er dort eine Verabredung? War jemand zum Zeitpunkt der Tat in der Kapelle? Hat jemand den oder die Täter gesehen? Findet sich dieser vielleicht unter den Gästen der Probe?«

»Nein!« Von Kramp schlug so entschlossen ins Wasser, dass Minz-Schaumspritzer den Professor trafen, der sie sofort mit seinem Seidentaschentuch entfernte.

»Leider doch, es könnte einer Ihrer Gäste gewesen sein, auch wenn Sie sich anderes wünschen. Aber das Leben ist kein Wunschkonzert.«

»Meines schon. Und Sie werden dafür sorgen!«

Bietigheim öffnete die Augen wieder, damit von Kramp

den Ärger darin sah. »Ich bin akademisch wie privat strengstens der Wahrheit verpflichtet.«

»Ich biete Ihnen Geld! Finden Sie den Mörder, und zwar einen, der nicht Teil der Probe war. Das würde den Ruf dieser historischen Verkostung völlig ruinieren.«

Bietigheim stand auf.

»Setzen Sie sich sofort wieder hin. Ich verlange es!«

Bietigheim ging Richtung Tür. »Mit Verlaub, Sie sind wirklich die Stradivari unter den Arschgeigen.«

»Was haben Sie gesagt? Ich hatte gerade Schaum in den Ohren.«

»Sie sind wirklich die Stradivari ... ach nein, ich erinnere mich lieber wieder an meine außerordentlich gute Kinderstube. Benno, wir gehen!«

Doch Benno wollte noch nicht gehen.

»Herr Professor, Sie müssen die Sache aufklären. Sie können so was doch. Auch mein guter Ruf steht auf dem Spiel! Sie können alles von mir verlangen. Gehen Sie raus in meinen Luftschutzbunker und nehmen Sie sich jede Flasche meiner Sammlung, die Sie wollen.«

»Ihr ... Luftschutzbunker?«

Eine Sekunde später wünschte der Professor, er hätte nicht gefragt, denn von Kramp stand auf. Die Haftfestigkeit des Schaums auf seinem Körper ließ dabei sehr zu wünschen übrig.

»Dahinten, Sie können es jetzt schlecht sehen. Ich muss mich ja selbst vorbeugen.«

Bietigheim drehte sich um. Minze in Kombination mit nacktem Weinsammler war sensorisch einfach zu viel.

»Ich weiß, was ich mir von Ihnen wünsche. Und es ist viel wertvoller als jeder Wein. Habe ich Ihr Wort?«

»Alles, mein lieber Professor, wirklich alles!«

Der Professor nickte zufrieden. Wenn alles gut ging, würde er bald wieder einen Abend in der kleinen Kapelle erleben. Und zwar einen, der noch mehr in die Geschichte eingehen würde! »Ich nehme Sie beim Wort. Und Sie geben mir zu Beginn Namen und Adresse des Mannes, der aussieht wie ein Clochard.«

»Er hat sich über einen Freund, dem ich vertraute, eine Karte besorgt. Ich kenne den Mann überhaupt nicht. Verdächtigen Sie ihn etwa?«

»Nein, ich will mich bei ihm nur bedanken, dass er den Abend so interessant gestaltet hat.«

Bevor der Schaum weiter zusammenfallen konnte, verließ der Professor lächelnd den Glaspalast.

Es war einen Tag später, als der Regen angemessen langsam und stilvoll auf die Dächer von Cambridge prasselte. Auch auf das Dach von Aunties Tea House in der St. Mary's Passage, wo Pit Kossitzke gerade eine Kanne First Flush Darjeeling aufgoss. Pit Kossitzke war ein Mann, den man nicht in einem solch distinguierten Haus erwartete, sondern eher lallend in der Gasse dahinter. Seit er denken konnte, war Pit überzeugter Rocker, liebte schwarzes Leder, je mehr Nieten, desto besser, und seine weiße Haarpracht hatte er konzentriert – auf das Kinn. Eigentlich war er Taxi-Unternehmer in Hamburg mit zwielichtiger Vergangenheit, doch hier in England nur Aunties Lebensgefährte. Eigentlich hieß sie Diana, war die Liebe seines Lebens, rundherum wundervoll und seit Kurzem Mutter seines Sohnes.

Als bärtiger Riese passte Pit so gut in ein Teehaus wie ein Orang-Utan in einen Stall mit puscheligen Häschen.

Und diesen Häschen musste er jetzt Tee servieren.

Es war nicht sein Tagesjob, er half nur aus, und doch verfluchte er jeden einzelnen Tropfen in der Teekanne aus tiefstem Herzen.

Pit setzte ein Lächeln auf.

Es schien den älteren Damen an Tisch sieben etwas Angst zu machen.

»Hier kommt Ihr Tee, meine Hochverehrtesten«, sagte er zu diesen und stellte das silberne Tablett vor ihnen, dem »Cambridge Knitting Wifes Club von 1728«, ab.

»Ist es auch Darjeeling?«, fragte die Vorsitzende, Mrs Gwyneth Molesworth, mit strengem Blick.

»Jedes Blatt«, antwortete Pit. »Ich habe sie alle einzeln nach ihrer Herkunft befragt.«

»Und schön heiß ist er auch?«

»Brühend.«

»Nicht zu lange gezogen? Wir mögen es nämlich nicht, wenn er zu lange gezogen ist.«

»Wenn gleich der Wecker auf dem Tablett klingelt, ist er perfekt gezogen. Verzogen sind hier nur manche Gäste.« Pit grinste. »Anwesende selbstverständlich ausgenommen.«

Mrs Molesworth musterte ihn kritisch, denn sie liebte es, etwas zu finden, das sie kritisieren konnte. Erst dann war Mrs Molesworth zufrieden. Ihre Miene erhellte sich plötzlich. Auf eine bedrohliche Art.

»Ich habe gerade ein merkwürdiges Geräusch gehört.«

»Dies ist ein wundervolles altes Haus mit einer historischen Heizung. Das macht den Charme aus.«

»Ich habe das Geräusch aber aus Ihnen gehört.«

Pit nickte und strich über sein Wams. »Ich spüre die Macht in mir – es kann aber auch mein Magen sein.«

»Dann essen Sie etwas, das ist schon sehr störend.«

»Vielen Dank für den netten Vorschlag, Sie alte Schachtel.«

»Was haben Sie gerade gesagt?« Mrs Gwyneth Molesworths Haut, die sonst nur noble Blässe aufwies, sah nun aus, als hätte jemand Tomatenketchup darübergeschüttet.

»Ich sagte vielen Dank für den netten Vorschlag, ich schaue in die alte Schachtel. Da sind nämlich die Cookies drin.« Der kleine Wecker auf dem Tablett klingelte. »Ihr

Tee ist jetzt perfekt.« Er drehte sich um. »Und das Gift müsste sich mittlerweile vollständig aufgelöst haben.«

Es war nur ein Scherz, ein privater noch dazu, doch er tat gut.

Noch auf dem Weg zurück in die Küche hörte er das Glöckchen über der Eingangstür, das einen neuen Gast ankündigte. Dieser sagte etwas, das wie ein Zitat aus einem Film klang. Aus einem in Schwarz-Weiß.

»Telegramm für Pit Kossitzke!«

Er drehte sich um.

Da stand tatsächlich jemand von der Royal Mail und lächelte ihn glücklich an. »Das wollte ich immer schon mal sagen. Seit ich bei der Post angefangen habe.«

Pit trat zu ihm. »Ich bin Pit Kossitzke.«

»Dann ist das für Sie. Es kommt von ...«

»... Professor Adalbert Bietigheim. Ich kann's mir denken.«

»Woher?«

»Weil niemand sonst im 21. Jahrhundert ein Telegramm schicken würde.« Pit nahm es an sich.

»Dieser Professor muss ein ganz besonderer Mensch sein.«

»Wenn Sie wüssten, wie besonders!« Statt eines Trinkgelds drückte Pit dem Mann eine Packung Teebeutel in die Hand und wollte schon Richtung Küche verschwinden, als der Royal-Mail-Mann noch etwas sagte.

»Es sind insgesamt zwei Telegramme. Sie müssen den Erhalt von beiden quittieren. Soll ich auf eine Antwort von Ihnen warten? Das wollte ich übrigens auch immer schon mal sagen.«

Die Damen des »Cambridge Knitting Wifes Club von 1728« schauten bereits kritisch und fühlten sich in ihrer Teestunde gestört. Mrs Gwyneth Molesworth hatte schon den Mund geöffnet, um sich im Namen aller Anwesenden bitterlich zu beschweren.

Pit sprach deshalb lauter.

»Nein, das ist nicht nötig. Gehen Sie bitte schnell wieder. Sonst beschwert sich die liebenswerte Mrs Gwyneth Molesworth.« Er lächelte sie zufrieden an, quittierte den Erhalt der Telegramme und zog sich schnell in die Küche zurück, um die beiden Nachrichten in Ruhe zu lesen. Die Zeit, um ein Messer zum Öffnen zu suchen, nahm er sich nicht, es ging schließlich auch mit dem Finger.

Mordfall STOPP Limburg STOPP Unterstützung nötig STOPP So bald als möglich STOPP Prof. Dr. Dr. Dr. h.c. Adalbert Bietigheim STOPP Lehrstuhl für Kulinaristik STOPP Universität der Hansestadt Hamburg.

Pit lachte laut. Das war so typisch für den Professore! Den eigentlichen Inhalt hatte er komprimiert auf sieben Worte, aber seinen Namen mit allem Zumm und Zamm geschrieben.

Das zweite Telegramm war deutlich kürzer.

PS: Benno vermisst Sie STOPP

Er las die Worte nochmals und spürte, wie sich in seinem Körper Rührung breitmachte. Nie würde der alte Griesgram zugeben, dass er selbst ihn wiedersehen wollte. Dieses PS war seine Art, es zu sagen. Und Pit mochte sie sehr.

Die Küchentür ging auf, und Diana trat ein. »Finde ich hier den Mann, der Mrs Molesworth als alte Schachtel bezeichnet hat?«

»Äh, ja?«

Sie umarmte ihn stürmisch. »Ich wusste doch, dass du der Richtige bist!«

Die beiden küssten sich, was einige Zeit dauerte. Dann wedelte Pit mit den Telegrammen vor ihren Augen herum.

»Der Professore braucht mich. Ganz dringend. Ich muss nach Deutschland.«

»Was? Wieso? Ich brauch dich doch hier.«

»Es gibt einen Mordfall. Er hat geschrieben, dass er ohne mich nicht weiterkommt und ich sofort los soll. Dass er verzweifelt ist. Er fleht mich an.«

»Wohin sollst du denn?«

»An die Lahn, da einigen Leuten auf den Zahn fühlen.«

Diana nahm sich einen der Shrewsbury Biscuits, die sie am Morgen noch gebacken hatte. »An die Lahn? Stammst du nicht von dort?«

»Ja«, antwortete Pit. Und dort war seit Jahren eine Rechnung offen. Das Schicksal hatte ihm wohl einen Wink gegeben, sie bei dieser Gelegenheit zu begleichen.

Diana schob ihm einen der Biscuits in den Mund. »Aber du musst bleiben, das Damenkränzchen aus Middle Fritham kommt doch morgen früh, die haben dich so ins Herz geschlossen. Ich glaube, Mrs Nether Addlethorpe ist sogar ein wenig verknallt in dich.«

»Und da bist du nicht eifersüchtig?«

»Nö.«

»Dass dir eine deinen großen, lieben, sexy Kuschelbären streitig machen könnte?«

»Bei Mrs Nether Addlethorpe wärst du in guten Händen. Bei ihr geht es allen Tieren gut. Ob Hunden, Katzen oder …«

»Bären. Schon klar.«

Sie griff sich die Telegramme und überflog diese, bevor Pit sie ihr entreißen konnte. »Verzweifelt? Soso. Fleht dich also an? Aha. Sofort kommen?« Sie hielt ihre Augen ganz nah an das Telegramm, dann drehte sie es suchend auf die Rückseite.

»Man muss bei dem Professor halt zwischen den Zeilen lesen können«, erklärte Pit.

»Da steht aber ganz schön viel zwischen den Zeilen.«

»Ist ja auch ein Professor. Die können so was.«

Sie hielt das Telegramm noch näher vor ihre Augen. »Ich glaube, du hast da was überlesen.«

»Ich? Überlesen? Kann ich mir kaum vorstellen.«

»Da steht, wenn du hilfst, den Mord an einem der berühmtesten Champagnerwinzer aufzuklären, musst du deinem Sohn ein riesiges Kuscheltier und deiner Frau eine Kiste Champagner mitbringen.«

»Da steht bestimmt eine Flasche.« Pit unterdrückte ein Lachen.

»Nein, falsch, jetzt kann ich es entziffern, da steht sogar zwei Kisten.« Sie zog die Augenbrauen triumphierend empor.

»Wieso überhaupt Champagnerwinzer? Davon hat er doch gar nichts geschrieben.«

Diana ging zu dem kleinen Tischchen, wo das Personal kurze Pausen einlegen durfte, und griff sich den dort liegenden *Daily Mirror.* »Wenn Bären mal Zeitung lesen würden, wüssten sie es. In dieser steht zum Beispiel, dass einer der berühmtesten Champagnerwinzer in Limburg ermordet wurde.«

»Ich hätte mir denken können, dass es etwas zu bedeuten hat, wie das leicht bekleidete Mädchen auf der Titelseite mich anlächelt.«

Sie knuffte ihn in die Seite. »Da steht, für die Testamentseröffnung in Reims würden Verwandte aus der ganzen Welt erwartet – aber auch ein deutscher Professor wäre unter den Erben. Ist das zufällig jemand, den wir kennen?«

»Habe ich dir heute eigentlich schon gesagt, dass ich dich liebe?«

Sie küsste ihn lange. »Und jetzt hau schon ab, ich will dich hier nicht wiedersehen, ehe der Täter gefasst ist.«

KAPITEL 2

Ein Rätsel für den Professor

Das altehrwürdige Reims wirkte auf den Professor, während der Zug auf dem Weg zum schönen Bahnhof der Stadt durch die unattraktiven Außenbereiche pflügte, wie ein auf den Boden gefallener Apfel einer alten Streuobstwiese. Unförmig, mit einigen braunen Stellen und Katschen. Doch wenn man durch die Schale stieß und sich seinem Inneren näherte, stellte sich dieses als makellos, hoch aromatisch und köstlich heraus. Das Zentrum, das Kerngehäuse von Reims, war wunderschön, eine Perle des Art déco, mit kostbaren Materialien und dekorativer Eleganz erbaut. Florale Elemente ließen die Altstadt wirken, als blühten hier selbst die Wände der Häuser. Inmitten von Reims stand die Kathedrale Notre-Dame. Ihr stattete Adalbert zuallererst einen Besuch ab und stellte dort eine Kerze auf, denn er hatte den Eindruck, ein wenig göttlicher Beistand könne nicht schaden. Dann spazierte er zum Place Drouet-d'Erlon, der voll hing mit Plakaten und Fahnen, die für allerlei Veranstaltungen warben. Vom Theater über Kino, einem Fußballpokalspiel zwischen Stade de Reims und Hellas Verona, einem Rennen mit historischen Automobilen und natürlich dem großen Marathon durch die Champagne. Reims war fraglos kein verschlafenes Städtchen der Provinz, sondern eine pulsierende Metropole im Miniaturmaßstab.

Der Professor betrat die Boulangerie »Waïda et Fils«, wo er sich Pâte de fruits kaufte, diese so köstlichen Fruchtgelees mit ihrer konzentrierten Säure und der intensiven

Süße. Sie weckten die Geschmacksnerven wie ein stürmischer Kuss. Als er vor der Boulangerie stand und direkt eines aß, musste Adalbert an Hildegard zu Trömmsen denken, der er in diesem Jahr endlich gestehen wollte, dass sie die große Liebe seines Lebens war, und er hoffte sehr, sie würde Gleiches erwidern. Kurz entschlossen trat er nochmals in das Geschäft, um ihr etwas dieser Köstlichkeit nach Hamburg mitbringen zu können.

Für Benno kaufte er in einer nahe gelegenen Boucherie einen Rinderknochen, damit dieser während der Testamentseröffnung beschäftigt war. Ein wenig Kauen würde den Notar sicher nicht stören. Und wenn doch, dann würde er ihm so einiges über die edle Abstammung seines Foxterriers mitteilen – wie auch Spekulationen über die vermutlich unedle Abstammung des Notars.

Dessen Büro, oder besser Stadtvilla, befand sich in der Rue Libergier. Die prachtvolle Behausung machte sofort deutlich, wie viel Geld nötig war, um sich dem Büro nähern zu dürfen.

»Benno, bei Fuß!«, sagte der Professor, woraufhin dieser an der Leine zog, als hätte ihn plötzlich jemand in Ketten gelegt. Genau das hatte der Professor erwartet, sogar darauf gehofft, dass Benno dem Kommando nicht Folge leisten würde. Er wollte nämlich, dass Benno vorging, denn sein vierbeiniger Begleiter gewann die Herzen für sich. Und es wäre schön, wenn wenigstens einer von ihnen ein paar abbekam. Adalbert wusste, dass er im Zentrum der Missgunst stehen würde. Aus gegebenem Anlass war Bennos Leine heute schwarz. Genau wie die Fliege des Professors.

Selbstverständlich war er pünktlich. Überpünktlich sogar. Eine halbe Stunde zu früh.

Doch wie sich herausstellte, waren alle anderen schon da.

Und hatten keinen Platz für ihn frei gehalten.

Mit seinem Eintreffen war offensichtlich erst gerechnet worden, nachdem alles geregelt worden wäre.

Manch einer hätte bei den Blicken der Anwesenden an eine Schlangengrube gedacht, doch Schlangen wären nicht fähig, jemanden dermaßen verächtlich anzuschauen.

Aber die Erben fanden ihren Meister.

Abneigung schlug dem Professor seit jeher entgegen, wenn er seine Zensuren mitteilte. Der Professor lächelte daher unbeeindruckt. Freundlichkeit war seine Waffe der Wahl.

»Sie sind spät dran«, sagte der hagere Notar Gérard Le Coq statt einer Begrüßung. Mit seinen zurückgelegten grauen Haaren und den ernsten Gesichtszügen wirkte er wie ein Graureiher.

»Ich bin niemals spät dran«, erwiderte der Professor. »Es ist mir biologisch unmöglich.« Er überreichte einen Ausdruck der Einladung, die er per Mail erhalten hatte. Bietigheim druckte stets jeden Briefwechsel aus, denn er misstraute allem Digitalen zutiefst.

»Da muss meiner Mitarbeiterin ein Fehler unterlaufen sein«, sagte Le Coq kopfschüttelnd. »Wie auch immer, der Hund…«, begann der Notar.

»…wird vermutlich im Testament bedacht werden«, sagte Adalbert. »Ghislain liebte ihn sehr. Zudem habe ich nirgendwo einen dieser verachtenswerten Aufkleber gesehen, die Hunden den Eintritt verbieten. Mein treuer Benno bleibt. Und nun fangen Sie noch mal von vorn an, wir haben sicherlich alle keine Zeit zu verlieren.«

Nachdem eine Mitarbeiterin des Notars einen Stuhl geholt hatte, setzte Bietigheim sich sanft lächelnd. Er sagte nicht »Platz!« zu Benno, denn er wollte nicht, dass sein Begleiter jemandem an die Gurgel sprang. Zumindest noch nicht.

»Mesdames et Messieurs, wie ich eben schon sagte, sind wir hier zusammengekommen, um den Letzten Willen von Ghislain de Montgolfier zu eröffnen.«

Der Professor zündete sich seine Pfeife an. Ein wenig

zwiebeln wollte er den Notar noch, denn er konnte sich nicht vorstellen, dass die falsche Uhrzeit auf der Einladung ein einfacher Fehler war, der nur einer einzigen Person widerfuhr.

»Rauchen ist hier nicht erlaubt«, ermahnte ihn Le Coq.

»Sehen Sie es nicht als Rauchen. Ich tue nur etwas gegen die dicke Luft hier.«

»Aber …«

»Wollen Sie jetzt eine lange Diskussion über den köstlichen Duft meines Santa-Fe-Natural-American-Spirit-Stopftabak mit rotem Burley führen oder die Verlesung des Testaments abschließen? Ihre Wahl. Als Zeichen meines guten Willens werde ich den Hut ablegen.« Bietigheim legte den heute schwarzen Borsalino auf seinen Schoß.

Ghislains Witwe versuchte, Adalbert mittels eines Blicks aus dem Raum zu verscheuchen wie einen räudigen Hund. Die hochgewachsene, elegante Antoinette de Montgolfier trug ein schlichtes schwarzes Versace-Kostüm mit einer weißen Perlenkette. Ein schwarzer Schleier legte ihre harten Züge in einen sanften Schatten. Die grauen Haare hatte sie zu einem strengen Dutt gebunden, die Hände lagen fest verschränkt im Schoß. Von ihr ging ein ungemein starker Duft von wachsigen Rosenblättern und Orangenblättern aus. Sie musste in Chanel N° 5 gebadet haben.

Bietigheim war für sie das fünfte Rad am Wagen, das eine Unwucht hereinbrachte. Und möglicherweise einen Erbschleicher.

Bietigheim lächelte abermals sanft und sog an seiner Pfeife. »Ghislain liebte diesen Tabak, deshalb habe ich ihn gewählt. In seinem Andenken.«

Ghislain hatte natürlich niemals auch nur ein Wort über diesen Tabak verloren, aber nach Bietigheims Meinung hätte er es tun sollen, wenn nicht müssen. Und wenn nur, um ihm nun das Rauchen zu ermöglichen. Der Santa Fe hatte ein durchdringendes, harsches Aroma, das einen auch nach dem Rauchen lange begleitete.

Der Notar räusperte sich streng, fuhr dann jedoch fort, erklärte die aktuellen Erbregeln, welche Besitztümer und welche Guthaben aufgeteilt wurden, zwischen der Witwe, den beiden Söhnen – und der nicht anwesenden unehelichen Tochter. Niemanden schien ihr Erbteil auch nur im Geringsten zu irritieren.

Geld aus dem Erbe floss auch in ein »Institute Freya« und in eine noch zu gründende Stiftung für deutsche Winzer, die in der Champagne die Kunst der Schaumweinherstellung erlernen wollten. Was für eine großzügige Geste für seine deutschen Freunde!

Der Notar beendete seine Rede und klappte die Ledermappe bedächtig zu, in der sich Ghislains Letzter Wille befand.

Es war kein Wort über das Erbe des Professors gefallen.

Es musste ein weiteres Missverständnis sein.

Oder ein elend schlechter Witz.

»So weit zum eigentlichen Testament«, fuhr Le Coq nun fort und blickte zum Professor. »Vor sechs Wochen hat Ghislain de Montgolfier einen Zusatz aufgesetzt, den ich nun im Wortlaut vortragen werde. Im Falle eines gewaltsamen Todes vermache ich Prof. Dr. Dr. Adalbert Bietigheim …«

»… er hat meinen Dr. honoris causa vergessen«, unterbrach ihn Adalbert. »Dies nur der Vollständigkeit halber. Sie müssen mir für die Richtigstellung nicht danken, lesen Sie einfach weiter.«

Der Notar dankte nicht und las weiter: »… den Inhalt meines Tresors in der Schatzkammer von Kreidekeller 217. Der Zutritt zu diesem ist ihm egal zu welcher Uhrzeit zu gewähren. Die Zahlenkombination trägt er im Namen wie einen Brief.« Le Coq blickte auf. »Genau so steht es hier. Es muss sich um eines der kleinen Rätsel handeln, die Ghislain so liebte.« Er las weiter: »Darüber hinaus wird dem

Professor für seine Anwesenheit in Reims, wie lange sie auch dauern möge, eine Suite im Les Crayères bezahlt, bei freier Kost inklusive jeglicher Getränke.« Der Notar räusperte sich. »Dasselbe gilt für seinen treuen Begleiter, Benoît von Saber.«

Benno blickte auf.

»Na, Benoît? Was meinst du dazu?«, fragte Adalbert seinen Vierbeiner. Benno bellte. Der Professor nahm es als Zustimmung, dass sein Begleiter ab jetzt in Frankreich Benoît genannt werden wollte. Ob der Foxterrier auf den einen oder den anderen Namen nicht hörte, war auch egal. Und Benoît klang sehr stilvoll.

»Können Sie mit dem Hinweis zur Zahlenkombination etwas anfangen, Herr Professor?«

»Aber selbstverständlich«, antwortete der Professor.

Dabei hatte er nicht den blassesten Schimmer.

Das Vorhängeschloss an der heruntergekommenen Lagerhalle war so verrostet, als hätte es im Meer gelegen. Deshalb machte Pit sich nicht die Mühe, den Schlüssel hineinzustecken, den er seit zwölf Jahren an einer Kette um den Hals trug.

Er trat die Tür einfach ein.

Schließlich gehörte das alles hier ihm, auch wenn es so verfallen und zugewachsen wirkte, als sei dieser Flecken nahe Birlenbach einfach von der Zeit vergessen worden.

Doch Pit hatte ihn nicht vergessen. Denn seine große Jugendliebe stand mitten in der Halle, mit einer grauen Plane abgedeckt, auf die sich zentimeterdick der Staub gelegt hatte. Er konnte trotzdem ihre wundervollen, üppigen Formen erahnen.

»Hey, Nscho-tschi«, sagte er, als er neben ihr stand. »Dein Dicker ist endlich wieder da.«

Pit hatte ihr den Namen von Winnetous Schwester gegeben, denn sie war eine echte Rothaut.

Er zog die Plane nicht einfach fort, denn das hätte Staub aufgewirbelt, der sich dann auf die Maschine legte. Pit klappte die Plane stattdessen sacht zusammen und spürte ein warmes Gefühl in seinem Bauch, als das dunkle Rot seiner Indian zum Vorschein kam.

Sie war noch schöner, als er sie in Erinnerung hatte. Er würde sie sanft aufwecken, denn sie wollte gefahren werden, das spürte Pit.

Die nächsten sechs Stunden verbrachte er damit, sie zu putzen, Öl und Wasser nachzufüllen und sie an allen Ecken und Enden fit zu machen. Pit kam sich vor wie ein Archäologe, der einen Goldschatz freilegte. Er war tief versunken in seine Arbeit, doch das Quietschen der Holztür hörte er. Als Pit sprach, drehte er sich nicht um.

»Du verschwendest keine Zeit.«

»Ich hätte nicht gedacht, dich jemals wiederzusehen, Killer.«

Pit hielt den schweren M20er-Schraubenschlüssel empor. »Nenn mich nicht noch einmal Killer, du Dirne.«

»Was würde denn dann passieren?«

Die Frau mit den dunklen langen Haaren war groß, sicher über zwei Meter, und trug einen Hosenanzug, doch an den Füßen Fußballschuhe. Sie kannten sich schon lange. Einst waren sie ein Liebespaar gewesen. Doch das war lange her. Pit stand auf, er war kaum kleiner und breiter noch dazu. Brust an Brust baute er sich vor ihr auf. »Dann hole ich mit einem stumpfen Löffel das Herz aus deiner Brust und werfe es den Hunden vor.«

Pits Gegenüber reckte das Kinn. »Aber nicht den Tölen vom Budde.«

»Hat er die etwa immer noch?«

»Kläffen die ganze Nachbarschaft zusammen.«

Pit nickte. »Dann werfe ich dich denen vor – damit sie mal für eine halbe Stunde Ruhe geben.«

Die Frau sog langsam die Luft ein, dann lachte sie laut

los. »Es ist so schön, dich Spacken wiederzusehen.« Sie umarmte Pit.

»Mensch, Bagger. Dass du bei deinem Job noch lebst!« Pit klopfte ihr auf den Rücken.

Bagger holte eine Zigarettenpackung aus der Anzugtasche. »Immer noch Marlboro?«

»Manche Dinge ändern sich nicht.«

Bagger stellte sich neben Nscho-tschi und fuhr mit der Hand über den Sattel. »Sie ist immer noch eine Schönheit.«

»Danke, dass du sie für mich im Auge behalten hast.«

Bagger zündete zwei Zigaretten an, reichte Pit eine und zog lange an ihrer. »Verrätst du mir, warum du hier bist?«

»Wegen einer Sache, die dich gerade auch beschäftigt, Hauptkommissarin Bagger Dellbrück.« Pit salutierte.

Bagger setzte sich mit Schwung auf Nscho-tschi. »Hab schon gehört, dass du die Seiten gewechselt hast, Killer.«

»Für dieses Killer kommst du zu den Hunden. Das ist dir hoffentlich klar.« Pit blies ihr grinsend den Rauch ins Gesicht.

»Du hast mit diesem Professor ja einige Fälle gelöst. Deine Mutter hat es jedem erzählt. Mehrmals. Ich glaube, sie kann immer noch nicht fassen, dass ihr verzogener Sohn jetzt eine Art Held ist. In der Bäckerei Nittenwilm haben sie sogar eine Torte nach dir benannt. Mit Lakritz.«

»Ich hab gehört, das Erstlingswerk läge immer noch unverkauft in der Auslage.«

»Ist besser so für alle. Glaub's mir!« Bagger steckte sich den Finger in den Hals und tat so, als müsse sie würgen.

Lachend räumte Pit das Werkzeug fort. »Du betreust doch den Mord an Ghislain de Montgolfier, oder?«

»Jep.«

»Erzählst du mir was darüber?«

»Warum sollte ich das tun?«

Pit sah zur Indiana. »Wegen Nscho-tschi.«

Bagger hob überrascht die Augenbrauen. »Du willst sie mir dafür schenken?«

»Spinnst du? Du darfst mal auf ihr fahren. Genau ein Mal.«

»Es hat sich nichts verändert, oder?« Bagger griff mit beiden Händen den Lenker und tat so, als würde sie fahren. »Macht Spaß.«

»Sagst du mir, was du weißt?«

Bagger nickte. »Du weißt sicher, dass die meisten Mörder in den ersten achtundvierzig Stunden nach der Tat gefasst werden.«

»Und danach?«

»Kaum noch.«

Pit konnte sich denken, was das bedeutete. »Die Zeit ist fast um?«

»Wir haben keine DNA-Spuren oder Fingerabdrücke an der Tatwaffe oder dem Leichnam gefunden. Wir wissen nicht einmal, ob der Täter ein Mann oder eine Frau war. Von der Kraft, die für die Hiebe nötig war, könnte es selbst ein schwächlicher Betrunkener gewesen sein. Insgesamt wurde achtzehnmal mit dem geschliffenen Champagnersäbel zugeschlagen. Der Kapellenbesitzer hat de Montgolfier um kurz nach eins, da war die Probe gerade beendet, allein in den Keller gehen sehen. De Montgolfier sagte zu ihm, er wolle noch eine Flasche aus seiner Kiste hochholen. Das war's.«

Pit ging zu Nscho-tschi und holte zwei Dosen Bier aus der Satteltasche. »Oder darfst du das mit Hundemarke nicht mehr?«

»Du hattest jahrelang Bier auf Vorrat hier? Respekt.« Bagger boxte ihn gegen die Brust. »Ich nehm das mit weniger Dellen.«

Pit reichte es ihr. »Habt ihr seinen Tagesablauf rekonstruiert?«

»Jede Minute. Nach Anreise und Vorbereitungen für die

Probe gab es nur noch einen Termin bei unserer Heilwasserquelle in Fachingen. Von dem bei Champagne Haen-Montgolfier in Reims merkwürdigerweise keiner wusste. Die Quelle selbst macht keine Aussage über den genauen Inhalt des Gesprächs. Es soll sich um etwas Geschäftliches gehandelt haben.«

»Warum sind die so unkonkret?«

»Frag mich! Prost. Champagner wär allerdings passender, du Sparbrötchen.«

Pit lachte. »Puffbrause ist nur was für Bordsteinschwalben.«

Bagger nahm einen langen Schluck, dann lehnte sie sich vor. »In der Champagnerwelt geht es um viel Geld. Ich hab mit einem Experten aus München gesprochen, der meinte, es gibt keine stärkere Marke in der Weinwelt. Selbst Bordeaux könne da nicht gegen anstinken. Wer Champagner auf eine Flasche schreiben darf, ist reich. Und die Anbauflächen sind streng begrenzt.«

»Reich wird man vielleicht damit, aber tot nützt einem das nix.«

Bagger stieß scheppernd mit ihm an. »Ich hoffe, wir finden den Täter noch, Killer. Und zwar schnell. Damit du wieder abhauen kannst. Denn sonst muss ich bald deinen suchen. Du kannst dir denken, dass jemand auf deine Rückkehr gewartet hat.«

»Es ist an der Zeit, das zu regeln.«

»Das sieht Töckel leider genauso.«

Pit trank seine Dose auf ex. Denn er wusste, dass die alte Freundin recht hatte. Pit wollte eine alte Rechnung begleichen, aber es konnte gut sein, dass er mehr als die Zeche zahlen musste. Und mehr als Geld verlor.

Der Professor atmete tief die kühle, feuchte Luft ein, die sich in den kilometerlangen Kreidekellern unterhalb von Reims befand. Die Unterwelt der Stadt war durchlöchert wie ein Schweizer Käse, in den Gängen lagerten Millionen Flaschen, deren Wert den aller Banken der Stadt überstieg. Das Herz der Champagne schlug nicht in den Weinbergen der Montagne de Reims, des Vallée de la Marne oder der Côte des Blancs, es schlug tief in der Erde, hier in den Crayères, wo die zweite Gärung stattfand und die Perlen aus Luft in den Bouteillen heranwuchsen. Bietigheim musste stets an die Geschichte denken, wenn er sich an einem Ort mit langer Historie befand. So ging es ihm auch hier zwischen all den Flaschen von Champagne Haen-Montgolfier. Er legte eine Hand auf den Stein, fühlte seine kühle, weiche Struktur und sah weiße Kreidespuren an seinen Fingern, als er sie wieder fortzog. Kreide, nur wegen dieser konnte er nun hier stehen. In der gallorömischen Zeit war sie unterirdisch abgebaut worden, im 18. Jahrhundert begann man, die so entstandenen Tunnel dann für die Champagnerproduktion zu nutzen. Die Kreide absorbierte die Feuchtigkeit, sodass es trotz einer Luftfeuchtigkeit von bis zu hundert Prozent zu keiner Kondensation kam. Bietigheim ging weiter und kam an einem der vielen Kellergewölbe vorbei, die von den Gängen abgingen, welche oftmals wie Straßen richtige Namen trugen. Hier lagerten die Flaschen, oft grün, selten weiß und manchmal mehrere Liter fassend. Sie warteten darauf, in den Rüttelpulten und modernen Gyropalettes von der Hefe befreit zu werden – doch bis dahin verlieh gerade diese ihnen das gewisse Etwas, den feinen Duft nach frischer Brioche, röstigem Baguette oder feinen Haselnüssen.

Als der Professor nun Hunderte davon vor sich in der Senkrechten lagern sah, hätte er zu gerne eine von ihnen geöffnet und den Champagner hier unten, wo er geboren wurde, getrunken. Doch er musste ja weiter, Ghislain hatte ihn schließlich um etwas gebeten. Deshalb stieg er auf das neben dem Gewölbe bereitstehende Fahrrad. Der erste Kellermeister von Champagne Haen-Montgolfier hatte ihm gesagt, dass er es hier finden würde und ausnahmsweise benutzen dürfe. Er fuhr den ihm beschriebenen Weg zu Kreidekeller 217, während Benno erbost kläffend neben ihm herlief – schließlich war er es gewohnt, in einem Fahrradkörbchen kutschiert zu werden. Unter der Erdoberfläche war Adalbert noch nie geradelt, und es kam ihm merkwürdig vor, so als müsse er bald unter freiem Himmel herauskommen. Doch dreißig Meter tief war der Himmel sehr fern. Und das Licht stammte nicht von der Sonne, sondern von UV-neutralen, gelben Natriumlampen.

Der von Ghislain in seinem Testament beschriebene Keller fand sich weitab der Routen, auf denen Touristen geführt wurden. Hier lagerten die Flaschen der Familie, und welche das waren, ging niemand etwas an. Bietigheim stellte das Fahrrad auf den Ständer, zog seine Kleidung zurecht und schritt zum gusseisernen Gitter, welches das Kellergewölbe schützte. Das Schloss sollte geöffnet sein, die Klinke musste nur heruntergedrückt werden.

Das tat Bietigheim voller Erwartung.

Doch das Tor ließ sich nicht öffnen.

Stattdessen erklang eine Stimme: »Gehen Sie fort, Sie impertinenter Mann. Sie lasse ich hier nicht herein!«

Eine Frau trat von innen ans Gitter. Es war Ghislains Witwe, die den Professor in ihrer zeitlosen Eleganz und aristokratischen Schönheit wie Catherine Deneuve erschien.

»Das Testament Ihres Mannes sagt anderes.« Bietigheim trat nah heran, er wollte ihr in die Augen blicken. Würde sie seinem Blick standhalten?

»Was immer mein Mann sich dabei auch dachte, ich sehe es anders. Nennen Sie mir die Kombination.«

Sie hielt dem Blick stand wie eine steinerne Statue.

»Damit würde ich Ghislains Vertrauen entehren.«

»Er hat mir vollends vertraut!« Sie spitzte die burgunderroten Lippen, als wären sie eine Waffe.

»Madame, das bezweifle ich nicht. Vermutlich wollte er Sie schützen, indem er den Inhalt mir anvertraute. Manchmal ist es sicherer, etwas nicht zu wissen. Mich konnte er guten Gewissens in Gefahr bringen, denn trotz meiner Gelehrtentätigkeit bin ich erfahren, was die Gefahr betrifft.«

Antoinette de Montgolfier wandte ihm den Rücken zu und deutete zur erleuchteten Kuppel des Kellers. »Manche erinnert es an einen begehbaren Kühlschrank der Natur, schließlich sind es konstant elf Grad hier unten. Aber ich muss immer an ein Grab denken. Nicht weil die Hefe in den Flaschen abstirbt, so wissenschaftlich denke ich nicht, nein, ich meine die Stille. Zudem ist es, als stünde die Zeit hier still.«

»Ich verstehe nicht, Madame. Und das widerfährt mir äußerst selten.«

»Sie sind auf schreckliche Art deutsch, Professor.«

»Im Gegensatz zu Ihnen, Madame. Sie sind auf herzliche Art französisch.« Er lächelte.

Sie tat es ganz entschieden nicht. »Was ich damit sagen will, dies ist wie eine Familiengruft für mich. Sie sind kein Teil der Familie. Und werden auch so schnell nicht einheiraten.«

Sie drückte ihre Hände so fest gegen das gusseiserne Gitter, als wollte sie es für Bietigheims nächste Attacke stützen. Dieser fuhr mit seiner Hand zwischen den Stäben hindurch und legte sie sanft auf ihre. »Madame, ich garantiere, dass Sie mir Ihr vollstes Vertrauen schenken können. So wie Ihr Mann.«

»Nein.« Sie entzog ihm ihre Hand.

»Wollen Sie nicht, dass sein Mörder gefasst wird?«

»Von Ihnen?« Sie stieß ein verächtliches Lachen aus. Antoinette de Montgolfier beherrschte es ausgesprochen gut.

»Ihr Gatte war sich dessen sicher. Sonst fiele mir kein

Grund ein, warum er mir für den Fall eines gewaltsamen Ablebens etwas vermachen sollte.«

»Meiner Erfahrung nach verblöden Gatten, je länger man mit ihnen verheiratet ist. Dabei tun wir Frauen alles, um aus ihnen anständige Menschen zu fertigen. Doch sie degenerieren. Egal, wie sehr wir uns auch anstrengen. Ich habe Ghislain geliebt, fürwahr. Doch ohne Toleranz für seine Irrungen und Wirrungen wäre dies nicht möglich gewesen. Und nun gehen Sie, verlassen Sie Reims, husch, husch zurück nach Deutschland. Trinken Sie Bier.«

»Ich lasse mich nicht huschen, von niemandem! Und Benno ebenfalls nicht. Mit Verlaub, Sie benehmen sich so, als hätten Sie etwas zu verbergen.«

»Es ist mir völlig egal, was Sie denken.«

»In aller Bescheidenheit: Was ich denke, ist wertvoller als aller Schmuck, den Sie besitzen. Denn der Geist besiegt die Materie!«

Antoinette de Montgolfier packte sich theatralisch an die Stirn. »Gehen Sie fort, Sie bereiten mir Kopfschmerzen!«

»Wenn Ihnen dieses Gespräch schon Kopfschmerzen bereitet, sollten Sie lieber nicht mit Gottfried von Kramp sprechen, während er badet…«

»Wie meinen?«

»Nichts. Ich gehe, doch ich werde dem Wunsch von Ghislain entsprechen. Egal, wie viele Steine Sie mir in den Weg legen, ich werde darüberspringen. Und Benno erst recht. Au revoir!«

Als der Professor endlich wieder zurück an der frischen Luft war, sah er vor dem Champagnerhaus Haen-Montgolfier den nachlässig gekleideten Mann herumlungern, den er bei der Probe in Limburg für einen Clochard gehalten hatte. Er blickte von der gegenüberliegenden Straßenseite herüber, sich selbst im Schatten des Gebäudes haltend. Der Professor beugte sich zu Benno und strich über dessen

Köpfchen, wobei er unauffällig zu dem Mann blickte. Dieser schrieb jetzt in ein kleines schwarzledernes Notizbuch. Dann schoss er Fotos, nicht mit einem Handy, sondern mit einer altmodischen Spiegelreflexkamera samt Teleobjektiv.

Als er fortging, folgte Bietigheim ihm kurz entschlossen.

Zuerst ging der Mann schnellen Schrittes Richtung Innenstadt, doch nachdem er vor einer um diese Stunde noch geschlossenen Bar auf die Armbanduhr geblickt hatte, begann er zu schlendern. Er trank einen Kaffee im Stehen, kaufte sich eine Packung Zigaretten und ein Brioche in einer Boulangerie. Gerne hätte der Professor es ihm gleichgetan, doch er musste Abstand halten. Um nicht aufzufallen, nahm er sogar seinen Borsalino ab, obwohl ihn der Hut vor der hitzigen Sonne des August schützte. Schließlich kaufte der Mann sich an der Ecke Rue Rockefeller und Rue Tronsson Ducoudray eine Flasche Champagner von René Geoffroy, die er sofort öffnete und gekonnt ansetzte. Champagner aus der Flasche zu trinken war nicht jedermann gegeben – er handhabte dies sehr gekonnt, ohne einen einzigen Tropfen zu verspritzen.

Der enervierend ziellose Spaziergang durch Reims endete kurz an der Statue der reitenden Johanna von Orléans, wo der Mann sich kurz verneigte, dann in der sich davor imposant erhebenden Kathedrale Notre-Dame. Wenn dieser Mann einer Kirche anhing, dann der des hedonistischen Genusses. Der Luxusclochard trat in das Gotteshaus ein, und der Professor folgte in gebührendem Abstand. Doch noch bevor er eintreten konnte, stürzte eine Frau heraus und stolperte so, dass sie auf ihn fiel.

Es war eine junge, zierliche Asiatin mit schwarzer Kurzhaarfrisur. Bietigheim spürte die Muskeln in ihren Oberarmen, als sie sich schnell erhob, um davonzurennen. Ein Duftschwall von reifer Zitrone und edler Tahitivanille zog über den Professor. Dann war die Frau auch schon wieder weg.

Nach ihr trat der Clochard aus der Eingangstür der Kathedrale.

»Wo ist das Luder hingerannt?«

»Ich wüsste nicht, warum ich Ihnen dies sagen sollte.« Der Professor richtete sich auf. »Sagen Sie mir zuerst, wer Sie sind und was Sie von dieser Frau wollen.« Er klopfte sich den Straßenstaub von der Kleidung. »Sie wissen, dass Sie im Zusammenhang mit Ghislain de Montgolfiers Tod befragt werden sollen?«

Der Mann trat näher und senkte die Stimme. »Gehen Sie fort aus Reims, Professor. Das hier geht Sie nichts an.«

»Ein Satz, den ich heute schon einmal gehört habe. Und er lässt mich auch beim zweiten Mal unbeeindruckt.«

»Dann sage ich Ihnen einen Satz, den Sie heute ganz sicher noch nicht gehört haben.«

»Nur zu. Ich bin beruflich wie privat stets wissbegierig.«

»Wenn Sie nicht aus Reims verschwinden, werden Sie sterben. Und Ihrem Rockerfreund in Limburg wird es nicht anders ergehen.«

Woher wusste er von Pit? Der Professor wollte den Mann fragen, ausquetschen, doch dieser stieß ihn um und rannte Richtung Opéra de Reims, eine Gruppe von Schulkindern wie das Meer teilend. Und dann war auch er fort.

Der Professor lief in das nächste Café, um Pit telefonisch zu warnen.

Obwohl Pit seit Ewigkeiten eine Glatze hatte, fuhr er sich über den Kopf, als müsse er seine Haare vor dem Bewerbungsgespräch in Reih und Glied legen. »Staatl. Fachingen« stand auf dem Schild, das er betrachtete, während ein Lkw mit grünen Flaschen scheppernd an ihm vorbeifuhr.

Sein Handy brummte, aber wer auch immer ihn anrief, er musste jetzt warten. Würde schon nichts Wichtiges sein. Er ermittelte jetzt für den Professor! Und diesmal musste er sich für einen Ermittlungsjob wenigstens nicht verkleiden. Sie suchten Personal für die Beladung der Lkws. Da war eine Lederjacke vollgepackt mit Muckis kein Ablehnungsgrund. Pit drehte Elvis Presleys Album »His Hand in Mine« in seinem alten Walkman lauter und ging zum Verwaltungsgebäude. Seine Mutter hatte es ihm genau beschrieben und auch noch zum Besten gegeben, dass es aus der Mitte des 19. Jahrhunderts stammte und dort früher der Brunnendirektor in den oberen Stockwerken gewohnt hatte.

Am Einlass musste er kurz erklären, dass er nicht vorhatte, die Quelle auszurauben, sondern für sie zu arbeiten. Die Dame am Empfang ließ ihn warten. »Kossitzke war der Name?«, erklang dann wieder ihre Stimme. »Peter Harald Kossitzke?«

»Pit. Auf die anderen Vornamen reagiere ich mit Sodbrennen.«

»Herr Weiler holt Sie jetzt ab. Muss ich Sie auch ganz bestimmt nicht auf Waffen untersuchen?« Sie lächelte.

»Wenn, würde ich es Ihnen nicht sagen, sondern mich nachher lautlos von hinten an Sie heranschleichen und Ihnen die Kehle durchschneiden.« Pit lächelte auch. »Kleiner Witz.«

Hör auf mit dem Scheiß, dachte sich Pit, sonst würde er noch nicht mal den Personalchef kennenlernen.

Ein Summer ertönte, und die Glastür wurde geöffnet, eine Hand schüttelte seine. Dirk Weiler war ein freundlicher Mann, der jedoch so durchschnittlich aussah, dass Pit schon nicht mehr sagen konnte, wie er aussah, nachdem Weiler sich wieder umgedreht hatte. »Folgen Sie mir bitte.«

Pit wusste nicht, wie er sich eine Heilwasserquelle genau vorgestellt hatte. Aber auf jeden Fall mit einer Tropfsteinhöhlengrotte, wo Wasser in einen See hochsprudelte. Und vielleicht einigen Leprakranken, die darumstanden, in der

Hoffnung, spontan und kostengünstig geheilt zu werden. Doch dies war ein ganz normaler Bürokomplex, keine Tropfsteinhöhle, nicht ein einziger Leprakranker.

»Wo ist denn die Quelle?«

»Das ist ein Geheimnis«, antwortete der Hinterkopf von Herrn Weiler höflich.

»Wieso?«

»Wegen der Konkurrenz! Die Wasserbranche ist ein hart umkämpfter Markt. Und unsere Quelle hat einen der allerhöchsten Hydrogenkarbonat-Werte in Deutschland. Sie ist ein wahrer Schatz.«

»Klar, Hydrogendingens, weiß ich doch. Das ist gut für die Knochen.«

»Sie meinen Kalzium.«

»Das auch. Wollte ich gerade sagen. Aber ich dachte mir, Sie wissen das sowieso.«

Sie kamen an den Toiletten vorbei.

»Ich geh mal für kleine Astronauten.«

»Wie bitte?«

»Ich wander mal nach Kackenbergen.«

Weiler erwiderte nichts. Pit sah ihm aber an, dass seine Vorfreude aufs Mittagessen eindeutig reduziert worden war.

Pit musste gar nicht zur Toilette, aber er wollte sich kurz sammeln. Weiler schien kein Mann, den man wegen seiner Fröhlichkeit die Superhitparade der Volksmusik moderieren lassen würde. Selbst beim Wort zum Sonntag hätte ihn kein Senderchef rangelassen, aus Angst, eine Selbstmordwelle loszutreten. Und genau diesen Mann musste er so von sich begeistern, dass er ihn heute noch an den Arbeitsplatz ließ, damit er in Erfahrung bringen konnte, was Ghislain de Montgolfier am Tag seines Todes hier gewollt hatte – und warum die Heilwasserfirma dazu lieber schwieg.

»Machen Sie bitte schnell!«, rief ihm Weiler noch nach.

»Ich beeil mich, alles aus den Schläuchen rauszudrücken!«

Pit schloss ab und setzte sich auf den Klodeckel. Falls er den Job doch nicht bekam, wovon er nun ausging, musste er sich zumindest im Gebäude umsehen. Und das hieß: Weiler abschütteln. Teil eins des Plans war, so lange auf dem Topf zu bleiben, bis er nicht mehr wartete und ihn bat, später ins Büro nachzukommen.

Die Toilette war klein, fensterlos und penibel sauber. Es roch nach Essigreiniger. Musik lief keine, aber er hatte sein Handy dabei und darauf ein lustiges Spiel, bei dem er immer höher hüpfen musste. Das konnte er stundenlang. Nachdem er bis in die Stratosphäre gehüpft war, öffnete sich die Tür zur Männertoilette. Doch nicht Weilers Stimme erklang, sondern die anderer Männer.

»Einer von uns muss in die Champagne und sich persönlich darum kümmern«, sagte einer der beiden, während er den Reißverschluss seiner Hose öffnete.

»Das mit Ghislain hätte nicht passieren dürfen.«

»Nein, aber er kannte die Gefahr.«

Es klopfte an der Tür. »Herr Kossitzke, wie lange brauchen Sie denn noch da drin?«

Das Gespräch erstarb. Verdammt!

»The Eagle has landed«, vermeldete Pit und hörte, wie die beiden Männer geradezu vom Pissoir flohen. Ohne sich die Hände zu waschen. Pit dagegen dachte daran – schließlich wollte er offiziell ja einen guten Eindruck machen.

Und sich schnellstmöglich aus dem Staub, um sich im Gebäude umzusehen.

Leider lag Weilers Büro gleich als erstes neben den Toiletten.

Es war klein und das einzige Grüne ein Kaktus. Pit fand das Klo gemütlicher. Einzig bemerkenswert war eine Staffelei, über die ein weißes Tuch gehängt worden war. An der unteren rechten Ecke hing es schief, und so war zu sehen, dass eine Flaschenabbildung darunter verborgen war.

Jedoch keine von Staatl. Fachingen.

Weiler setzte sich, rückte den Bürostuhl zurecht, schob sich dann langsam an den Schreibtisch. »Nehmen Sie bitte Platz«, sagte er mit hochgezogenen Augenbrauen zu Pit, der bereits saß. Dann nahm er die perfekt vor ihm ausgerichtet liegenden Bewerbungsunterlagen und reichte diese seinem Gegenüber. »Für Sie.«

»Danke, falls Sie noch irgendwas brauchen: einfach sagen. Dann reiche ich das nach.«

»Herr Kossitzke, hier ist kein Platz für Sie.«

»Wieso? Doch nicht etwa, weil ich mich eben direkt hingesetzt habe?«

Weiler spitzte die Lippen. »Weil wir keinen Spitzel von Herrn Professor Bietigheim hier benötigen. Sagen Sie ihm das.«

Pit schaute verwirrt. »Breiti...dorf? Nie gehört. Komischer Name.«

Weiler zog eine Schublade auf und holte einen Schnellhefter heraus, den er über den Tisch reichte. Er enthielt Zeitungsartikel über Mordfälle, die der Professor gelöst hatte – und in denen auch Pit erwähnt wurde. Weiler hatte dessen Namen mit Textmarker hervorgehoben.

»Das muss ein anderer Pit Kossitzke sein. In Norddeutschland heißt ja jeder zweite Schiffschaukelbremser so.«

»Seite drei.«

Pit blätterte um. Dort war er auf einem Foto mit dem Professor neben dem größten Käseigel der Welt zu sehen.

»Mein Zwillingsbruder Pit. Ich heiße ja eigentlich Peter Harald.«

»Hören Sie auf, mich für dumm zu verkaufen. Versichern Sie dem Professor, dass wir nichts über die Ermordung von Ghislain de Montgolfier wissen. Es ist ein Todesfall, den wir wirklich sehr bedauern.«

»Warum war er denn am Tag seines Todes hier?«

»Das ist ein Missverständnis, wie wir der Polizei bereits sagten. Er muss einer der Besucher gewesen sein, die an einer Führung teilnahmen. Als Connaisseur feiner Genüsse interessierte er sich wohl für unser Heilwasser. Wir bedauern sehr, dass er sich nicht persönlich bei uns vorgestellt hat.« Weiler deutete auf die schlichte Wanduhr über dem Eingang. »Unsere Zeit ist hiermit beendet.«

»Sie haben einen guten Packer verloren.«

Weiler schüttelte den Kopf. »Ich bringe Sie noch zur Tür.«

Pit stand umständlich auf, fiel zur beabsichtigten Seite und riss das Tuch von der Staffelei.

Nun war das Bild darunter vollends zu sehen.

Pit hatte sich getäuscht. Links war tatsächlich eine grüne Glasflasche von Staatl. Fachingen zu sehen.

Direkt daneben jedoch eine von Champagne Haen-Montgolfier.

Darüber standen drei Worte.

Freunde fürs Leben.

KAPITEL 3

Der Professor schaut einen Porno

Ein Hotel, zu dem ein penibel gepflegter Park und ein Sternerestaurant gehörten, war ganz nach Bietigheims Geschmack. Deshalb quartierte er sich im Château Les Crayères am Boulevard Henry Vasnier ein, dem teuersten Haus am Platz. Zahlte ja Ghislains herzliche Witwe. Nur fünf Minuten vom Zentrum entfernt, war das Les Crayères ein Hort der exklusiven Ruhe, denn der sieben Hektar große Park mit einigen über hundert Jahre alten Bäumen umschloss es wie eine Auster ihre Perle. Die ehemalige Residenz der Familie Polignac war 1901 errichtet worden und bot Zimmer und Suiten im unverfälschten klassisch-französischen Stil. Und das Gourmetrestaurant eine Weinkarte, die mehr als sechshundert Champagner auflistete – vermutlich Weltrekord.

Als er eintrat, hatte Adalbert sofort das Gefühl, all diese Grandezza passe wunderbar zu ihm. Bevor er und Benno auf ihre Suite konnten, stand allerdings das leidige Einchecken an, dieses Nerven kostende Aufschreiben der eigenen Behausung, dann das Warten auf den Schlüssel, dazu die wie ein Endlosband ablaufenden Erklärungen der professionellen Grinser hinter dem Empfangstresen zu Frühstückszeiten und Wellnessangeboten. Es war eine Pein für den Professor, die fast nur von der durch Minze übertroffen wurde.

Der Concierge des Les Crayères lächelte ihn schon von Weitem an. Wieder einer dieser Menschen, deren ewig gleiche Ausführungen wie Gemüsebrühe für den Intellekt waren: dünn und wenig nahrhaft.

Die Schritte des Professors verlangsamten sich, er holte tief Luft und trat an den Tresen.

»Mein werter Name ist...«

»Professor Doktor Doktor Doktor honoris causa Adalbert Bietigheim. Wer wäre ich, wenn ich das nicht wüsste! Es ist uns eine ganz besondere Ehre, Sie hier bei uns begrüßen zu dürfen.«

Der Concierge stellte sich bei näherer Betrachtung als kleiner, rundlicher Mann mit Halbglatze, Nickelbrille und freundlichem Lächeln heraus. Vielleicht war er ein wenig vorschnell mit der Beurteilung dieses Mannes gewesen. »Verständlich«, sagte der Professor deshalb gönnerhaft. »Meine Wahl fiel selbstverständlich direkt auf Ihr Haus.«

»Zu gnädig«, antwortete der Concierge. »Hatten Sie eine angenehme Anreise?«

Bietigheim nickte. »Nur eine unerfreuliche Ankunft.«

Der Concierge lächelte süffisant. »In der Champagne, Monsieur le Professeur, bestimmen Witwen seit jeher den Lauf der Geschichte. Nicht nur die selige Veuve Clicquot – welche ja dank ihrer deutschen Mitarbeiter so erfolgreich war. Unsere Länder verbindet viel. Deutschland und Frankreich profitierten immer davon, wenn sie einander vertrauten. Als weiteres Beispiel fällt mir spontan ein, dass Barbe-Nicole Clicquots schwäbischer Kellermeister Anton von Müller einst das Rüttelverfahren erfand. Um 1813.«

»Ich wollte es gerade erwähnen«, sagte der Professor, immer noch irritiert von der Aussage des Concierge zu Witwen. Spielte er etwa auf Ghislains Hinterbliebene an? Wieso wusste dieser Mann so viel?

»Gibt es eine besondere Art und Weise, wie man in der Champagne mit Witwen umgehen sollte?«

»Nun«, der Concierge lehnte sich vor. »Manche sollte man fraglos wie von alters her verbrennen. Bei anderen dagegen führt der Weg zu einem besseren Verständnis über gemeinsame Interessen. Da Sie ein Frühaufsteher sind, sollten Sie morgen vielleicht gegen sechs Uhr fünfzehn einen Blick in unseren Park werfen.« Er lehnte sich wieder zurück. »Jetzt will ich Sie aber nicht länger aufhalten, denn Ihre … junge Freundin wartet ja bereits in Ihrer Suite. Sie hat es sich sicherlich bereits bequem gemacht. Wünsche einen wundervollen Aufenthalt.«

War das ein zweideutiges Zwinkern gewesen? Oder nur ein Staubkorn, das dem Concierge ins Auge geflogen war? Dieser lächelte nun zumindest einen Hauch zu breit.

»Falls Sie eine amouröse Verbindung andeuten, muss ich Sie korrigieren. Mein Herz gehört sicherlich keiner jungen Frau, sondern einer einzigartigen Dame.«

»Hildegard zu Trömmsen, der Venus von Blankenese«, antwortete der Concierge souverän.

Auf Bietigheims hochgezogene Augenbrauen reagierte er mit: »Ich nehme meinen Beruf genauso ernst wie Sie Ihren. Deshalb weiß ich um Ihre große Bewunderung für Frau zu Trömmsen. Aber wir sind in Frankreich, wo eine Amour fou stets eine angenehme Zerstreuung sein kann.«

Jetzt wurde es dem Professor langsam doch zu bunt beziehungsweise zu unhanseatisch. Erst dieses despektierliche Gerede über zu verbrennende Witwen und nun die Unterstellung von untreuem Verhalten. »Ich zerstreue mich nie! Ich bin Wissenschaftler!«

»Selbstverständlich, ich wollte nicht …«

»Gehaben Sie sich wohl!«

Nach einigem Suchen fand er den Zimmerschlüssel genau vor sich auf dem Tresen. Auf dem Weg kam er am Wellness- und Fitnessbereich vorbei und erschnupperte dort einen Geruch, der ihm sehr bekannt vorkam. Es duftete nach reifer Zitrone und edler Tahitivanille. Doch Adalbert war so erpicht darauf, seine angebliche Freundin kennenzulernen, dass er der Sache keine weitere Beachtung schenkte.

Bevor der Professor in seine Suite mit prachtvollem Blick

auf den Park trat, schob er Brust heraus und Kinn empor. Wer immer ihn dort in seinen Räumlichkeiten erwartete, sollte ihn in Ehrfurcht gebietender Größe zu Gesicht bekommen. Bietigheim war sich sehr wohl bewusst, dass sich Ehrfurcht und Größe mehr auf seinen Geist als auf seine Körpermaße bezogen, doch nicht nur Napoleon war trotz geringer Höhe eine gewaltige Präsenz gewesen – der sogar einigen Speisen seinen Namen verliehen hatte. Auch darin ähnelten sie sich, schließlich gab es in Cambridge nun »Falsche Schwanpastete Adalbert«, in der Pfalz den »Saumagen Bietigheim« und im Elsass sogar die »Schweinebacke Professor«.

Er öffnete die Tür.

Und hörte im Zimmer ein vergnügtes weibliches Kichern.

»Oh, wow! Zeig mir alles, du geile Schnecke.« Dann ein Klicken. »Du weißt aber genau, wie ich es mag, du ungezogenes kleines Ding.«

Er räusperte sich.

Es war ein Räuspern, das in seiner Bestimmtheit und Tiefe einer ledergebundenen, vierbändigen juristischen Abhandlung mit Anhängen gleichkam.

Das Kichern stoppte.

»Der Professor ist eingetroffen. Ich hab jetzt keine Zeit mehr für Schweinkram.«

Wieder war ein Klicken zu hören.

Ein holzgetäfelter Flur führte in die prachtvolle Suite, die dank Topfpflanzen und Sträußen in voller Blüte stand. In diesem englischen Garten von einer Unterkunft saß Rena, seine wissenschaftliche Assistentin, im Schneidersitz auf dem rosafarbenen Himmelbett, vor sich ein zugeklapptes Notebook.

Weder geile Schnecken noch ungezogene kleine Dinger waren zu sehen.

Rena sprang auf und fiel dem Professor um den Hals.

»Ich freu mich so, Sie zu sehen!« Sie gab ihm einen Schmatzer auf die Wange.

»Woher wissen Sie überhaupt, wo ich …?«

»Haben die von Champagne Haen-Montgolfier mir gesagt. Die sagten: Der steigt bestimmt im Les Crayères ab. Habe Ihnen übrigens auch Körbchen und Spielzeug für Benno mitgebracht.«

»Jetzt lenken Sie nicht ab! Ich habe sehr wohl mitbekommen, dass Sie sich hier ungebührlich benehmen. Es klang, als würden Sie einen erotischen Film drehen.«

»Was?« Rena lachte. Sie stammte aus Süddeutschland und hatte, wie sie selbst sagte, eine Dirndlfigur, trug aber partout Bluejeans. Die langen Haare hatte sie jedoch, wie in ihrer Heimat üblich, kunstvoll geflochten. »Haben Sie etwa gelauscht?«

»Ich bin bloß eingetreten. In *meine* Suite!«

»Ja, ja, schon gut.« Sie winkte ab. »War alles ganz harmlos. Habe mir nur Pornos angeguckt.«

»*Pornos?*«

»Ich zeig sie Ihnen!«

Der Professor schüttelte vehement den Kopf. »So einen Schund werde ich meinen Augen niemals zumuten!«

Benno erkundete derweil das Zimmer und wählte schließlich den Louis-quatorze-Sessel am Fenster. Auf diesem drehte er sich auf den Rücken und schubberte das Polster mit Eau de Benoît ein.

»Ist doch gar nichts Schlimmes.« Rena setzte sich wieder auf das Bett und öffnete das Notebook. »Ist ja Bottle-Porn. Fotos von Flaschen.«

»Mit entkleideten Menschen?«

»Nein. Nur von Flaschen. Zumeist von alkoholischen Getränken. «

Der Professor blickte sie entgeistert an. »Sind diese dann in Negligés oder ähnliche Reizwäsche gekleidet? Strapse gar?«

Rena musste lachen. »Ach, Professor, Sie sind echt süß! Das ist nichts Perverses. Warten Sie.«

»Es gab einmal eine Flaschenhülle von Jean Paul Gaultier in Lack mit Reißverschluss«, klärte Adalbert sie auf.

Rena drehte den Monitor zu ihm. »Das hier ist Bottle-Porn. Ein Foto von drei Flaschen. Teuren leeren Flaschen. Jahrgangschampagner. Geil, oder? Und das hier erst! Sind das Kurven oder sind das Kurven?«

Es war ein Tisch mit rund zwanzig Bordeauxflaschen aus dem herausragenden Jahrgang 1982.

Rena machte eine Handbewegung, als vollführe sie einen Zaubertrick. »Mich hat das hier auch total angemacht.«

Eine Vertikale von Vega-Sicilia-Weinjahrgängen, gefolgt von einer mit Mumm-Champagnern, von denen etliche Etiketten trugen, die längst nicht mehr verwendet wurden. »Zuerst gab es Food-Porn und jetzt Bottle-Porn. Die Fotos machen einen heiß, aber für ... Erfüllung muss man selber sorgen.« Sie zwinkerte dem Professor zu. »Unsere Erfüllung steht auf dem Tisch da drüben im Eiskühler. Ein Begrüßungschampagner für den Herrn Professor. Der jetzt aber so was von sofort aufgemacht wird!«

Adalbert trat zu der Flasche. »Sie klingen bereits wie eine Alkoholikerin.« Er nahm sie in die Hand. »Das ist ein Cuvée Versailles, der letzte Jahrgang, den Ghislain noch bis zum Dégorgement und dem Befüllen mit Versanddosage verantwortet hat.« Zu Füßen des Eiskübels stand eine Karte aus Büttenpapier. »Mit Grüßen der Direktion.« Er drehte sich zu Rena. »Ich will Champagnerwein. Und recht moussierend soll er sein!« Der Professor hob fragend die Augenbrauen. »Woher stammt dieses Zitat? Na?«

»Ach, Professor. Aus Goethes *Faust*, als sich Teufel und Titelheld durch Leipzigs Unterwelt bechern. Aber jetzt wird endlich getrunken – ich hab so viel Bottle-Porn geguckt, dass ich es kaum noch aushalte. Mein ganzer Körper schreit nach Befriedigung!«

Bevor Adalbert zur Flasche greifen konnte, hatte Rena diese schon aus dem Kübel geholt, löste die golden glänzende Stanniolfolie vom Hals, öffnete das Muselet und ließ den Korken sanft, wie sie es beim Professor gelernt hatte, und unter Drehung der Flasche, nicht des Korkens, mit einem leisen Pffft aus dem Flaschenhals gleiten. »Auf meine Studienwahl! Die mir so was hier statt miesem Kaffee aus dem Automaten ermöglicht!« Sie goss in die bereitstehenden Gläser ein.

»Auf Ghislain!«, verbesserte der Professor sie. »Dies ist ein großartiger Champagnerjahrgang, den wir in seinem Gedenken genießen sollten. Dieses Cuvée hat neunundneunzig von hundert Parker-Punkten erhalten, nahe an der absoluten Perfektion. Seit Jahren ist kein Champagner mehr so hoch bewertet worden. Sehr generös von der Direktion!«

Sie stießen an, während das Sonnenlicht weich hereinflutete und sich in den Champagnerperlen verfing. Benno blickte bei dem Geräusch klirrender Gläser kurz auf und den Professor auffordernd an. Dieser nahm den Korken und warf ihn ins Badezimmer, woraufhin der Foxterrier vom Sessel sprang und hinterherwetzte. »Ein Getränk, von dem alle etwas haben«, kommentierte er schmunzelnd.

Dann trank er den Champagner – und seine Geschmacksknospen traten augenblicklich in den Streik. Der Champagner war aromatisch nicht aufgewühlt wie ein wildes Meer, sondern nur so tief wie eine Pfütze. Alle Duftnoten schienen wie unter einem schweren Schleier, der Mousseux war hart und grob. Hätte er diesen Champagner in seiner Subtilität mit Musik verglichen, so wäre er ein Lied der Wildecker Herzbuben. Eines ihrer schwachen noch dazu.

Der Professor spie den Champagner in den Kübel. »Grauenvoll!«

Rena trank das Glas leer. »Ach, der ist doch ganz süffig.«

»Das schmeckt nicht nur wie ein schlechter Champagner, das schmeckt überhaupt nicht wie Champagner.«

War vielleicht etwas bei der Abfüllung falsch gelaufen und dies ein viel einfacheres Produkt des Hauses? Kopfschüttelnd sah sich Adalbert die Flasche an und suchte ein auf dem Etikett untergebrachtes Kürzel. War dies tatsächlich ein NM? Die Buchstaben standen für Négociant manipulant und damit für ein Haus, das Champagner selbst ausbaute und vermarktete. Typisch für große Häuser, die in der Regel zwar einige eigene Weinberge besaßen, jedoch in erheblich größerem Umfang Traubenmaterial zukauften. Der Professor erwartete bei dieser minderen Qualität ein ND, das Négociant distributeur bedeutete, und damit ein Champagnerhaus, das fertig ausgebauten Champagner kaufte und unter eigener Marke vertrieb. Dies war leider allzu häufig Champagner minderer Qualität. Schließlich fand er die sehr klein gedruckten Lettern.

Dies war tatsächlich ein NM.

Zumindest dem Etikett nach.

»Wie konnte Ghislain so etwas nur verantworten? Es ist, als hätte er seinen Geschmackssinn verloren. Diese Plörre hat sicher niemals neunundneunzig Punkte erhalten. Bitte kümmern Sie sich darum, dass wir eine zweite Flasche davon erhalten. Und zwar schleunigst.«

»Zu Befehl, Herr General.« Sie salutierte.

Und erntete einen mahnenden Blick. »Und außerdem machen Sie bitte einen Mann ausfindig. Er war bei der Probe in Limburg zugegen. Ähnelt einem Clochard. Heute traf ich ihn vor der Kathedrale Notre-Dame wieder.«

»Meine wissenschaftliche Arbeit ähnelt immer mehr der einer Detektei.«

Der Professor besah sich das Etikett des Cuvée Versailles genau. Alles, wie es sein sollte. Er wandte sich wieder zu Rena. »Gleicht wissenschaftliche Arbeit nicht häufig Detektivarbeit?«

»Ich mach mich ja schon an die Arbeit. Aber nur, wenn ich den Rest der Flasche bekomme!«

»Meinen Gaumen«, sagte der Professor und goss sich ein Glas klares Wasser ein, »werde ich damit sicherlich nicht nochmals beleidigen.«

Pits Mutter kniff ihn in die Wangen. Es tat fies weh. Das machte seine Mutter immer. Wohl um zu prüfen, ob er gut im Futter stand.

»Gut siehst du aus, Junge!«

Speck-Test bestanden.

Die Stimme der Mutter war so gebrechlich geworden wie sie selbst und doch immer noch voller Wärme. Das Haus hatte sich seit seiner Kindheit kaum verändert, es roch sogar noch so wie früher, weil Mutter stets dasselbe Waschmittel und dieselben Reiniger verwendete. Hier änderte sich einfach nichts.

Gut so.

Nachdem Pit bei Fachingen höflich, doch bestimmt des Geländes verwiesen worden war, führte ihn der Weg ins elterliche Haus, und nun stand er in der Küche des kleinen Häuschens im Lahnsteiner Ortsteil Friedrichssegen, dessen Haustür wie seit eh und je unverschlossen blieb. Immer düdelte ein altes Radio Schlagermusik. Mutter blätterte in der *Neuen Post* und suchte das Kreuzworträtsel.

»Hast dich ja lange nicht mehr bei deiner alten Mutter blicken lassen.«

»Cambridge liegt ja auch nicht gerade um die Ecke.«

»Papperlapapp, heute kann man doch einfach fliegen.«

»Du meinst zum Internationalen Drehkreuz Lahnstein?«

Seine Mutter lachte – und kniff ihn noch mal in die Wange. Pit beschrieb sie stets als quadratisch, praktisch, gut. Immer mit einer geblümten Kittelschürze sowie Filzpantoffeln. Von Geburt an hatte sie eine dunkelblonde Dauerwelle, die betonfest auf ihrem Kopf saß und an der sich selbst bei orkanartigen Stürmen kein Härchen krümmte.

Gebeugt ging sie jetzt an den Herd, auf dem ein großer Topf stand. Das war immer so. Seit Pit denken konnte. Und immer blubberte Gulasch darin, aus dem Suppenkellen voll reichhaltigem Essen geschöpft wurden. Ein Gericht, das Generationen der Kossitzkes aßen, damit sie groß und stark wurden. Und blieben.

»Dein Bruder kommt mich immer regelmäßig besuchen!«

»Der lebt auch in Mönchengladbach«, erwiderte Pit.

»Genau, das ist ganz schön weit weg!«

»Ja, Mutter, ich glaube, es grenzt an Sibirien.«

Sie kam zu ihm und kniff ihn, diesmal ins Ohr. »Ach, Junge, du musst deine alte Mutter nicht veralbern. Jetzt isst du erst mal was. Du siehst ja ganz verhungert aus.«

Anscheinend doch noch nicht genug Speck auf den Rippen.

»Hab aber keinen Hunger.«

»Nur etwas leckere Suppe.«

»Nein danke.«

»Die hast du früher immer so gern gegessen!«

»Wirklich nicht.«

»Ist selbst gemacht! Und gesund!«

»Ja, Mutter. Weiß ich doch. Ist auch lecker. Aber nicht jetzt.«

Sie nickte. Es signalisierte allerdings nicht Zustimmung. »Du musst doch was essen. An dir ist ja nichts mehr dran.«

»Du brauchst eine neue Brille, Mutter.«

»Probier doch wenigstens.«

»Nein.«

»Aber einen Teller isst du schon?«

Pit schüttelte den Kopf. »Ich hab mir Arbeit mitgebracht.« Er holte eine Flasche einfachen Champagner von Champagne Haen-Montgolfier und dreierlei Mineralwasser aus seinem Lederrucksack sowie das Heilwasser von

Staatl. Fachingen. »Muss testen, wie die zusammenpassen. Ich trinke so was zwar sonst nicht, aber es muss.«

Mit »Trinke so was sonst nicht« meinte Pit sowohl Champagner wie Wasser. Er war der Meinung: Warum Wasser ohne Geschmack trinken, wenn es auch welches mit Geschmack gab? Und dieses noch dazu den schönen Namen Bier trug!

Er zeigte die Champagnerflasche seiner Mutter. »Das hier ist ein Champagner, also sprudeliger …«

»… Wein. Weiß ich doch, Junge. Und ich sag immer, ein herzhaftes Gulasch passt wunderbar zum Rosé-Champagner.«

Worte, die Pit niemals aus dem Mund seiner Mutter erwartet hätte. »Bist du wirklich meine Mutter, oder ist ein Alien in dich gefahren?«

»Ich weiß zwar nicht, was ein Alien sein soll«, sie sprach das englische Wort deutsch aus, wodurch es sich extrem außerirdisch anhörte, »aber natürlich bin ich deine Mutter. Hör doch auf mit dem blöden Geschwätz!«

»Oder trinkst du neuerdings Eierlikör und Klosterfrau Melissengeist literweise?«

»Nur für die Gesundheit. Kaum mehr als ein Fingerhut voll.« Sie schöpfte etwas Gulaschsuppe in einen tiefen Teller mit Goldrand.

»Seit wann weißt du, zu was Rosé-Champagner passt?«

»Das hat der Horst Lichter gesagt! Und der Lafer hat genickt. Der Lafer, der kann ja richtig kochen. Aber den Lichter, den mag ich lieber.«

Warum seine Mutter sich Kochsendungen anschaute, obwohl sie seit Jahren eigentlich immer nur diese eine Gulaschsuppe kochte, die aus mehr Fleisch als Flüssigkeit bestand, war Pit ein Rätsel.

»Hat der Lichter auch erzählt, dass zum Rebhuhn, welches auf dem linken Bein im Nordwind stand, ein 1971er Margaux passt?«

»Nee, Jung. Ist das denn so? Hier, deine Suppe. Lass es dir schmecken. Aber erst beten.« Sie beugte sich zu ihm herunter. »Und vorher die Hände waschen. Für dich muss man sich ja schämen.«

Ein paar Minuten später und mit gewaschenen Händen konnte Pit feststellen, dass Champagner tatsächlich hervorragend zu Gulasch passte. Und noch etwas später, dass die verschiedenen Wässer, die er mitgebracht hatte, nicht nur unterschiedlich gut schmeckten, sondern auch unterschiedlich gut zu der Edelbrause passten. Das Wasser aus Fachingen schien Hals und Magen nach der vielen Säure sanft zu streicheln. Bei anderen schmeckte der Champagner nach einem Schluck aggressiv. Bisher war für Pit Wasser einfach Wasser gewesen.

Nun gab es Wasser. Und Wasser.

»Willst du auch noch was Wasser aus der Leitung haben?«, fragte seine Mutter.

»Das ist lieb von dir, aber es reicht.«

»Bei denen da arbeitet auch die Rita. Die putzt schon seit Jahrzehnten für die.« Sie meinte Staatl. Fachingen.

»Haben die da einen festen Putztrupp?«

»Nee, die meisten sind Aushilfen oder so. Die nehmen auch tageweise Leute. Die Rita ist da die Chefin vom Fazililie Mänäschment oder wie das jetzt heißt.«

Pit kam eine Idee und ergriff ihre Hand. »Mutter, halt dich fest! Dein Sohn wird Putzfrau!«

Es war sechs Uhr fünfzehn früh, und Adalbert stand im weitläufigen Park des Hotels, über dem noch morgendlicher Bodennebel lag. Bis spät in die Nacht hatte er Werke über das Champagnerhaus Haen-Montgolfier studiert. Als ihm schließlich die Augen zufielen, träumte er unerklärlicherweise von Gulaschsuppe mit dicken Stücken.

Während Adalbert den menschenleeren Park betrachtete, musste er an die mysteriöse Aussage des Concierge denken, die ihn hierhergeführt hatte. »Bei anderen Witwen führt der Weg zu einem besseren Verständnis fraglos über gemeinsame Interessen. Da Sie ein Frühaufsteher sind, sollten Sie morgen vielleicht gegen sechs Uhr fünfzehn einen Blick in unseren Park werfen.«

Ein Frühaufsteher war der Professor fraglos. Er liebte eine kalte morgendliche Dusche, liebte die Härte und den ungeschönten Geruch von Kernseife, liebte Handtücher, die nicht mit Weichspüler behandelt, sondern grob waren, und liebte einen Spaziergang zur Morgenstunde, wenn er sein Hamburg fast ganz für sich allein hatte.

Das Gleiche war mit diesem herrlichen Park nun der Fall, und er ließ Benno von der Leine. Dieser flitzte daraufhin los, als müsste er beweisen, dass es doch etwas gab, das schneller als das Licht war: nämlich Foxterrier.

Er wäre sicher bis zum Ende des Parks gelaufen, wenn ihm nicht etwas dazwischengekommen wäre. Etwas Großes. Das wedelte. Ein Labrador.

Dessen Hintern mit einem Mal das Interessanteste auf diesem Erdenrund darstellte.

Bennos Herz gehörte natürlich der Foxterrierhündin Maria, die bei Hildegard zu Trömmsen logierte, doch das hinderte seine Nase nicht daran, auch andernorts herumzuschnüffeln.

Der Hund gehörte zu einer Spaziergängerin, die nicht völlig übermüdet vom Hund vor die Tür getrieben worden zu sein schien, sondern ihrem federnd-fröhlichen Schritt zufolge die frühen Morgenstunden schätzte.

Der Professor lüpfte galant seinen Borsalino. »Guten Morgen, Verehrteste.«

»Einen wunderschönen guten Morgen, Monsieur. Ist das ein Rüde, der da an meiner Madeleine herumschnüffelt?« Die Frau war klein, trug ein elegantes schwarz-weiß gestreiftes Kleid und erinnerte den Professor an die junge

Édith Piaf, den Spatz von Paris, was auch an ihrer äußerst wohltönenden Stimme liegen mochte.

»Das ist Benno, pardon, Benoît von Saber, sein Stammbaum ist hervorragend, sein Benehmen jedoch ausbaufähig.«

Sie beugte sich zu Benno und streichelte ihm das Köpfchen. »Er ist ein sehr Schöner.«

»Ihre Madeleine ebenso. Sie passt damit hervorragend zu Ihnen. Dürfte ich mich vorstellen, Professor Dr. Dr. Dr. Adalbert Bietigheim. Ich habe einen Lehrstuhl für Kulinaristik inne, und der Champagner führte mich in Ihre wunderschöne Stadt.«

Sie reichte ihm die Hand, offensichtlich amüsiert über die ebenso förmliche wie ausführliche Vorstellung. »Julie Berthomieu. Keine Professorin, keine Doktorin. Mich hat die Geburt hierhergeführt, und ich gehöre zu den Männern und Frauen, die Champagner herstellen.«

Adalbert verbeugte sich tief und gab ihr einen formvollendeten Handkuss. »Mademoiselle Berthomieu, welche Ehre! Selbstverständlich kenne und schätze ich die Kreszenzen Ihres Hauses seit vielen Jahren. Vor allem den L'Ame de la Terre. Ihr 2008er war ein hervorragender Jahrgang.«

Sie schmunzelte und lächelte dann ganz bezaubernd. »Haben Sie etwas Zeit? Soll ich Sie bei mir herumführen?«

»Das wäre gleichermaßen eine große Ehre wie Freude für mich.«

Der Professor sagte nicht nur zu, weil er die Champagner des Hauses ob ihrer großen Individualität wirklich schätzte, auch nicht, weil Benno immer noch nicht vom Hintern der zwei Köpfe größeren Hündin Madeleine lassen konnte, sondern wegen einer Tatsache, über die er erst vor Kurzem in der *Revue du vin de France* gelesen hatte.

Julie Berthomieu war Witwe.

Und fraglos die Frau, auf die der Concierge angespielt hatte.

Viele Winzer hätten dem Professor zuerst ihren eindrucksvollen Maschinenpark gezeigt, so als schufen Traktoren Weine, oder ihren Keller, der aufgrund seines Alters Tradition und Seriosität ausstrahlte. Julie Berthomieu jedoch fuhr direkt in einen ihrer Weinberge nahe Ambonnay. Adalbert war auf der Fahrt etwas mulmig, da die kleine Frau kaum über das Armaturenbrett ihres altersschwachen Jeeps blicken konnte.

Die Weinstöcke hingen voller Reben, die unter den grünen Blättern Schatten fanden. Bald würde die Lese starten können. Der Erntebeginn wurde in der Champagne jedes Jahr individuell für jede Gemeinde und jede Rebsorte festgelegt.

Kaum aus dem Wagen gesprungen, tollten die beiden Hunde durch die Rebreihen. Schweigend führte Julie Berthomieu den Professor auf der Grenze zwischen ihrem Weinberg und dem ihres Nachbarn entlang. Sie brauchte auch gar nichts zu sagen. Wer Augen hatte, der konnte hier die helle und die dunkle Seite der Champagne erkennen. Einer der Weinberge bot lockeren, krümeligen Boden und duftend-sprießende Kräuter wie wilden Fenchel. Auf der anderen Seite die öde Leere erodierter Böden, so verdichtet durch Maschinen, dass sie fast wie Beton erschienen. Die wenigen Gräser braun und abgestorben. Ein scheintoter Weinberg.

Der ihres Nachbarn.

Julie Berthomieus Weinberg quoll über vor Leben. Sie traten nun in diesen hinein, bis sie sich mittendrin befanden.

»Augen zu«, sagte die Winzerin zum Professor. »Die Leute schauen sich Weinberge immer nur an, so als könnte man sehen, was sie besonders macht. Dabei sind die Augen nur für einen Sinn verantwortlich. Mein Weinberg sieht nicht spektakulär aus, aber schließen Sie die Augen, und Sie spüren ihn.«

Adalbert fand es zwar albern, doch einer charmanten jungen Dame schlug man als Galan selbst abwegige Wünsche nicht ab. Zuerst spürte er nichts, doch dann meldeten sich seine Sinne, meldeten sich seine Haut und seine Nase, sein Gefühl. Der Morgen bestrich den Weinberg mit immer mehr Sonnenstrahlen und ließ seine Wärme wie einen Bach aus sanfter Luft durch ihn fließen. Der Wind wehte konstant, aber nicht harsch, so als wolle er die Reben sanft streicheln. Der Professor nahm auch seine Füße wahr, die auf festem steinigem Boden standen, der den Rebstöcken Halt gewährte und Sicherheit.

»Hören Sie es?«, fragte Julie Berthomieu. »Es klingt wie Musik, nicht wahr?«

Der Professor versuchte zu hören, was sie meinte. Zuerst war da nur ein Rauschen, doch dann erkannte er ein leises Pfeifen des Windes, wenn er durch die Rebzeilen glitt, das zwischen G- und C-Dur changierte. »Er singt«, sagte der Professor und öffnete die Augen wieder.

Julie Berthomieu lächelte ihn an. »Jeder Weinberg hat sein eigenes Lied. So wie ein Vogel. Deswegen trinke ich Wein am liebsten dort, wo er gewachsen ist – weil die passende Musik gespielt wird.«

Wäre Adalbert nicht schon hoffnungslos in Hildegard zu Trömmsen verliebt, so hätte er sich nun auf der Stelle in die Winzerin verliebt. Er sah sie bewundernd an. »Es ist auch Ihre Melodie, Mademoiselle. Denn Sie bearbeiten diesen Wingert.«

»Ich arbeite *mit* ihm«, sagte sie, kniete sich hin und legte mit den Händen ein Kuhhorn frei. »Es stammt von meiner eigenen kleinen Herde. Darin ist pulverisiertes Quarz. Von Frühjahr bis Herbst bleibt das Horn im Boden eingegraben, damit es die kosmischen Kräfte speichert. Nachdem ich es wieder ausgegraben habe, verrühre ich den Inhalt rhythmisch in Wasser, wir nennen das Dynamisieren. Als Spritzpräparat verteile ich es dann in feinen Tröpfchen auf den Weinberg. Wir nennen es das Hornkieselpräparat, und es dient der Pflanzenqualität.«

»Kenne ich selbstverständlich, biodynamischer Weinbau. Sehr aufwendig«, konstatierte der Professor.

Julie Berthomieu wies in den Himmel. »Heute ist Halbmond, wir müssen deshalb dreimal um das Horn tanzen.« Sie nahm seine Hände und drehte sich mit dem Professor im Kreis. Schließlich brach sie in lautes Lachen aus.

Der Professor musste schmunzeln. »Ich wusste, dass dies nicht nötig war, aber einem Tänzchen mit Ihnen war ich nicht abgeneigt.«

»Sie sind ausgesprochen charmant.«

»Nur zu ganz besonderen Frauen.«

»Trinken Sie mit denen denn auch Champagner?«

»Am liebsten nur mit diesen.« Und da sage noch einer, dachte der Professor, Hamburger seien hüftsteife Fischköppe!

Die junge Winzerin ging zurück zu ihrem Geländewagen und holte aus dem Kofferraum eine Kühlbox mit fünf Flaschen und eine karierte Picknickdecke. Nachdem sie diese im Weinberg ausgebreitet und sie sich mit dem Professor daraufgesetzt hatte, entkorkte sie sachte die Champagner, rollte zwei in Geschirrtücher eingewickelte, hauchdünne Gläser aus und goss das erste Cuvée ein. Wieder sagte sie nichts, erklärte weder die Zusammenstellung der Rebsorten noch die Vinifikation. Der Professor achtete darauf, ob sie nach dem Schluck spuckte. Was sie nicht tat. Weshalb er es auch bleiben ließ. Schweigend tranken sie die fünf Champagner, und alles, was der Professor von sich gab, waren entzückte Laute, die sich, je nach Bewunderung für die Kreszenz, steigerten. Einst hatte er Alfred Biolek diese subtile Form der Weinbewertung beigebracht.

Beim letzten Champagner schloss der Professor nochmals die Augen, um zu spüren, ob das an seinem Gaumen und in seinem Ohr zu einem Gleichklang fand. Es mochte am Alkohol liegen, doch je mehr er trank, desto mehr kam es ihm so vor.

Als Julie die Flaschen wieder verschloss und in die Box zurückstellte, beschloss der Professor, zu einem kleinen Vortrag anzusetzen. Um die ihm so sympathische junge Winzerin zu beeindrucken. Referieren tat er ohnehin gerne. Stets häufiger als einmal pro Tag.

»Wussten Sie eigentlich, Verehrteste, dass beim Öffnen einer Flasche Champagner rund einhundert Millionen winzige Bläschen entstehen? Mit einer Gesamtoberfläche von achtzig Quadratmetern! Und was noch viel wichtiger ist: Sie tragen entscheidend zum Geschmacks- und Geruchserlebnis bei. Das Perlen bringt Aromastoffe an die Oberfläche und sogar in die Luft darüber.« Er wurde nun immer leidenschaftlicher. »Dabei funktionieren die Bläschen wie eine Art Fahrstuhl für die Aromastoffe – was übrigens Wissenschaftler aus Reims und München gemeinsam herausgefunden haben. Es ist immer gut, wenn Franzosen und Deutsche sich einander annähern.«

Julie spitzte die Lippen. »Flirten Sie gerade mit mir?«

Der Professor errötete leicht. »Aber keineswegs! Ich bin nur überzeugter Europäer. Erzählte ich Ihnen schon von der Bedeutung des Kohlendioxids?«

»Leider noch nicht.«

»Dann hole ich dies gleich nach. Es ist schließlich für die Bläschen verantwortlich. Aus einer 0,75-l-Flasche entweichen insgesamt fünf Liter des Gases! Ein wirkliches Geheimnis stellt dar, dass man in den Bläschen eine größere Vielfalt an Substanzen fand als im Champagner selbst. Da wird Weinmachen dann plötzlich zu etwas wie Magie.«

Sie beugte sich zu ihm und gab Adalbert einen Kuss auf die Wange. »Ich werde Ihnen helfen, in die Schatzkammer von Champagne Haen-Montgolfier zu gelangen.«

Hätte der Professor noch ein Glas in Händen gehalten, es wäre ihm vor Überraschung aus der Hand gefallen. »Was? Woher?«

»Ich besitze drei Hektar Weinberge«, fuhr sie fort. »Die

Ernte von einem Hektar verkaufen wir seit Generationen an das Champagnerhaus Haen-Montgolfier. Man könnte sagen, wir gehören zur erweiterten Familie. Ich habe davon gehört, das Antoinette Ihnen den Zutritt zum Allerheiligsten verwehrt hat, obwohl es Ghislains letzter Wunsch war. Ich schätze sie sehr, eine großartige, starke Frau. Aber das ist nicht in Ordnung. Das hat mich geärgert – aber bisher habe ich nicht darüber nachgedacht, etwas dagegen zu tun. Jetzt, da ich Sie kennenlernen durfte, sieht das ganz anders aus. Wissen Sie, was mich an Ihnen am meisten beeindruckt?«

»Verraten Sie es mir?«

»Dass ein Mensch, von dem alle sagen, er würde sich am liebsten selber reden hören, mit seinem faszinierenden Vortrag gewartet hat, bis er all meine Champagner in Ruhe getrunken hat. Und die Augen beim letzten sogar schloss. Es steckt mehr in Ihnen als Vorträge, Monsieur le Professeur.«

Selbstverständlich, dachte Adalbert. Nickte aber nur höflich. Und dachte dabei: Dieser Concierge im Les Crayères ist ein ausgekochtes Schlitzohr.

Eines, mit dem er unbedingt noch einmal reden musste.

Pit fand, dass ihm rosa Gummihandschuhe überraschend gut standen. Und auch der weiße Kittel. In Kombination mit Rauschebart und Glatze sah er nun vermutlich aus wie der Handlanger eines irren Professors. Wie ein Igor.

Michelle schien ebenfalls Gefallen an diesem Aufzug gefunden zu haben. Sie putzte stets in seiner Nähe. Pit hätte ihr Gesicht nicht beschreiben können, da es unter zu viel Farbe verborgen lag. Irgendwer musste ihr gesagt haben, dass man Lippenstift, Rouge, Mascara und Lidschatten nicht großzügig genug auftragen konnte. Zumeist verwehrten aber zwei riesige goldene Ohrgehänge die Sicht auf diese kosmetische Großzügigkeit. Alles in allem sah sie aus wie eine Zigeunerin, die in einen Malkasten gefallen war.

Pit mochte sie auf Anhieb. Sie war eine Frau, mit der man sicher gut mehrere Bier heben konnte und die eine lange Tour auf dem Rücksitz eines Motorrads ohne Schäden aushalten würde.

Rita, die Chefin und Freundin seiner Mutter, hatte sich als Feldmarschall herausgestellt, der jeden Bundeswehrstandort in kürzester Zeit auf Vordermann gebracht hätte. Pits Bart hatte sie ernsthaft mit einer Bürste in Fasson gebracht und seine Glatze poliert.

Warum sie allerdings bei Staatl. Fachingen putzte, war Pit völlig unklar. Der Laden war ohnehin picobello sauber. In die eigentliche Produktion durfte man nur mit Haarnetz und Schuhschonern, zudem desinfizierte man sich die Hände. Die waren hier extrem penibel.

»Pit«, säuselte Michelle plötzlich.

Dieser drehte sich um. »Ja, Kollegin?«

»Du bist mein Liebling von den neuen Aushilfen. Also mit Abstand!«

»Es gibt ja auch nur zwei. Und die andere spricht kein Deutsch.«

»Pit, du hast so was Weibliches.« Michelle putzte sich noch näher zu ihm. »So was Elegantes.«

»Hör ich zum ersten Mal. Eigentlich denken immer alle, dass ich selbst in einer Stampede laufenden Büffelherde als der Rowdy auffallen würde.«

Sie putzte sich jetzt so nah heran, dass sie sich mit ihrem Po wie unabsichtlich immer wieder an seinem Oberschenkel rieb. »Kommst du auch gleich mit uns in die Gemeinschaftsdusche? Gibt nämlich keine eigene für Mannsvolk.«

Pit wäre fast der Schrubber aus den Händen gefallen. »Sag mal, du gehst ja ganz schön ran.«

»Vielleicht fällt mir ja auch die Seife auf den Boden, sodass ich mich bücken muss.« Sie lachte kehlig.

»Willst du, dass ich rot werde? Das würde überhaupt nicht zum Rosa meiner Handschuhe passen.«

»Nee, das will ich nicht, Großer.«

»Bin vergeben. Und Vater. Nix zu machen.«

»Ich hab noch nie mit einem Bankräuber ... Sie nennen dich Killer, oder? Wen hast du denn umgebracht?«

Pit drehte sich zu ihr und blickte sie ernst an. »Ich war das damals nicht, auch wenn mir das keiner glauben will.«

»Wer dann?«

»Weiß ich nicht«, log er. Und ärgerte sich. Das Lahntal vergaß anscheinend nicht. Selbst bei Jüngeren schien die Sache von damals zu einer Legende geworden zu sein.

»Und warum bist du dann direkt danach verschwunden? Na?«

»Zufall. Und jetzt will ich nicht mehr darüber reden.« Pit verschwand mit Putzwagen und Schrubber in das nächste Zimmer.

»Ich sag's auch keinem«, rief Michelle. »Aber nur, wenn du mir gleich den Rücken einseifst.« Sie lachte wieder.

Damit war jetzt schon klar: Seine Karriere als Putzmann würde heute abrupt enden.

Pit schrubbte nun in einem Bereich, der ihm gar nicht zugewiesen worden war. An den Wänden hingen Querschnittszeichnungen von Bohrungen und daneben ein Foto des eigentlichen Brunnenareals. Dieses war nicht mehr als ein großer Metalldeckel mit Verschluss im Boden. Rund dreißig Meter entfernt stand ein mannshoher Zaun, und direkt dahinter befand sich die gemütlich dahinfließende Lahn vor grünster Kulisse.

Das Spektakuläre fand unter dem Deckel statt. Eine Bohrung mit über vierhundert Meter Tiefe hinein ins Erdreich, an einer tektonischen Verwerfung am Westrand des Limburger Beckens. Pit trat näher an die Werte daneben, die den Mineraliengehalt erläuterten, rot unterstrichen war der Wert für Hydrogenkarbonat. Ebenfalls rot die Information »Natürliche Kohlensäure«.

Beides sowohl auf Deutsch wie auf Französisch.

Ebenfalls übersetzt worden war ein Brief von Johann Wolfgang von Goethe, datiert auf den 27. Juni 1817. »Wünsche mit Fachinger Wasser und weisem Wein begünstigt zu werden, das eine zur Befreyung des Geistes, das andere zu dessen Anregung.«

War dies alles Ghislain de Montgolfier vor seiner Ermordung gezeigt worden? Und wie hatte dieser darauf wohl reagiert? Was konnte Fachingen von ihm gewollt haben? Ging es wirklich nur um ein Plakat, das Wasser und Champagner zusammen zeigte?

Plötzlich stand Paula hinter ihm. Die Frau mit der feuerroten Lockenmähne und der üppigen Figur eines Pin-up-Girls hatte ebenfalls heute erst angefangen. Sie wischte, wo Pit bereits gewischt hatte. Und sie wischte schlecht. Pit wusste nicht viel über das Putzen, aber dass Paula keine Ahnung hatte, war unübersehbar. Und auch kein Interesse daran. Dagegen sehr an den Plakaten, die an den Wänden hingen. Sie behauptete, aus Bulgarien zu stammen und keine andere Sprache zu beherrschen, doch eben hatte er sie einen französischen Chanson singen hören.

Mit perfekter Aussprache.

Als sie bemerkte, dass Pit sie ansah, wischte sie sich wieder hinaus.

Kurze Zeit später war sie völlig verschwunden und Rita fuchsteufelswild. Alle anderen mussten Paulas Räume nachputzen. Und als Pit nach der Arbeit – unter Umgehung gemeinsamen Duschens – zu Nscho-tschi trat und sie anstellte, da klang die Indian komisch. Jedem anderen wäre es nicht aufgefallen, doch der Sound der Maschine war Pit schon vor Jahren in Mark und Bein übergegangen. Er untersuchte sie und fand eine durchgeschnittene Bremsleitung.

Und an dieser ein feuerrotes Haar.

Die Temperatur in den Kalkkellern von Haen-Montgolfier war dieselbe wie am Tag zuvor, und doch erschien sie dem Professor nun, mitten in der Nacht, wo nur der Schein einer Taschenlampe die Wände erhellte, um etliche Grad kälter. Julie Berthomieu besaß Flaschen in der Schatzkammer des Kreidekellers 217, genau wie einige andere Weinbauern, die ihre Trauben ablieferten. Aber nur ganz wenige Familien davon besaßen auch einen Schlüssel für das Gatter.

»Es gibt Überwachungskameras, die sich nachts bei Geräuschen einschalten. Aber solange wir leise sind, wird uns keiner bemerken.«

»Dürfte ich Sie etwas fragen?«

»Wenn Sie die Frage leise stellen: alles. Bis auf mein Gewicht natürlich!« Sie lächelte ihn keck an. Komplett in Schwarz gekleidet, sah Julie Berthomieu noch mehr wie Édith Piaf aus.

»Wie kann ich mich bei Ihnen erkenntlich zeigen? Ich könnte zum Beispiel für Sie kochen. Mein Labskaus ist legendär und sollte im Deutschen Museum ausgestellt werden.«

Julie schüttelte den Kopf. »Ich weiß nicht, was ein Labskaus ist, aber ich weiß, was ich mir wünsche. Und zwar sehr.«

»Ich bin ganz Ohr.«

»Finden Sie denjenigen, der das Ghislain angetan hat. Er war einer von den Guten in diesem Geschäft, wo Glitter und Nebelkerzen üblich sind. Von seiner Sorte haben wir viel zu wenige. Und zu viele, die meinen, wenn sie eine Flasche golden anstreichen, könnten sie die für viel Geld verkaufen – und damit durchkommen.«

Ihr Handy klingelte. »Wer ruft mich denn um die Uhrzeit an, verdammt noch mal?« Sie blickte sich nervös um, eine Überwachungskamera an der Decke erwachte zum Leben. Julie nahm die Hand des Professors und die nächste

Abzweigung. Dann hielt sie sich das Handy ans Ohr und flüsterte: »Berthomieu.«

Adalbert spürte, dass sie Angst hatte. Ein Anruf um diese Uhrzeit konnte nichts Gutes bedeuten. Würde er solch einen erhalten, wäre sein erster Gedanke, dass ein naher Verwandter verstorben sei und man es ihm mitteilte. Julie schien ihrem fahlen Gesichtsausdruck zufolge Ähnliches zu erwarten.

»Wen?« Sie stockte. »Woher haben Sie ...?« Sie presste die Lippen so fest aufeinander, dass sie ganz blass wurden. »Und warum um diese Uhrzeit?« Sie nickte. Dann blickte sie zum Professor. »Es ist für Sie.«

Peinlich berührt nahm dieser das Handy. »Professor Dr. Dr. ...«

»Guten Morgen, Professore. Ich bin's, Ihr guter Geist, der Pit. Bevor Sie fragen: Die Nummer habe ich von Rena, und die hat sie vom Concierge. Ich muss Ihnen ganz dringend was sagen.«

»Aber doch nicht jetzt!«, antwortete der Professor und legte auf.

»Verwählt«, sagte er leise zu Julie Berthomieu. »Zumindest um diese Uhrzeit.«

Die junge Winzerin atmete tief durch, dann gingen sie leise weiter. Zwei Abbiegungen weiter lag die Schatzkammer, deren großes gusseisernes Tor nur einen Tag zuvor so unüberwindbar gewesen war. Julies Schlüssel öffnete es mit einem satten Klacken, und es schwang auf.

»Welches ist das Fach Ihrer Familie?«, fragte der Professor.

Die Einbuchtungen mit romanischen Bögen waren unterschiedlich gefüllt. Sie wies auf eines mit vielen Flaschen und viel Staub. »Seit dem ersten Jahrgang, für den wir Trauben lieferten, lagern wir zwei Dutzend Flaschen pro Jahr ein. Meine Familie liebt reifen Champagner. Nur beste Grand-Cru-Qualität, Lagen für Premier Cru oder Terroir non classé bewirtschaften wir auch gar nicht.«

Mit einem Mal hielt Julie den Zeigefinger vor die Lippen. Sie hörten Schritte. Dann sprangen die Lampen über ihnen flackernd an. Alles wurde gleißend hell. Ein Hund bellte auf, seine Laute von den hohen Kalkwänden grell verzerrt. Es klang, als würde der Kreidekeller selbst nach ihnen schnappen.

»Wo wird die Hinterlassenschaft für Sie sein?«, fragte Julie hektisch. »Wir können nicht alle Flaschen herausräumen, um den Tresor zu suchen.« Ihre Pupillen zuckten. Erst jetzt begriff der Professor, wie viel für sie daran hing, dass der Sicherheitsdienst sie nicht aufgriff. Julie Berthomieu verlöre nicht nur einen wichtigen Absatzpartner, sondern aus Rache zudem vielleicht die vielen Flaschen in diesem Fach und vor allem das Vertrauen der Witwe Antoinette de Montgolfier. Adalbert legte eine Hand auf ihre Schulter, Julie nickte ihm aufmunternd zu.

Bietigheim sah sich rasch um. Ghislain würde einen Hinweis hinterlassen haben, in welchem der rund hundert gemauerten Fächer er suchen musste. Doch auf den ersten Blick sahen sie alle gleich aus. Keine Markierungen im Stein, kein AB für seine Initialen, nur die Fächernummern in römischer Schreibweise.

Wie sollte er hier nur fündig werden?

Das Hundegebell wurde lauter.

»Bitte machen Sie schnell. Wir müssen bald verschwinden!«

Der Professor nahm Julies Taschenlampe und fuhr systematisch die Reihen ab.

Dann sah er es.

Endlich!

Eine Flasche strahlte in einem anderen Grün. Dem ungeübten Auge fiel dies sicherlich nicht auf, doch wer wie er die feinen Nuancen der Flaschenfarbgebung studiert hatte (und in dem bahnbrechenden Werk *Von Antikgrün bis Stuhlbraun – Eine umfassende Historie und Schematisierung des Kaleidoskops der Weinflaschenfarbtöne* dargestellt), erkannte die einen Hauch heller gefärbte Flasche, als wäre sie eine blinkende Neonreklame. Einst hatte er Ghislain eine Kiste mit großartigem Sekt von einer rheinhessischen Manufaktur geschenkt, deren Erzeugnisse es mit denen der Champagne aufnehmen konnten.

Eine davon lag nun vor ihm.

Hoffentlich war diese Antoinette de Montgolfier nicht ebenfalls aufgefallen und der von Ghislain für ihn gedachte Tresor herausgestemmt und an einen anderen Ort gebracht worden.

Der Professor breitete das bordeauxrote Seidentaschentuch aus seiner Sakkotasche sorgfältig auf dem Boden aus, kniete sich darauf und zog die Flasche heraus.

Dahinter war tatsächlich eine kleine metallene Tür eingelassen.

Mit numerischem Drehknopf.

Schnell räumte er alle weiteren Flaschen fort, die es verdeckten.

»Schnell!«, mahnte Julie. »Sie sind nur gut zwei Kreuzungen entfernt.« Ihr Blick folgte dem Lichtstrahl von Bietigheims Taschenlampe. »O nein. Es hat einen fünfstelligen Code. Hat Ghislain Ihnen den im Testament mitgeteilt?«

»Leider nicht in Zahlen, sondern in Form eines Rätsels.«

»Können Sie es lösen?«

Der Professor rückte seine Fliege zurecht. »Selbstverständlich.«

»Wie lautet das Rätsel denn?«

»Die Zahlenkombination trägt er im Namen wie einen Brief.«

»Verstehe ich nicht.«

»Dazu muss man wissen, dass Bietigheim, genauer Bietigheim-Bissingen, auch ein Ort in Deutschland ist, und seine Postleitzahl, die man für die Versendung von Briefen dorthin benötigt, lautet 74321.«

Julie schüttelte belustigt den Kopf. »Ghislain liebte Rätsel. Immer wenn ich ihn mit Kindern sah, stellte er ihnen eines der Rätsel aus dem Buch *Der Hobbit*: Zweiunddreißig Schimmel auf einem roten Hang – erst mahlen sie, dann stampfen sie und warten wieder lang.«

Der Professor zeigte ihr als Antwort lächelnd seine Zähne. »Und in diesem Tresor«, sagte er feierlich, »befindet sich die Lösung des Rätsels um seinen Tod. Bitte leuchten Sie darauf.«

Der Schein spiegelte sich grell im Metall des Drehknopfs.

Bietigheim stellte Ziffer für Ziffer ein und gelangte schließlich zur letzten. Der 1.

Nun würde sich zeigen, ob seine Hypothese richtig war.

Oder alles umsonst.

Die letzte Nummer rastete ein.

Und der Professor öffnete das Schloss.

KAPITEL 4

Der Professor und die leere Flasche

Rena schlief im Nebenzimmer der professoralen Suite und schmatzte im Schlaf. Was der Professor für eine Wissenschaftlerin im Bereich der Kulinaristik absolut angemessen fand. Vielleicht träumte sie gerade von Champagnertrüffeln oder der Champagner-Renette-Suppe seines Freundes und Sternekochs Julius Eichendorff, unter Umständen auch von unverarbeitetem Champagner, pur genossen aus großen Flaschen.

Wecken musste er sie trotzdem.

Es war in ihrem eigenen Interesse.

Manch einer hätte sie leicht an der Schulter gerüttelt, ein anderer Licht angemacht, doch der Professor wollte sie hellwach haben, deswegen hatte er sich einen Kübel mit Eiswürfeln auf die Suite bringen lassen, den er nun über ihrem Nacken ausleerte. Es war die komprimierte Form einer kalten Dusche, wie er sie morgens so sehr liebte!

Rena schrie, sprang im Bett auf und schlug sich gegen den Nacken, als säße dort ein blutsaugendes Tier. Dann sah sie den Professor. »Was soll denn der Scheiß?«

»Mäßigen Sie sich! Das ist keine angemessene Sprache.« So ging es ja nun nicht.

»Es ist angemessene Sprache, wenn man um«, sie blickte auf ihren Reisewecker, »kurz nach vier, also mitten in der Nacht, mit Eiswürfeln geweckt wird.«

»Ich war erfolgreich!«

»Mit dem Wecken von mir? Und wie!« Rena trocknete sich mit ihrem Kissen Nacken und Hals.

»Nein, mit dem Öffnen des Tresors.«

»Wäre es dann nicht korrekter zu sagen, dass Sie und Julie gemeinsam erfolgreich waren?«

»Ich will nicht unbescheiden wirken, doch es war der Verdienst meines Intellekts.«

Rena warf das Kopfkissen auf den Professor. »Sie mieser Angeber!«

»Also ich darf doch sehr …«

»Schon gut, schon gut!« Abwehrend hob sie die Arme. »Ich bin ganz Ohr. Vor allem, weil Sie mich wieder mit Eis bombardieren würden, wenn ich es nicht wäre.«

Der Professor rückte näher. »Es war hochdramatisch, das kann ich Ihnen sagen. Zum Schluss mussten wir sogar fliehen. Der Sicherheitsdienst war uns auf den Fersen, aber Julie kannte stets den richtigen Weg, um unseren Verfolgern zu entkommen.«

»Wundervolle Julie.«

»Hätten Sie doch einmal so viel Lob für Ihren Professor.«

»Wundervoller Professor.«

»Jetzt zählt es nicht mehr!« Er stand auf und stellte den Champagnerkarton auf das Bett, in dem er den Inhalt des Tresors aufbewahrte.

»Finden Sie das den richtigen Ort, um mir alles zu zeigen?« Rena wies auf ihr Bett. »Während ich noch schlafe?«

»Nun stellen Sie sich mal nicht so an, ich bin Ihr Professor. Und Sie meine Untergebene. Für mich sind Sie nicht mal eine Frau.«

»Na danke!«

»Das erspart viele Probleme, glauben Sie mir, ich habe Kollegen, also das wollen Sie nicht hören.«

»O doch. Wahrscheinlich sind es Kollegen, die ihre Mitarbeiterin auch nicht Untergebene nennen.«

Der Professor hörte ihr gar nicht richtig zu. »Jetzt sind Sie viel neugieriger, was ich gefunden habe, nicht wahr?«

»Wenn Sie es sagen …«

Bietigheim strich die Bettdecke glatt. »Jetzt nicht mehr bewegen!«

Dann legte er den Inhalt sachte auf den Stoff. Es waren fünf Dinge. Und sie schienen in keinem Zusammenhang zu stehen.

- Ein kleines Schwert aus Zinn wie von einem Kinderspielzeug. Sehr rudimentär in der Ausführung.
- Eine Miniaturwasserflasche Badoit. Aus Glas. Verschlossen.
- Ein Reiseführer Friaul-Julisch Venetien. Aktuellste Version. Keine Seite geknickt oder auf andere Art markiert.
- Eine Ausgabe der *Kölner Zeitung* aus dem Jahr 1914, schon zur Zeit des Ersten Weltkriegs.
- Eine erotische Postkarte aus historischer Zeit. Das schwarz-weiße Foto zeigte eine vollbusige Dame mit orientalischem Schmuck und Blütenkranz im Haar, die sich auf einem Laken rekelte, die Beine weit gespreizt und voller Verlangen in die Kamera blickend.

Rena besah sich alles lange. »Hm, Ihr Ghislain mochte Rätsel wohl sehr.«

Der Professor sortierte die Gegenstände ein wenig um, vielleicht standen sie ja in einem Zusammenhang. Gehörte das Schwert vielleicht zum Reiseführer? Ergaben sie erst zusammen Sinn wie ein Bilderrätsel?

»Professor?«, hakte Rena nach.

»Haben Sie etwas gesagt?«

»Ich meinte, Ihr Ghislain mochte Rätsel wohl sehr.«

»Dies hat meines Erachtens nach nichts damit zu tun. Ich vermute eher, es war eine Vorsichtsmaßnahme für den Fall, dass jemand anderes, zum Beispiel seine Frau, den Inhalt der Kiste zu sehen bekäme. Er wollte nicht, dass jemand anderes erfuhr, von wem er dachte, dass er oder sie nach seinem Leben trachtete. Deshalb schuf er dieses

Rätsel.« Der Professor klatschte in die Hände. »Wie auch immer, Sie müssen jetzt wieder schlafen, denn morgen gibt es viel für Sie zu tun.«

»So? Was denn?«

»Sie müssen etliches herausfinden. Was für ein Schwert ist das? Zu welchem Ritter oder Land oder Armee gehört es? Von welchem Spielzeug stammt es? Und lesen Sie diese *Kölner Zeitung* durch, ebenso den Reiseführer. Was die erotische Postkarte betrifft...«

Rena nahm sie in die Hand. »Haben Sie sich die schon mal von Nahem angeschaut?«

»Ich bitte Sie! Da ist ein zweiter Blick ja wohl nicht nötig.« Er wollte sie wieder an sich nehmen, doch Rena ließ ihn nicht.

»War das eben auch vor der bezaubernden Julie so? Haben Sie die Karte ganz schnell aus ihrem Sichtfeld befördert?«

»Selbstverständlich.«

»Dachte ich mir.«

»Wieso?«

»Augen zu.«

»Ach, Rena. Das ist doch kein Kasperletheater hier.«

»Auf Ihr Risiko.« Sie hielt ihm die Karte vor die Nase.

Er wandte die Augen ab. Und roch... reife Zitronen und edle Tahitivanille.

»Es ging vielleicht gar nicht um die nackte Frau«, sagte Rena. »Sondern um diesen Duft. Kennen Sie ihn?«

»Vielleicht ging es um Duft wie auch Frau«, erwiderte der Professor. »Und natürlich kenne ich den Duft.« Es war derselbe, den er bei der schönen Asiatin erschnuppert hatte, die ihn vor der Kathedrale Notre-Dame über den Haufen gerannt hatte. Und den er beim Vorbeigehen am Gymnastikraum des Hotels bemerkt hatte. »Zusätzlicher Auftrag: Riechen Sie an allen Gegenständen und halten Sie deren Duft schriftlich fest.«

»Wird erledigt.« Rena deutete auf die Gegenstände.

»Aber wieso das alles? Wieso der Aufwand? Wenn er ahnte, dass er in tödlicher Gefahr schwebte, wieso hat er sich nicht davor geschützt? Die Polizei informiert? Oder sich Bodyguards besorgt?«

»Vielleicht tat er dies – und war nicht erfolgreich. Ich stelle nur die Rückversicherung dar, dass seine Ermordung gesühnt würde.«

Benno kam hereinspaziert, machte die Vorderbeine lang, streckte den Po empor und schüttelte sich nach der Prozedur. Dann war der Schlaf restlos aus seinen Gliedern entfernt.

Putzmunter sprang er aufs Bett, nahm die Miniaturwasserflasche ins Maul und verschwand stolz erhobenen Hauptes mit ihr.

»Das ist Ihr Job, Professor«, sagte Rena. »Auf mich hört er nicht.«

»Das ist nicht persönlich zu nehmen, er verfährt schließlich bei allen so.«

Als er es endlich geschafft hatte, Benno die Beute auszureden – denn aus dem Maul reißen wollte er sie ihm nicht, da sie dabei hätte Schaden nehmen können –, und zurück in Renas Zimmer kam, war diese schon eingeschlafen. Und schmatzte.

Er weckte sie abermals mit Eiswürfeln.

»Menno, was denn jetzt? Und noch einmal diese Eiswürfelnummer, und ich kündige.«

»Eine letzte Frage. Haben Sie weitere Flaschen von Ghislains Versailles aufgetrieben?«

»Das hätte ich Ihnen morgen früh auch noch sagen können. Wäre früh genug gewesen!« Sie drehte sich um, mit dem Gesicht zur Wand.

»Mein Hirn benötigt die Antwort aber bereits jetzt. Ich höre.«

»Ich hab's überall versucht, aber der ist total ausverkauft. Selbst der Concierge hat keine mehr besorgen können.«

»Haben wir die leere Flasche noch?«

»Ja, ich hab die aufgehoben, weil das Etikett so schön ist. Liegt in meinem Koffer, damit der Zimmerdienst sie nicht wegwirft.«

»Ins Labor zur Analyse. Gut verschließen wegen der letzten Tropfen.« Bietigheim stand auf und öffnete Renas Koffer. »Ich habe mich immer gefragt, wozu bunte Unterwäsche gut sein soll.«

Rena setzte sich im Bett auf. »Übergriff in meine Privatsphäre!«

»Eingriff in eine kulinarische Entwicklung!«

Adalbert wusste, dass er bei aller angemessenen Strenge einen Hauch zu weit gegangen war. Morgen würde er Rena ausschlafen lassen und ihr ein großes Frühstück spendieren – aber es so aussehen lassen, als käme es vom Hotel. Nicht, dass sie noch dachte, er sei verweichlicht.

Nach kurzem Suchen fand er die Flasche und schnupperte daran. Er tat es mehrmals, nur um sicherzugehen.

Dann sah er Rena an, die kaum noch die Augen offen halten konnte. Sein Blick war sehr ernst.

»Jetzt, da er nicht mehr schäumt, glaube ich zu wissen, was es hiermit auf sich hat. Und wenn ich richtigliege, was stets der Fall ist, dann wäre dies ein großer Skandal.«

Professor Bietigheim besaß Kleidung für jeden nennenswerten gesellschaftlichen Anlass.

Eine Yogastunde im Fitnessbereich des Châteaus Les Crayères zählte allerdings nicht dazu.

Rena, die gerne joggte, lieh ihm deshalb ihre Sportkleidung.

Sie war erfreulicherweise schwarz.

Und unerfreulicherweise körperbetont.

Unerfreulicherweise waren das auch die fast aller anderen Anwesenden.

Manche Körper wollten einfach nicht betont werden. Und bei den Körpern, die sehr wohl betont werden wollten, wollte der Professor lieber nicht zu auffällig hinsehen. Sein Blick wanderte jedoch zielstrebig genau dorthin, trotz Jahren des Ruhens auf akademischer Lektüre.

Zwölf bunte Yogamatten lagen auf dem Boden des dank einer breiten Fensterfront mit Morgensonne gefluteten Raums. Man blickte in Richtung einer Spiegelwand und brummte. Oder sagte gemeinschaftlich »Om«. Bietigheim war sich da nicht so sicher, als er eintrat. Der Professor grüßte den Raum mit einem kräftigen »Guten Morgen, allerseits!«.

Als keine Antwort kam, brummte er vorsichtshalber mit, während er die von Rena geliehene Matte in der hintersten Ecke ausrollte und seine Beine und Knie in den Schneidersitz bog. Obwohl dies einige Zeit in Anspruch nahm, guckten ihn selbst danach einige Yogis noch fassungslos an. Er schenkte ihnen ein Nicken.

Offiziell begann die Yogastunde erst um 7:00 Uhr, doch schon jetzt, eine Viertelstunde vorher, omte man sich ein.

Adalbert ertrug es gelassen, denn hier roch es nach reifer Zitrone und edler Tahitivanille.

Gleich würde die Yogalehrerin erscheinen, diese zierliche Asiatin, und dann würde er Antworten fordern.

Plötzlich ertönte Musik aus den versteckten Lautsprechern. Adalbert erkannte sie sofort. Die Oper *Il viaggio a Reims* von Gioacchino Rossini, übersetzt: »Die Reise nach Reims«. Ein Werk, das lange vergessen war und erst vor Kurzem wieder in Gänze aufgeführt werden konnte. Es spielte in einem Badehotel in Plombières-les-Bains zu Beginn des 19. Jahrhunderts – natürlich kam in dieser Champagneroper auch eine Witwe vor. Sie war Teil einer bunten Schar von Menschen auf dem Weg zu den Krönungsfeierlichkeiten von Karl X. in Reims.

Das alles erzählte er auch der Frau auf der Matte neben

sich. Wissen wollte sich schließlich vermehren und fruchtbar sein. Da war es wie Kaninchen!

Erstaunlicherweise erntete er für den kostenlosen Vortrag nur ein verständnisloses Kopfschütteln.

Mit einem Mal wurde die Tür geöffnet, und Rena schaute herein. Als sie den Professor ausgemacht hatte, winkte sie in dessen Richtung. »Pst! Es tut mir echt leid, aber er veranstaltet ein Heidentheater, will unbedingt zu Ihnen.«

Ehe der Professor protestieren konnte, lief Benno herein und setzte sich neben ihn auf den Boden, seinen Blick zum Spiegel gerichtet.

Immerhin omte er nicht.

Die Frau auf der Nebenmatte schüttelte schon wieder den Kopf.

Vielleicht hatte sie eine Halskrankheit.

Erneut öffnete sich die Tür, und die Yogalehrerin trat ein.

Sie hatte die dunklen Haare zu einem Dutt gebunden und trug einen perfekt gepflegten Bart.

Und sie war ein Mann.

Der Duft nach reifer Zitrone und edler Tahitivanille verdichtete sich mit ihm aber.

»Namaste«, sagte er und verbeugte sich, die Hände vor der Brust gefaltet.

»Namaste«, antwortete die Gruppe.

»Guten Morgen«, antwortete der Professor. Man musste ja nicht jeden Unsinn mitmachen.

»Guten Morgen«, antwortete der Yogalehrer grinsend. »Sie müssen Professor Bietigheim sein.«

Man sprach also im Hotel bereits über ihn. Ein gutes Zeichen! »Ich hätte eine Frage.«

»Geht es um unsere Yogastunde?«

»Nein.«

»Dann lassen Sie uns zuerst Körper und Geist wecken.«

Der Professor wollte erwidern, dass sein Körper und Geist bereits seit Stunden hellwach waren, doch der Lehrer begann mit der ersten Atemübung, und Unhöflichkeit war dem Professor ein Graus. Deshalb fand er sich kurze Zeit später im heraufschauenden Hund wieder, in der Position des Kindes, im Schwan, in der Kobra und im trinkenden Pferd, da konnte er sich aber auch verhört haben. Was ebenfalls eine Erklärung für den trommelnden Gorilla wäre.

Benno war voll bei der Sache, streckte sich, rollte sich auf den Rücken, leckte sich am Po. Hundeyoga sozusagen.

Die Stunde kam dem Professor wie eine ganze Herde an Stunden vor, die über seinen Körper trampelten, vor allem über Muskeln, Sehnen und Faszien. Obwohl er versuchte, die Positionen nur so weit nachzuvollziehen, dass es zu keiner Schweißbildung führte.

Immerhin hatte er Gelegenheit, die anderen Frühsportler genau in Augenschein zu nehmen. Mit Laurent Billecart von Billecart-Salmon, Franck Taittinger von Champagne Taittinger und Gustave Cattier von Cattier waren gleich drei hochrangige Geschäftsführer von Champagnerhäusern anwesend, obwohl sie als Ortsansässige sicherlich nicht im Hotel nächtigten. Die meisten der großen Häuser waren längst im Besitz internationaler Luxuskonzerne, doch bei manchen spielten die Gründerfamilien noch eine kleine Rolle. Das Haus Cattier war berühmt-berüchtigt, weil sie die Champagner der Marke Armand de Brignac produzierten, welche dem Rapper Jay-Z gehörte und deren Flaschen überkandidelt luxuriös aussahen – und luxuriös teuer waren. Zu Protz und Prunk der Marke passte, dass sie mit einer 15-Liter-Rosé-Nebukadnezar die größte Rosé-Champagnerflasche der Welt und mit einer Brut Gold Midas die größte Champagnerflaschengröße der Welt verkaufte. Letztere wog mehr als 45 Kilogramm und war knapp 1,5 Meter hoch.

Gustave Cattier selbst dagegen war ein kleines Männchen.

Alle drei verausgabten sich total. Es wirkte sogar, als stünden sie im Wettbewerb zueinander, so sehr beäugten sie sich dabei.

Als alle nach der abschließenden Rückenentspannungslage Shavasana in der Umkleide verschwanden, wandte der Professor sich an den bärtigen Übungsleiter.

»War das Ihre erste Yogastunde?«, fragte dieser.

»Es war die erste wie fraglos die letzte.«

»Dabei könnten Sie gut welche gebrauchen. Im Gegensatz zu Ihrem Hund.« Der Bartträger grinste frech.

»Ich habe Sie nicht um Gesundheitstipps gebeten. Worum ich Sie dagegen bitte, ist eine einfache Antwort. Was ist das für ein Duft, den Sie tragen, und woher haben Sie ihn?«

Der Mann trat näher und senkte die Stimme. »Es tut mir leid, ich bin nicht schwul.«

»Was?«

»Normalerweise versuchen es nur Frauen auf die Tour, dass ich so unglaublich gut rieche.«

Der Professor stieß einen wütenden Räusperer aus. »Mir geht es nicht darum, ob Sie gut oder schlecht riechen! In keiner Weise habe ich vor, an Ihnen zu riechen. Ich muss es schlicht wissen.« Er holte Luft. »Bitte.«

»Es ist Givescent. In Reims vertreibt es nur Mie Montagne. Der Duft wurde von einer Yogameisterin entworfen.«

»Tragen ihn viele?«

»Ich glaube nicht. Mie vertickt es ja eher als Gefallen für ihre Freunde.«

»Der Name Mie Montagne klingt leider nicht asiatisch«, sagte der Professor.

»Ist er auch nicht. Aber Mie schon. Sie ist Halbkoreanerin. Eine tolle Frau.«

»Sie trägt das Parfüm selbst?«

»Ja, klar. Sie ist ihre beste Werbung. Warten Sie, ich schreib Ihnen mal Mies Nummer auf. Machen Sie bei ihr mal eine Stunde, die bringt Sie in Form. Gibt aber nur Personal Trainings, und die sind enorm gefragt.« Er reichte Adalbert den Zettel. »Ich muss jetzt leider weiter. Und sorry, dass ich dachte, Sie baggern mich an, nichts für ungut. Machen Sie es gut – und duften Sie schön!«

»Das tue ich immer!«, konstatierte Adalbert und verließ mit dem gut trainierten Benno den Raum.

Pit saß vor der Gulaschsuppe seiner Mutter. Sie schien sogar in der Löwenkopftasse noch zu brodeln. Als Kind hatte er sich so die Lava in Vulkanen vorgestellt. Und sich selbst bei jedem Löffel wie ein furchtloser Abenteurer gefühlt.

»Iss, Jung, iss!« Seine Mutter wischte über die saubere Küchenzeile. Pit hatte den Eindruck, manchmal stellte sie einen Teller von links nach rechts und dann von rechts nach links. Nur um etwas zu tun. Wer keine Arbeit hat, der macht sie sich, sagte seine Mutter immer. Nun hielt sie sich selbst daran. Er liebte sie wirklich sehr, gerade wegen ihrer Schrulligkeiten. Und die wurden nicht weniger.

»Noch zu heiß.«

»Bist doch kein Mädchen!«

»Ich mag meinen Mund einfach lieber, wenn er keine Verbrennungen dritten Grades aufweist.«

»Du Dollbohrer«, antwortete sie lachend. »Die Rita sagt übrigens, du hättest das gar nicht mal so verkehrt gemacht. Also für einen Mann.«

»Das ist ein hohes Lob.« Große Fleischstücke wurden von der Gluthitze an die Oberfläche emporgetragen, trieben zum Rand und versanken wieder. Ein echtes Naturschauspiel.

»Also der Rita ihre Schwester Karin ihr Sohn, dessen Frau Heidrun ist Sekretärin, und die ist mit Bianca zusammen auf die Schule gegangen, die bei der Polizei arbeitet.

Und die meinte, also die Bianca, dass sie immer noch völlig im Schwarzen tapern.«

»Im Dunkeln tappen«, korrigierte Pit. Und kam sich dabei fast schon wie der Professore vor.

»Sag ich ja. Nix haben die gefunden und noch nicht mal weitere Spuren. Die glauben alle nicht mehr daran, dass sie den noch kriegen, der das getan hat.«

»Die kriegen den ganz bestimmt nicht. Aber der Professor.«

»Der Mann, für den du manchmal arbeitest?« Sie wischte mit einem Geschirrtuch über die sauberen Herdplatten.

»Ist keine Arbeit. Ist Kameradschaft. Wir haben viel miteinander durchgemacht. Ich kann mich auf ihn verlassen und er sich auf mich.«

»Bring den doch mal mit zum Essen.«

Pit unterdrückte ein Lachen. »Über deine Gulaschsuppe könnte er ein ganzes Buch schreiben!«

»Ja, die ist aber auch gut, was? Wegen der Geheimzutat. Die verrat ich dem aber nicht.«

»Aber deinem lieben Lieblingssohn doch ganz bestimmt.«

Sie kam zu ihm und strich ihm liebevoll über die Glatze. »Nee, dann kannst du die ja nachkochen und kommst gar nicht mehr bei mir vorbei. Das bleibt schön mein Geheimnis. Ist schon richtig so.«

Das Telefon klingelte, ein gutes, altmodisches Klingeln. Das beige Wählscheibentelefon mit Samthaube stand im Flur.

»Ja?« Mutter schrie die Begrüßungsfrage immer, damit man sie am anderen Ende der Leitung auch hören konnte. »Ach, Rita, du bist das.«

Pit widmete sich der Suppe. Langsam musste sie auf eine Temperatur gesunken sein, bei der man sich nur noch leicht Lippen und Zunge verbrannte.

Seine Mutter kam zurück in die Küche.

»Das war die Rita. Bei Staatl. Fachingen ist was passiert. Wohl was Schlimmes. Aber sie weiß nicht, was. Redet keiner drüber.«

Pit sprang auf. »Mutter, dein Sohn muss mal kurz weg, wo einbrechen.« Er gab ihr einen Schmatz auf die Wange.

»Und was ist mit der guten Suppe?«

»Halt sie warm für mich.«

Pits Mutter lächelte. »Die bleibt von alleine lange warm.«

Das Kanu lieh Pit sich von Bagger. Für einen Ausflug. Bagger fragte nicht, wohin er ging. Sie kannte Pit lange genug und spürte, wann man besser nicht nachfragte. Aber sie warnte, dass Töckel ihn sich bald vorknöpfen und die Geschichte des Bankraubs in Wallmerod einen Epilog bekommen würde.

Baggers Kanu war ein aufblasbares von Gumotex, aus schwerem Gummi, mit dem man Elefanten über den Atlantik transportieren konnte. Es brauchte einige Zeit, bis Pit herausgefunden hatte, wie man das Boot in die richtige Richtung bewegte. Alles ohne Lenker war ihm fremd.

Die Lahn war ein gutmütiger Fluss. Wäre sie ein Tier, sie wäre ein Esel. Langsam, aber stetig floss sie unter dem verhangenen Septemberhimmel voran und trug Pit mit sich. Der Wind rauschte durch die Bäume links und rechts des Flusses und kräuselte das Wasser idyllisch.

Bis Pit die Biegung zu Staatl. Fachingen nahm und das Licht der Einsatzwagen den Fluss neonblau färbte.

Das Stimmengewirr übertönte schon bald das leise Säuseln und Gurgeln der Lahn. Pit hielt sich am linken Ufer, wo sich die Heilquelle befand, und nutzte das hohe Ufergras, um unbemerkt anzulegen. Die Zufahrtsstraße war abgesperrt, doch niemand schien mit Schaulustigen von der Lahn aus zu rechnen. Trotzdem verhielt Pit sich leise, denn wenn er erspäht wurde, bestand sicher kein Zweifel daran, um wen es sich bei ihm handelte. Selbst wenn er danach fliehen könnte, würden sie ihn später bekommen. Bei einem Mann von fast zwei Meter Größe mit Glatze und weißem Bart hatte die Polizei leichtes Spiel.

Er lauschte. Die Stimmen schienen sich an der großen Abfüllhalle zu konzentrieren. Langsam schlich er näher, das hohe Gras mit den Händen teilend, bis zum metallenen Zaun, der gute drei Meter hoch reichte.

Nun wurden Sprachfetzen zu ihm getragen.

Zuerst: »Nachts. Zwischen zwei und drei.« Dann: »Und was tun?« Gefolgt von: »Gerade jetzt!«

Doch immer wenn nur noch ein Wort fehlte, damit die Teile Sinn ergaben, wehte der Wind alles durcheinander.

Er musste näher heran.

Noch näher an die Gefahr.

Pit ging in die Knie und sondierte die Fläche hinter dem Zaun. Neben der Quelle war ein kleines Gebäude mit Flachdach. Auf einer Seite reichte das Gras bis an die gemauerte Wand. Auf der anderen standen zwei rauchende Streifenpolizisten.

Und redeten.

Pit trug immer ein Werkzeugmesser bei sich, und die Kneifzange wäre stark genug für den Maschendrahtzaun. Aber Knipser waren laute, scharfe Geräusche, vor allem wenn sie im Moment einer Schweigepause entstanden.

Doch welche Wahl blieb ihm?

Schmunzelnd dachte Pit, dass er die Gulaschsuppe seiner Mutter holen könnte. Die würde das Metall sicher komplett durchschmoren.

Dann wurde er wieder ernst und holte tief Luft. Die beiden Polizisten redeten gerade.

Pit knipste.

Wartete.

Nichts änderte sich an der Geräuschkulisse. Gut.

Dann fielen die Wörter »Einbruch« und »Quelle«.

Pit knipste weiter, wurde mutiger, knipste mehrmals hintereinander. Ein paar Gespräche erstarben, andere begannen. Alles gut.

Dann das Wort »Schüttung«. Was immer es bedeuten mochte.

Ein Draht ging hundsschwer, Pit erkannte, dass an dieser Stelle zwei Drähte hintereinanderlagen. Er versuchte es mit aller Kraft – und schaffte es. Das Knipsen war deutlich lauter, aber es würde schon gutgehen.

Schließlich hatte er genug Stellen durchtrennt, um eine Öffnung aufzubiegen. Langsam stieg er hindurch und ignorierte dabei das Kratzen der Drahtenden an seiner geliebten schwarzen Lederjacke.

Er war bereits halb drinnen, als ein Mann um die Ecke des kleinen Gebäudes bog. Er war so groß und schwer wie Pit, auch eine Glatze trug der Mann, doch steckte er in einem hellgrauen Anzug mit Weste und lila Krawatte.

»Der Verbrecher kehrt doch immer wieder an den Tatort zurück. Hätte mir denken können, dass du herkommst. Bei deiner Mutter hat die Polizei dich nicht angetroffen, du falsche Putzfrau. Was für eine besondere Freude, dich wiederzusehen.«

»Töckel.«

»Du hast zwei Möglichkeiten. Die eine ist: Ich setze dich fest, ruf die Polizei und hänge dir alles an, was diese in den letzten fünf Jahren, oder sagen wir lieber zehn, nicht aufklären konnte. Als Rechtsanwalt weiß ich genau, welche Knöpfe ich da drücken muss. Oder…«

»Ich nehme Möglichkeit zwei, du Arsch.«

Töckel nickte zufrieden. »Dann sehen wir uns heute Abend an der alten Stelle zum Pokern. Du weißt, worum es geht?«

»Um alles.«

Töckel grinste breit. »Genau wie beim letzten Mal, Killer.«

Mit jedem Tritt in die Pedale zum Ort Hautvillers, der hoch über dem Marne-Tal thronte, beneidete der Professor Pit mehr, der an der Lahn ermitteln durfte. Der musste sich nicht die Seele aus dem Leib strampeln, der ließ es sich gut gehen bei Lahnwein und Heilwasser!

Und musste nicht zum Yoga auf einen Berg.

Mie Montagne hatte gesagt, ihre erste Stunde gebe sie immer dort oben. Deshalb hatte der Professor sich ein Fahrrad für die Tour ausgeliehen samt Körbchen für Benno. Der schien die Fahrt sehr zu genießen, vor allem die Möglichkeit, andere Hunde aus erhöhter Position anzubellen.

Wie der Professor seinen Studenten in jeder Vorlesung zum Thema erzählte, war Hautvillers, genauer dessen Kloster, die Heimstatt des wohl wichtigsten Mönchs in der Geschichte der Champagne: Dom Pérignon. Zwar wurde dem von 1638 bis 1715 lebenden Benediktinermönch zu Unrecht die Erfindung des göttlichen Getränks zugeschrieben, doch fand er heraus, dass durch eine Cuvéetierung, also einen Verschnitt verschiedener Rebsorten, der Champagner an Komplexität gewann. Er verschloss zudem als Erster Flaschen mit einem Korken, der mit Kordeln am Hals gesichert wurde, und verwendete Flaschen mit dickerer Glaswand, die weniger oft zerplatzten. Und damit nicht genug. Auch die Lagerung in Kreidekellern, die segensreiche Wirkung der Ertragsbeschränkung und die Herstellung von weißem Wein aus roten Trauben, Blanc de Noirs, ging auf sein Konto. Nach Adalberts Meinung mehr als genug, um den Mann heiligzusprechen. Dass der Mönch für das Flaschenvolumen von 0,7 Liter zuständig war, fiel dagegen nicht unter die segensreichen Erfindungen. Der Mönch fand, dies sei die durchschnittliche Verzehrmenge männlicher Erwachsener beim Abendessen.

Hätte er Bietigheims Verwandtschaft gekannt, wären drei Liter heute das Standardmaß.

Adalbert plante, eine kleine Pilgerreise samt Kranzniederlegung nach Hautvillers durchzuführen – doch würde er sich dafür mit dem Auto chauffieren lassen. Verschwitzt trat man nicht vor einen Priester. Selbst wenn er tot war.

Mie Montagne hatte ihn zu einem Aussichtspunkt bestellt. Für die Stunde brauchte er nichts mitzubringen und auch keine Sportkleidung anzulegen. Sie wollte nur ein paar lockere erste Positionen mit ihm durchgehen, um seine Beweglichkeit einschätzen zu können, und vor allem lange mit ihm reden, um zu erfahren, was er mit dem Training erreichen wollte.

Die letzten Meter den Berg hoch musste Adalbert das Fahrrad mit Benno schieben. Was er unter konstantem Fluchen tat. Dagegen war der Mont Ventoux ein Scherz! In Hautvillers selbst ging es noch durch kleine Gässchen, bis schließlich die Champagne vor ihm lag wie ein reich gedeckter Tisch. Überall Weinberge in einem Kaleidoskop von Grün. Als wäre eine Vielzahl kleiner grüner Stoffstücke zusammengenäht worden. Ein riesiger Plaid-Teppich.

Am Aussichtspunkt stellte der Professor das Fahrrad ab, befestigte das Zahlenschloss, entfernte die Hosenklammern von seinen Beinen, straffte Kleidung sowie Kreuz und trat wackligen Schrittes zu der Yogalehrerin, die im Lotossitz die Sonne genoss.

»Sie sind der Erste, der mit dem Fahrrad kommt. Respekt, Monsieur le Professeur!«

Adalbert konnte sie im Gegenlicht nicht erkennen. Handelte es sich wirklich um die Frau, die er suchte? Ein Windhauch strich zu ihm.

Und roch nach ... Minze!

Frischer Minze. Der schlimmsten Art.

Eine aristokratische Übelkeit kroch seinen Hals herauf.

»Sie riechen nach Minze!«

»Ja, stimmt. Sie haben eine gute Nase.« Mie Montagne sprach langsam, ihre Worte anschmiegsam wie Steine, die lange von Wellen umspült worden waren.

»Sie sollten nicht nach Minze riechen. Sondern nach reifer Zitrone und edler Tahitivanille.«

»Nach Vanille und Zitrone? Wie ein Madeleine?«

Der Professor ging das Rezept für Madeleines im Kopf durch. »Vergleichbar.«

»Und warum sollte ich danach riechen?«

Bietigheim stellte sich vor die Sonne, um sie endlich sehen zu können. Er erkannte ihr Gesicht wieder. »Weil Sie danach dufteten, als Sie mich vor der Kathedrale Notre-Dame umrannten.«

»Ach, *Sie* sind das. Wie schön! Dann kann ich mich endlich bei Ihnen entschuldigen. Es tut mir nämlich sehr leid, dass ich Sie zu Boden gerissen habe. Und was mein Parfüm betrifft, ich beginne den Tag immer mit einem Duft von marokkanischer Minze, ein Parfüm namens Givescent lege ich immer nachmittags auf, das ist das mit den Vanille- und Zitronenaromen, und einen etwas schwereren Duft englischer Rosen dann am Abend. So duftet jede Tageszeit ein wenig anders!« Sie tippte mit der Hand einladend auf die Matte direkt neben sich. »Kommen Sie, setzen Sie sich, wir wollen erst einmal die Sonne begrüßen.«

Der Minzduft würde direkt neben ihr noch intensiver sein. Doch wenn er ihr nun sagte, dass er lieber nicht in ihrer Nähe sein wollte, würde das ihr Vertrauensverhältnis nachhaltig schädigen.

Er wählte die windabgewandte Seite von ihr.

Als er es sich dort bequem gemacht hatte, drehte der Wind.

»Om«, brummte der Professor missmutig.

Die Yogalehrerin lachte. »Ich mache nichts mit Om. Und auch nichts mit Räucherkerzen. Manchmal benutze ich allerdings eine Klangschale, ansonsten eher moderne Musik. Aber Sie können sich das natürlich aussuchen. Es ist ja ein Personal Training, es muss für Sie passen, nicht für mich. Ich kann auch eine Stunde Yoga bei Punkrock geben.«

»Gott behüte!«

»Da bin ich sehr beruhigt. Lassen Sie uns einfach anfangen. Erst einmal atmen wir. Ganz tief.«

Und dann atmeten sie. Bietigheim musste zugeben, dass er so noch nie geatmet hatte. So schön. Danach kreisten sie die Schultern und taten so, als schöpften sie Wasser über den Kopf. Wunderbar. So konnte es Stunden weitergehen.

Dann kam die Position des Hundes.

Er hasste die Position des Hundes.

Schließlich war er keiner.

Er musste schnell das Gespräch mit ihr fortführen – solange er noch genug Luft dafür zur Verfügung hatte.

»Ghislain hat Sie mir gegenüber erwähnt«, log er.

»Ghislain war einer meiner Kunden. Er war sehr gut.«

Langsam ein- und ausatmen. Meine Güte, fiel das auf einmal schwer!

»Es ist nicht meine Art, taktlos zu sein, aber Ghislain hat mich in seinem Testament beauftragt, seinen Tod, der ein Mord war, aufzuklären, deswegen muss ich Ihnen die folgende Frage stellen.«

»Ich habe ihn geliebt.« Sie sagte es ohne Zögern, ohne dass es wie eine Entschuldigung klang. Sie sagte es, als sei diese Liebe ein Geschenk gewesen.

»Und er?«

»Mich auch.«

»War es platonisch?«

Wieder dieses Lächeln. Wenn es nicht unmöglich wäre, hätte Adalbert gedacht, dass Mie Montagne damals Leonardo da Vinci für die Mona Lisa Modell gestanden hatte.

»Champagner ist Erotik, Professor, und Ghislain liebte den Champagner genau wie ich. Schon ein Schluck davon gleitet vibrierend über die Lippen, schwelgt in uns, seine ganze Art und Weise scheint wie nicht von dieser Welt, wie pure Frische rauscht er durch einen und animiert zu weiteren Genüssen, körperlichen, sei es Essen oder Liebe. Champagner lädt dazu ein. Das Öffnen einer Flasche ist wie das Entkleiden des Liebsten, wenn man es lustvoll zelebriert. Wenn sich die Hand um den festen Flaschenhals legt, das eng anliegende Stanniol abzieht, wenn man vorsichtig das Muselet löst, damit der Champagner nicht zu schnell aus der Flasche schießt, dann den Korken ganz sanft aus der Flasche gleiten lässt, den großen Druck, der dahintersteckt, zurückhaltend, und dann das Elixier endlich herausschießen lässt, sprudelnd voller Lebenslust. Genossen wird er in großen, wollüstigen Schlucken, und man trinkt ihn nicht nur mit dem Mund, es ist, als würde der ganze Körper ihn genießen. Verstehen Sie, was ich meine?«

Der Professor wünschte sich eine kalte Dusche. Arktisch wäre gut. Er musste sich konzentrieren. Auf die Ermittlungen. »Wusste Antoinette de Montgolfier von Ihrer Beziehung?«

»Ja. Aber sie beschloss, es nicht zu wissen. Antoinette kann so etwas. Halten Sie die Position noch etwas. Atmen nicht vergessen.«

»Sehr humoristisch. Meine Lungen quittieren gleich den Dienst.« Er holte Luft. »Könnte Antoinette ihren Mann …?«

Mie Montagne zuckte mit den Schultern. »Sie haben sie sicher schon kennengelernt. Eine ausgesprochen willensstarke und gefühlskalte Frau.«

Der Professor hätte zustimmend genickt, wenn er noch genug Kraft dafür besessen hätte. »Und Sie?«

»Ich hätte keinen Grund, Ghislain zu töten. Sein Tod hinterlässt eine Leere in meinem Leben. Aber das ist so bei einer großen Liebe. Ich bin dankbar für unsere gemeinsame Zeit. Und die Leere erinnert mich immer an das Glück, das ich mit ihm hatte.«

Was für eine außergewöhnliche Frau, dachte Bietigheim. So ausgeglichen.

»Aber wenn Sie das Arschloch fassen, das ihn umgebracht hat«, fuhr sie nun fort, »hoffe ich, dass ihn irgendjemand windelweich schlägt, bis seine Augen so verschwollen sind, dass er sie nicht mehr öffnen kann.«

Doch nicht ganz so ausgeglichen.

»Ich lehne Gewalt in jedweder Form ab«, sagte der Professor. »Aber ich habe einen guten Freund, der das anders sieht.«

Sie lachte.

Sollte er ihr von dem erotischen Foto mit ihrem Duft berichten? Das als Hinweis auf sie als Täterin gelesen werden konnte? Sollte er sie fragen, ob sie das Lahntal besucht hatte – als Ghislains Begleitung, von der niemand wusste?

Nein. Noch nicht. Es war zu früh, das Band des Vertrauens noch nicht fest genug geflochten. Und Bietigheim konnte die Reaktionen in ihrem Gesicht noch nicht genug lesen, um zu wissen, was sie wirklich dachte, wenn er sie etwas fragte. Aber eine wichtige Frage musste er ihr stellen.

»Wer ist der Mann, der Sie an der Kathedrale verfolgt hat?« Das Warum hätte er auch gerne gewusst, aber er wollte Mie Montagne nicht überfahren.

»Sie wollen ihn nicht kennenlernen. Und ich nicht über ihn reden.«

»Könnte ich Sie irgendwie überzeugen?« Jetzt taten Muskeln weh, deren Bekanntschaft Adalbert noch nie gemacht hatte. Er würde sie zukünftig sicher nicht zu seinen Freunden zählen. Was für die Schmerzen entschädigte, war der grandiose Ausblick. Die Blätter der unzähligen Rebstöcke in den Weinbergen bewegten sich nun sachte im Wind, die ganze Landschaft schien sich bei Windböen zu heben und zu senken. Der Begriff Rebenmeer bekam mit einem Mal eine völlig neue Bedeutung.

»Womit wollen Sie mich denn überzeugen?« Sie verbog ihren Körper in eine neue Position. »Jetzt wechseln wir in

Krieger Eins. Schauen Sie einfach, wie ich es mache. Mehr Spannung. Da geht noch was. Ja, und noch etwas. Und die Beine weiter auseinander.«

Der Professor nahm die Stellung ein. Hatte sie nicht am Telefon gesagt, heute kämen nur leichte Übungen dran, bei denen man nicht schwitzte?

Nun, sie schwitzte tatsächlich nicht.

»Ich könnte zum Beispiel Vorträge über kulinarische Themen Ihrer Wahl halten. Fundierter werden Sie diese nicht zu hören bekommen. Ich könnte für Sie auch ein Menü nach Wahl kochen. Oder Ihnen Geld anbieten. Aber ich glaube nicht, dass Sie dies wählen würden.«

Jetzt blickte sie erstmals ernst. Ihr feines Gesicht konnte das überzeugender als gedacht. »Gut, dass Sie das gerade noch gesagt haben. Sonst wäre unsere Yogastunde jetzt schon beendet. Krieger Zwei.«

»Diese Stellung werde ich nicht einnehmen, schließlich bin ich Pazifist.«

»Dann nennen wir ihn Winzer Zwei, in Ordnung?« Sie zwinkerte ihm zu.

»Aber nur, wenn Sie mir sagen, wer der Mann ist. Er könnte mit Ghislains Ermordung in Zusammenhang stehen. Zumindest weilte er an diesem Abend auch in Limburg.«

Lange blickte sie ihn mit ihren braunen Mandelaugen an, dann schien sie eine Entscheidung gefasst zu haben. »Eine Bedingung.«

»Sie nehmen das Kochen, nicht wahr?«

Benno bellte auf. Das Wort »Kochen« hörte er in jeder ihm bekannten Sprache gern. Denn es bedeutete, dass ihm bald Reste zufielen.

»Ich entscheide mich für Yoga. Sie sagen mir fest zehn Sitzungen zu.«

Der Professor hatte den Eindruck, allein durch diese wenigen Yogaübungen um Jahre gealtert zu sein. Doch das würde er in Kauf nehmen. Etwas anderes aber auf keinen Fall. »Aber nicht mit Minzparfüm!«

Wieder dieses bezaubernde Lachen, das direkt aus dem Herzen zu kommen schien. »Wir sind im Geschäft! Und Sie jetzt auf dem Weg in den Sonnengruß. Lassen Sie uns die Sonne grüßen, da sie doch so schön am Himmel steht.«

Der Professor folgte den Bewegungen. »Wie soll ich diesen Möchtegernclochard denn grüßen?«

»Sie sind aber ganz schön ungeduldig. Na gut, er heißt Bruno Bourdain und besitzt eine Weinhandlung in Épernay. Es ist eine Weinhandlung wie keine zweite. Genau wie Bruno einmalig ist. Bei ihm ist dies allerdings kein Kompliment. Zumindest kein uneingeschränktes. Atmen Sie in die Stellung hinein. Genießen Sie die Stellung!«

Hätte Adalbert noch genug Luft gehabt, er hätte laut gelacht.

Seit zwölf Jahren, sieben Monaten und dreizehn Stunden wusste Pit, dass dieser Abend kommen musste. Er hatte Angst davor gehabt. Pit mochte es nicht, Angst zu haben. Es war ungewohnt für einen Menschen wie ihn. Nun fiel sie von seinen Schultern wie ein Sack Zement.

Es war derselbe Ort wie damals. Sie saßen auf denselben Stühlen, jeder an seinem Platz. Töckel und er. Bagger als Dealer. Das heruntergekommene Wohnmobil auf dem Platz an der Lahn gehörte Töckels Tante, die es hier fest aufgebockt und mit einem umzäunten Vorgarten versehen hatte. Der Stoff der Sitzbank war zerrissen, in den Gardinen klebte ein über Jahrzehnte herangezüchteter Muffgeruch, und das funzelige Licht der eingebauten Lampen reichte gerade aus, um die Karten zu erkennen.

»Jetzt musst du zeigen, was du kannst, Killer. Du Großmeister unter den Pokerspielern.« Töckel grinste siegessicher. Bagger hatte gesagt, in seiner Freizeit spiele Töckel unentwegt. Auf Pokerplattformen im Internet, in Kasinos und Hinterzimmern. »Ich mach dich fertig!«

»Große Schnauze, nix dahinter«, antwortete Pit. »Ich war damals besser, und das hat sich bis heute kein bisschen geändert.«

Die Wahrheit war: Er hatte damals einfach nur Glück gehabt. Keine Tricks, keine gezinkten Karten, kein Pfusch. Er war jung gewesen und ahnungslos, ein Draufgänger, der »All In« spielte, ohne die Konsequenzen zu bedenken. Sie waren damals sturzbesoffen gewesen. Bei einer Niederlage hätte er Nscho-tschi verloren. Bei einem Gewinn die Beute von Töckels Bankraub bekommen. Töckel war großkotzig wie immer gewesen. Total siegessicher. Hatte im verrauchten Inneren des Campers nicht mehr klar gesehen. Und seine Kreuz-Straße für unschlagbar gehalten.

Das war sie aber nicht.

Nicht an diesem Abend.

Doch solch ein Glück hatte man nicht zweimal im Leben.

Wie damals rauchten sie Zigarre, dicke Havannas. Jeder hatte Kumpels mitbringen dürfen. Töckel vertraute auf drei Schläger, die er seit dem Kindergarten kannte und die Pit stets betrunken zu Gesicht bekommen hatte, mit Fahnen, die für eine große Flaggenparade im Hamburger Hafen ausreichten. Auch heute waren sie zugelötet. Und warteten nur darauf, Pit zusammenzuschlagen. Egal, ob er gewann oder verlor.

Pit hatte sich für eine andere Armee entschieden.

»Und du bist dir echt sicher, dass du die drei Weiber dabeihaben willst?«, fragte Töckel nochmals.

»Sind Damen«, korrigierte Pit und zwinkerte ihnen zu. Auf Klappstühlen, die irgendwie reingezwängt worden waren, saßen Michelle, Rita und seine Mutter. Michelle hatte sich extra ein T-Shirt drucken lassen. »Poker-Weltmeisterschaft«, stand darauf, darunter »Pit ›The Machine‹ Kossitzke vs. Torsten ›Dödel‹ Dubcek«.

Rita hielt die ganze Zeit einen Schal in die Höhe. Der war zwar vom 1. FC Köln, aber das ging schon in Ordnung. Pit wusste, wie es gemeint war. Seine Mutter hatte einen mit Gulasch gefüllten Henkelmann mitgebracht. Falls der Junge Hunger bekam.

»Aber geredet wird nicht. Kein Wort von denen.«

»Es sei denn, du betuppst meinen Jungen, dann hau ich dich«, sagte Pits Mutter und hob den Henkelmann empor. »Und nur, dass du es weißt, Töckelchen, ich hab für meinen Jungen gebetet.«

»Das wird ihm auch nichts nutzen, Frau Kossitzke.« Er sprach jetzt in die Runde. »Und über alles, was hier passiert und geredet wird, herrscht Stillschweigen. Wie beim letzten Mal. Das betrifft alle. Und für immer und ewig. Habe ich dein Wort darauf, Pit?« Töckel streckte die Hand aus.

Pit schlug ein. »Ich für meinen Teil bin ein Ehrenmann.«

»Texas Hold'em«, sagte Töckel routiniert. »Die Jetons haben die Werte fünfzig, hundert, zweihundert und fünfhundert Euro. Bagger: mischen und austeilen.«

Sie begannen mit kleinen Einsätzen. Das erste Spiel gewann Töckel klar, auch das zweite und dritte, dann Pit endlich eines. Doch Töckel hatte es kommen sehen und bei diesem kaum Jetons verloren.

»Du verdienst doch genug Kohle als Rechtsanwalt, warum diese Scheiße?«, fragte Pit.

»Weil ich gewinnen werde, deshalb.«

Sie waren Freunde gewesen, beste Freunde sogar, bis zu jenem Abend. Danach lag die Sandkastenfreundschaft in so vielen Scherben vor ihnen, dass keine Zeit der Welt reichen würde, um sie wieder zusammenzusetzen. Pit vermisste seinen alten Kumpel, mit dem er Kaugummiautomaten geknackt hatte, nachts im Freibad eingestiegen war, bis spät in die Nacht auf dem Bolzplatz gekickt und in der Scheune seines Vaters die Dessousseite aus Otto-Katalogen begafft hatte, bis ihnen der Saft in den Haarspitzen stand.

»Mann, Töckel, schade ist das alles.«

»Schnauze halten und spielen. Oder gibst du schon auf?«

»Alles klar, Töckel. Lass uns spielen.«

Irgendwann lagen gut zwei Drittel der Jetons bei Töckel, nur noch eines bei Pit. Und mit einem Mal war da ein Zittern in der Luft. Es schien zwischen ihnen über dem Tisch zu schweben, sie miteinander zu verbinden und den Rest der Welt auszublenden.

Beide hatten ein starkes Blatt.

Töckel hatte sich mindestens dreimal über die Glatze gestrichen, das machte er nur, wenn er sich groß und prächtig fühlte.

Pit stieg klein ein, doch schnell wurden die Einsätze höher.

»Junge, weißt du, was du da tust?«, fragte seine Mutter.

»Ruhe!«, brüllte Töckel.

»Schrei meine Mutter nicht an!«, brüllte Pit zurück. Und sagte dann zu seiner Mutter: »Ich weiß, was ich tue.«

Wusste er nicht. Er hatte nur keine Lust, einen langsamen, demütigenden Niedergang zu erleben. Dann lieber ein großes, wahnsinniges Spiel, ein Knall. Und dann würde es eben zu Ende sein. Die Kohle weg. Alles auf Anfang.

Er schob sämtliche Jetons in die Mitte. »All In.«

Töckel tat es ihm nach.

»Das reicht nicht«, sagte Pit.

»Du willst nachverhandeln? Jetzt? Sag mal, spinnst du?«

»Es reicht einfach nicht. Nur die Informationen über die Sache bei Staatl. Fachingen? Wahrscheinlich stehen die eh in einer Woche in der Zeitung. Und dazu dein Versprechen, dass du mir nichts anhängen wirst. Läppisch! Ich kann mir mit der ganzen Beute vom Bankraub bessere Anwälte als dich Winkeladvokaten leisten.«

Töckel fuhr mit den Fingerspitzen über sein Blatt. Und seine Zungenspitze parallel über die Unterlippe. Dann sah er Pit lange an, bevor er gütig lächelte. »Was willst du denn, Killer?«

Wieder dieser Spitzname, dem Pit so viele Jahre nicht begegnet war und nun so oft. Er hatte ihn damals von Bagger erhalten, weil er das Pokerspiel gewonnen und Töckel damit gekillt hatte. Alle anderen dachten, er hätte Blut vergossen. Pit hatte niemals den Drang verspürt, das Missverständnis aufzuklären. Es konnte nicht schaden, wenn die Leute etwas Angst vor ihm hatten. Töckel hatte allerdings kein bisschen davon.

»Was ich will? Dass du dich stellst, den Bankraub zugibst, ich bin das Gerede nämlich leid. Aber kein Wort über die Beute.«

Töckel stellte das Lächeln ein. »Das würde mich meine Karriere kosten.«

»Ich bin wegen der Scheiße von hier weg. Da ist das nur fair, du Arsch.«

Töckel blickte nochmals in seine Karten, schob sie auf seiner Hand so auseinander, dass der Abstand zwischen allen gleich groß war.

Dann legte er sie auf dem Tisch ab, mit der Vorderseite nach unten.

»Und wenn ich gewinne, bekomme ich alles, dein ganzes Bankvermögen?«

»Alles. Das Geld. Aber nicht meine …«

»Doch. Auch deine Indian. Nscho-tschi. Die wollte ich doch schon immer haben.«

Pit blickte in seine Karten. Es war ein gutes Blatt. Ein sehr gutes sogar. Aber jedes Blatt konnte geschlagen werden. Fast jedes.

Unschlagbar war das in seiner Hand nicht.

Er zog an seiner Zigarre.

»Tu's nicht, Junge«, sagte seine Mutter.

»Da hat deine Mutter recht«, sekundierte Rita.
»Mach die Sau fertig!«, kam es von Michelle.
Pit fand, dass Michelle recht hatte.
Und deckte das Blatt auf.
Er hörte, wie seine Mutter die Luft anhielt.

KAPITEL 5

Der Professor nimmt kein Bad

Der Professor blickte nochmals auf die Adresse in seiner Hand, dann auf die über der Tür angebrachte Hausnummer. Die Adresse stimmte. Dies war Épernay, dies war die Rue des Minimes. Und das vor ihm die Weinhandlung von Bruno Bourdain. Ihr geschmackloser Name: L'urine angélique. Der Urin der Engel.

Sie war klein, gerade einmal zwei Schaufenster breit – und diese über und über voll mit unsystematisch gestapelten Champagnerflaschen, an die handgeschrieben Preiszettel gepappt waren. Es gab kein Schild mit Öffnungszeiten an der Tür, doch drinnen brannte Licht. Was auch nötig war, da kaum welches durch die verschmutzten Fenster hereindringen konnte.

Adalbert holte sein Seidentaschentuch hervor, um die Tür zu öffnen.

Drei kleine Glöckchen verkündeten sein Eintreten. Kaum drinnen, blieb er erst einmal stehen, denn der Laden war so voll, dass man sich zum Weiterkommen eine Strategie überlegen musste. Linker Hand fand sich eine kaputte hellblaue Kühltheke, in der nun die teuersten Prestige-Champagner der berühmtesten Häuser in edlen Kartons standen. Hinten rechts in der Ecke befand sich ein kleiner Stehtisch mit alter Registrierkasse.

Niemand war zu sehen.

Benno verschwand in den Tiefen des Ladens. Vielleicht fand er irgendwo die Knochen eines Kunden, der nicht mehr herausgefunden hatte.

Der Professor selbst wurde direkt vor sich fündig. Auf einem Turm aus Kartons lag ein Aktenordner, in dem alle Champagner des Ladens aufgelistet waren. Die mit einer Schreibmaschine getippten Listen waren an etlichen Stellen verändert worden, per Hand waren neue Preise eingetragen, ausverkaufte Weine gestrichen und neue Ware zwischen zwei Zeilen gequetscht worden. Ein heilloses Durcheinander. Immerhin waren die Champagner äußerst fair kalkuliert. Kenner konnten hier so manches Schnäppchen machen.

Noch bevor er alles durchblättern konnte, erschien Bruno Bourdain hinter der Kasse, sah ihn an, drückte sich wortlos am Professor vorbei und verriegelte die Eingangstür. Dann baute der bullige Mann sich vor ihm auf.

»Hab ich nicht gesagt, Sie sollen sich verpissen?«

»Ich entscheide selbst, wann ich Sanitärräume aufsuche«, antwortete der Professor, wohl wissend, dass sein Gegenüber nicht darauf anspielte. »Warum haben Sie gerade abgeschlossen? Wollen Sie mich umbringen, ohne dabei gestört zu werden?«

Bourdain grunzte. »Muss keiner hören, was wir zu besprechen haben.«

»Empfehlen Sie mir einen Champagner?«

»Lecken Sie mich.«

»Verkaufen Sie hier etwa keinen?«

»An einen Deutschen?« Er spuckte auf den Boden. War vermutlich das erste Mal seit Jahrzehnten, dass dieser Feuchtigkeit gesehen hatte.

»Seit wann ist Nationalität ein Kriterium?«

»Das kann ich Ihnen präzise sagen. Seit der deutschen Besetzung Frankreichs! Wussten Sie, dass allein während der ersten Wochen rund zwei Millionen Flaschen in der Champagne von euch Deutschen geraubt wurden?«

»Woraufhin die Champagnerhersteller ihre Vorräte einmauerten oder so viel wie möglich in die USA oder nach

Großbritannien verkauften. Pol Roger benutzte für das Einmauern sogar Zement, den ihm das Deutsche Reich organisiert hatte – für Ausbesserungsarbeiten in den Weinkellern.«

»Meinen Sie das Deutsche Reich, das französische Winzer inhaftierte? Unter anderem den zwanzigjährigen François Taittinger?«

Der Mann war ein wandelndes Lexikon. Wie unsympathisch.

»Ich meine das Deutsche Reich, das von französischen Winzern gekonnt betuppt wurde. Das schlechteste Zeug ging in die Flaschen, auf deren Etiketten ›Reserviert für die Wehrmacht‹ oder ›Wehrmachts-Marketenderware‹ stand.«

»Der Champagnerproduzent Robert de Vogüé wurde sogar zum Tode verurteilt!«

»Weil er Teil der Résistance war, welche die Crayères sowohl als Unterschlupf nutzten wie als Lager für Nachschub und Waffen. Und was die Wehrmacht noch mehr traf: Die Champagnerlieferungen hatten auch einen großen geheimdienstlichen Informationswert. Anhand der entsprechenden Listen war es möglich vorherzusagen, wo deutsche Offensiven geplant waren. Man feierte nämlich gerne und ausgiebig mit Champagner – und bestellte schon vorher die Mengen. Bedauerlich, dass jemandem wegen des Genusses eines so wunderbaren Getränkes Nachteile erwuchsen, aber es traf fraglos die Richtigen. Und jede Flasche guten Champagners, die aufgrund von Einmauerung nicht diesen Kretins in die Hände fiel, war eine gerettete Flasche!«

Bourdain wollte schon zum nächsten Argument ansetzen, als ihm auffiel, dass der Professor in seinem Sinne argumentierte. Eigentlich schon die ganze Zeit. »So ist es!«

Bourdain verschwand nun hinter der ehemaligen Kühltheke und kam mit einem Grande Sendrée von Champagne

Drappier wieder. Einem exzellenten Champagner aus kleinem Haus, der Hausmarke von Charles de Gaulle. Er stammte aus der Côte des Bar und nicht den klassischen und teureren Regionen wie der Côte des Blancs und der Montagne de Reims.

»Côte des Bar? Wirklich?«, fragte der Professor überrascht.

»Meine Heimat! Ich stamme aus Urville.«

»Ich dachte, Sie ziehen einen Champagner aus diesem Schrank dort. Zum Beispiel den Celebris von Gosset.«

»Sparen Sie sich die Angeberei, ich weiß, dass Sie ein Kenner der Weine unserer Region sind.« Wie aus dem Nichts hielt er ein Baguette in der Hand und biss hinein, dann öffnete er geübt die Flasche. »Ein Champagner von Drappier ist sein Geld mehr als wert.« Er füllte zwei Gläser und reichte eines dem Professor. »Dies wird unser erstes und einziges Gespräch sein, ist das klar?«

»Den Winston Churchill dort würde ich ja gerne dagegen verkosten. Das wäre dann ein anderer Champagner, den ein Staatsmann zu seinem Liebling auserkoren hat.«

»Verkaufen tu ich so was, aber getrunken wird hier anderes. Vins d'auteur! Autorenweine auf Deutsch. Verstanden? Jetzt trinken Sie, sonst rede ich nicht weiter.«

Bietigheim trank. Der Champagner war in seiner Aromatik so klar wie Bergwasser, und seine Säure schien unter Strom zu stehen.

»Ich sehe Ihnen an, dass er Sie beeindruckt. Im Grunde ist das Anti-Champagner. Mit einer Assemblage kann man immer korrigieren, auch kaschieren. Ein Lagenchampagner aber zeigt unverfälscht, wie viel Arbeit sich der Winzer im Weinberg gemacht hat, er ist der pure Ausdruck des Terroirs. Die Terroirs der Champagne sind wie noble Musikinstrumente, man muss sie zu spielen verstehen. Das Terroir von Ambonnay ist zum Beispiel eine Stradivari. Der Klang ist einzigartig und gefällt nicht jedem. Die große

Stärke der neuen Winzerchampagner liegt darin, sich diese Eigenwilligkeit leisten zu können.«

»Dann passen sie ja gut zu Ihnen.« Er stellte das Glas auf einen der wackelig wirkenden Kartontürme. Hoffentlich stieß Benno nicht versehentlich gegen so einen und wurde von einer Lawine getroffen. »Sie wissen, dass Ghislain mich beauftragt hat, seinen Mörder zu finden?«

»Ghislain kannte die Gefahr, in der er sich befand. Ich will nicht sagen, dass er seinen Tod verdient hat, aber er sah ihn kommen und traf nicht die richtigen Entscheidungen.«

»Seien Sie doch nicht so kryptisch.«

»Mehr habe ich Ihnen nicht zu sagen. Wir zwei sind durch miteinander.«

»Haben Sie ihn umgebracht?« Es war eine Frage, auf die man selten eine ehrliche Antwort bekam. Doch die Reaktion auf die unerwartete Dreistigkeit war stets vielsagend.

Bourdain biss ein großes Stück seines Baguettes ab und nahm einen weiteren Schluck Champagner. Erst jetzt erkannte Adalbert, dass das Brot gefüllt war. Mit Austern, der Größe nach zu urteilen Nummer 2. Bourdain krümelte den Boden voll. Der Professor wollte gar nicht wissen, welche Mikroorganismen hier über die Jahrzehnte entstanden waren.

»Sie waren anwesend bei der Probe in Limburg.«

»Wie Dutzende andere auch.«

»Haben Sie etwas gesehen?«

Irgendwo klirrte es, doch nichts zersprang in Scherben. Benno spielte also weiter Spürhund.

»Ich wollte mit Ghislain am Abend reden, doch er sagte, er könne erst am nächsten Morgen. Er müsse dringend in den Keller zu seinen Flaschen und etwas überprüfen. Da sei etwas nicht normal.«

»Was genau?«

»Wollte er mir nicht sagen. Wir standen uns nicht so nahe.«

Kein Wunder, dachte der Professor. »Hatte er vielleicht das Gefühl, es seien zu wenige und welche gestohlen worden?«

Bourdain biss kopfschüttelnd in sein Austernbaguette. Seine Lippen waren danach voller Krümel. »Das wäre ja normal.«

»Sagte er das erst zum Ende der Probe, durch die ich so fabelhaft führte?«

Bourdain lächelte müde. »Ja, als wir zum Schluss zusammenstanden und einige andere Champagner tranken.«

»Darunter auch seinen?«

»Ganz ehrlich, ich hab mir nicht alle Etiketten angeschaut. Unter den großen Namen war auf jeden Fall echt Mist.«

Bourdain streckte sich, wodurch der Ärmel seines Hemdes, den er nicht zugeknöpft hatte, leicht emporrutschte und das Ende einer Tätowierung sichtbar wurde.

»Und jetzt hauen Sie ab. Ernsthaft. Nach Deutschland. Wir regeln das hier schon, wir brauchen keinen Deutschen, der seine Nase überall reinsteckt.« Er wandte sich in Richtung der hinteren Regale. »Hund, hau ab.«

Von irgendwoher ertönte protestierendes Bellen. Der Professor lächelte. Auf »Hund« hörte Benno überhaupt nicht.

»Rufen Sie ihn, Professor!«

»Er ist ein freier Geist, ein Revolutionär durch und durch. Ich dachte, dafür hätte man in Frankreich Verständnis.«

Bourdain öffnete sein Baguette und warf eine Auster auf den dreckigen Boden. Adalbert konnte nicht so schnell gucken, wie sein ehemals treuer Vierbeiner sich bestechen ließ.

Bourdain schloss die Tür auf – und stellte sich dafür ganz nah neben den Professor.

Darauf hatte dieser gewartet.

Schnell schob er dessen Hemdsärmel empor.

Zu sehen war nun eine Tätowierung in Form eines Schwertes.

Es sah genau aus wie das kleine Exemplar aus Zinn, das Ghislain ihm vermacht hatte.

»Hey, mamma / Look at me / I'm on the way to the promised land.«

Rena lauschte der Stimme im Handy, dann reichte sie es mit einem breiten Grinsen an Adalbert, der schlecht gelaunt in der Umkleidekabine der Sportboutique Douloureux saß. »Ist für Sie.«

»I'm on the Highway to Reims«, sang die dunkle Stimme weiter.

»Hallo?«

»Highway to Reims!«

»Pit? Sind Sie das?«

»I'm on the highway to Reims / Highway to the Professor / Don't stop me!«

Der Professor hielt das Telefon etwas fort vom Ohr. Pit hatte eigentlich eine angenehme, sonore Stimme. Doch wenn er sang, verwandelte sie sich in das Geheul eines heiseren, altersschwachen Wolfes. Mit Asthma.

»Sie scheinen ausgesprochen guter Laune zu sein.«

»Oh Mann, ja. Mir sind nicht nur Steine, mir ist ein ganzes Gebirge vom Herz gefallen.«

»Ich kann Sie ganz schlecht verstehen. Sie telefonieren sicher wieder mit diesem schrecklichen Helm, in dem ein Telefon implantiert wurde.« Der Professor hielt Telefone per se für eine Geißel der Menschheit. Und Handys für die praktische, tragbare Form der Geißel. Er leistete sich den Luxus, nicht immer erreichbar zu sein. Denn für steten Telefonterror hatte er sicher nicht promoviert. »Sie werden nicht glauben, was mir passiert ist!«

»Fassen Sie sich bitte kurz.« Er wählte gerade mit Rena

angemessene Bekleidung für sein Yogatraining aus und wollte es möglichst schnell hinter sich bringen. Noch einmal würde er nicht seine beste Kleidung zerknittern. Wenn Yoga, dann standesgemäß.

»Ich hab gewonnen!«, brüllte Pit und stieß einen Siegesbrüller aus.

»Nun malträtieren Sie doch mein Trommelfell nicht so.«

Rena hielt dem Professor eine lavendelfarbene Stretchhose vor die Nase und schüttete sich dabei aus vor Lachen.

»Albern Sie nicht herum!«, sagte er zu ihr. »Wir sind schließlich Hamburger.«

»Was?«, fragte Pit. »Ich hab Sie nicht verstanden. Stehen Sie am Imbiss und bestellen Sie gerade einen Burger? Passen Sie auf, Professore. Ich hatte ein Pokerspiel, eigentlich war ich schon am Ende, keine Hoffnung mehr, total gefrustet, alles verspielt – hatte ich gedacht. Und dann gewinne ich!« Er stieß wieder einen Jubelschrei aus. »Flush schlägt Straight. Da machste nix! Töckel, das ist der Bursche, gegen den ich gespielt habe, wollte mich vermöbeln, volle Kanne, zusammenschlagen mit seinen Kumpels, aber ich hatte meine Mutter dabei, und die hat mich beschützt. Also mit den Putzfrauen. Gegen die kommt keiner an! Die sind so klasse. Meine Bodyguardinen.« Er lachte schallend. »Muss ich Ihnen alles mal in Ruhe erzählen. Bei Gulasch und Puffbrause. Aber ich sag Ihnen schon mal, das Gesicht von Töckel: unschlagbar. Und ich bin endlich reingewaschen! Wegen des Bankraubs damals. Hab ich Ihnen nie erzählt. Holen wir nach, holen wir alles nach.«

Rena kam mit einem rosa Röckchen zur Umkleidekabine. Sie schien das hier wirklich nicht ernst zu nehmen. Adalbert schüttelte grimmig den Kopf. Er hätte besser Benno zur Beratung mitgenommen. Der hätte ihm irgendwas schönes Fleischfarbenes gebracht.

»Aber jetzt zum Fall, Professore. Zuerst mal, erinnern Sie sich, als ich Sie mitten in der Nacht wegen dieser jungen Winzerin angerufen habe und Sie so nett gesagt haben, dass Sie keine Zeit haben?«

»Nein, ich möchte keine kurzen Hosen!« Bietigheim schüttelte entschieden den Kopf. So etwas hatte er noch nie angezogen, selbst als Kind nicht. Und das würde sich bis ins hohe Alter nicht ändern.

»Hosen? Was reden Sie? Oh, diese Kackkopfhörer. Ich hab was mit kurzen Hosen verstanden ...« Jetzt brüllte Pit in den Hörer. »Die Mitarbeiterin bei Staatl. Fachingen, die spurlos verschwunden ist und von der ich glaube, dass sie meine Bremsleitung durchgeschnitten hat, stammt aus Reims und heißt in Wirklichkeit nicht Paula, sondern Emmanuelle Gratien. Das weiß ich über meinen Kontakt bei der Polizei, weil sie in eine Verkehrskontrolle geraten ist, zu schnell gefahren. Jetzt muss ich rausfinden, was sie in Reims so treibt. Falls Sie eine Frau mit einer feuerroten Lockenmähne sehen, die so scharfe Kurven wie die Nordschleife vom Nürburgring besitzt, dann halten Sie das Biest einfach fest. Bin gleich da!«

»Beige ist keine Farbe, beige wird es von alleine!«, rief Bietigheim.

»Ich schmeiß den Helm gleich in den Mülleimer«, antwortete Pit.

»Sonst noch etwas?«, fragte Bietigheim.

»Ich versuch's mit Radikalbrüllen«, sagte Pit zu sich selbst. Und handelte entsprechend. »Jemand hat sich an der Rohrleitung zu schaffen gemacht, durch die das Quellwasser nach oben gepumpt wird. Wahrscheinlich mit einem Bagger, der auf dem Gelände für Erdarbeiten stand. Jetzt ist die Schüttung, so nennt man bei Quellen wohl die Fördermenge, viel kleiner. Die von Fachingen versuchen jetzt, die Leitung zu reparieren. Wenn sie Pech haben, geht das aber nicht, dann müssen sie neu bohren, was tierisch viel kostet, ein hoher sechsstelliger Betrag, heißt es, und dann könnten sie mehrere Monate nicht mehr produzieren.«

Der Professor hielt den Hörer weiter vom Ohr. »Hören Sie auf, so zu schreien. Ich bin nicht taub, aber so werde ich es sicher bald. Nein, Türkis ist eine Verschmutzung von Blau.«

»Was redet dieser Mann da nur?« Pit holte Luft. »Man vermutet, dass ein geistig Verwirrter aus dem Dorf für die Sabotage verantwortlich ist. Der hat wohl auch mal eine Scheune in Brand gesteckt.«

Der Professor notierte all dies im Kopf.

»Nein, mein Po soll nicht betont werden!«

Im Hörer war ein Lachen zu hören. »Die Verbindung ist zwar scheiße, aber irre lustig. Ich geb jetzt auf jeden Fall Gas, Professore. Und die Knöllchen sind mir scheißegal! Ich bin reich und frei. Highway, ich komme!«

Ein Röhren drang aus dem Hörer, das dem Professor fast die perfekt liegende Frisur zerzaust hätte.

Adalbert hatte mit den Jahren die selektive Wahrnehmung perfektioniert. Was ihm wichtig war – in den meisten Fällen gleichbedeutend mit ess- oder trinkbar –, das speicherte er sofort auf seine kopfinterne Festplatte. Alles andere beachtete er nicht. Rothaarige Frauen gehörten dazu.

Bis jetzt.

Er hätte nie gedacht, dass es an diesem Fleck Erde, der seit der Bronzezeit besiedelt war, so viele Rothaarige gab. Vor allem hier auf der Place Royale in Sichtweite der Statue von Ludwig XV.

»Professor?«, fragte Rena kleinlaut.

»Ja, ich denke, jetzt bin ich bereit, wieder mit Ihnen zu reden.«

»Ich fand wirklich und ehrlich, dass Altrosa eine gute Wahl für Sie ist! Nicht viele Männer können das tragen.« Rena schien zu spüren, dass sie den Faden überspannt hatte. »Darf ich Sie zu einem Kaffee einladen?«

»Hm.« So billig war er nicht zu haben!

»Und einem Pastis?«

»Sowie einem Stück Gebäck!«

Sie nahm seinen Arm und schmiegte sich an ihn. »So mag ich meinen Professor. Hart verhandeln, aber nicht unnachgiebig sein.«

Sie fanden einen kleinen Tisch im Freien, den ein Schirm wie eine Mutter vor den sengenden Sonnenstrahlen schützte. Nachdem sie bestellt hatten, genossen sie die Ruhe, in der nicht über Farben gesprochen wurde.

Rena wartete, bis der Professor mental Notizen über die anderen Gäste des Café de Paris verfasst hatte – für sein Seminar »Moderne Kaffeekultur in Frankreich – Werden Latte macchiato mit Mandelmilch und Flat White die Grande-Café-Nation zerstören?«.

»Sie wissen, ich mache fast alles für Sie möglich«, sagte Rena und setzte dabei ihr wärmstes Lächeln auf.

»Selbstverständlich, denn nur den Besten und Fleißigsten gestatte ich, für mich zu arbeiten.«

»Aber manchmal, nur ganz manchmal, also selten, eigentlich fast nie, schaffe ich etwas nicht.«

Der Professor setzte die Kaffeetasse ab. »Raus damit!«

»Ich habe es wirklich versucht, das müssen Sie mir glauben.«

»Was versucht?«

»Ich habe im Internet recherchiert, Mails geschrieben, Telefonate geführt, zuletzt sogar den Concierge des Châteaus Les Crayères konsultiert, denn der hatte ja schon mal Erfolg.«

»Nun sprechen Sie doch endlich!«

Rena strich eine Haarsträhne zurück. »Der aktuelle Jahrgang des Versailles von Haen-Montgolfier ist nirgendwo mehr zu bekommen. Die Hoteldirektion hatte Ihnen die letzte Flasche hochgeschickt.«

»Ach, Rena! Was ist denn mit dem Champagnerhaus selbst? Dort legt man schließlich von jedem Jahrgang etwas in die Schatzkammer.«

»Stimmt. Aber die Flaschen verkauft man nicht. Von jedem Jahrgang, aber nicht diesem.«

»Vielleicht nur nicht an Sie. Vielleicht an einen langjährigen Kunden. Sie müssen wie beim Billard über Bande spielen.«

Rena nickte. »Schon geschehen. Mit mehr als einem Ball. Ich habe es über verschiedene Négociants und Mittelsmänner versucht.«

»Das kann doch nicht sein! Jeder Wein ist beziehbar, es ist nur eine Frage des Preises.«

»Bei diesem nicht. Das Haus Haen-Montgolfier hat alles aufgekauft, was es am Markt gab. Und verkauft nun nichts mehr weiter.«

»Mit welcher Begründung?«

»Der Jahrgang sei so exzeptionell, dass man ihn in einigen Jahren in perfekter Reife nochmals auf den Markt bringen möchte.«

»Also solch ein ausgemachter Unsinn!«

Ein junges Pärchen setzte sich mit seiner Tochter an den Nachbartisch. Sofort fing das kleine Mädchen an zu rufen: »Panja! Panja!«

Der Professor schrieb weitere mentale Noten, vor allem als das Kind wie gewünscht den ersten Schluck Champagner bekam.

»Professor?«

»Ja?«

»Haben Sie mich gehört?«

»Natürlich. Aber paraphrasieren Sie es bitte noch mal.«

Sie zwinkerte ihm zu.

»Unterlassen Sie bitte jegliches Zwinkern. Gezwinkert wird bei Tisch nicht.«

Rena räusperte sich. »Sie sind süß, wenn Sie sich aufregen. Da, jetzt sogar noch mehr!«

»Ich darf doch sehr ...«

»Dürfen Sie! Aber ich wiederhole jetzt schnell, was ich

gesagt habe, bevor Sie in Gedanken wieder abschweifen. Die Flasche Versailles mit den kümmerlichen Resttropfen habe ich zur Untersuchung zum Institut Oenologique de Champagne in Mardeuil gebracht. Und zwar als Erstes am Morgen.«

»So sollte es auch sein.«

»Nun habe ich eine Mitteilung bekommen. Die Flasche ist verschwunden. Spurlos. Sie hätten keine Untersuchung durchführen können. Und sie würden ab jetzt auch keine Alkoholika mehr untersuchen. Neue Regelung im Institut.«

»Und das in Reims? Womit will man dort denn zukünftig Geld verdienen?«

»Hab ich auch gefragt.«

»Wie lautete die Antwort?«

Rena hob die Stimme: »Das ginge mich und Sie nichts an.«

»Ich benötige dringend noch einen Kaffee. Was ist nur mit meinem Frankreich los? Die gleiche abweisende Haltung nahm auch Bruno Bourdain mir gegenüber ein. Von Ghislains Witwe ganz zu schweigen. Dafür, dass Champagner solch ein lebenslustiges, frivoles Getränk ist, das Menschen beschwingt und die Sorgen des Lebens wie Bläschen im Glas zerplatzen lässt, schlägt uns eine Wand aus Unfreundlichkeit entgegen.«

»Es geht halt um sehr viel Geld hier, Professor. Wer viel hat, will nichts davon verlieren.« Sie beugte sich vor. »Sagen Sie, ganz was anderes, kennen Sie diese Frau hinter sich, die Sie die ganze Zeit so fixiert? Muss Hildegard zu Trömmsen sich etwa Sorgen um ihren Verehrer machen?«

»Von welcher Frau sprechen Sie?« Als Adalbert sich umdrehte, um nachzusehen, stand eine Frau mit feuerrotem Haar auf und rannte trotz Stöckelschuhen davon.

Wie der aufgebrachte Kellner wenige Minuten später allen anderen Gästen mitteilte, hatte sie ihre Rechnung nicht bezahlt.

Zurück im Château Les Crayères, das ihm immer mehr wie ein ganz persönlicher Hort des Guten erschien, hoffte der Professor, an der Rezeption den Concierge anzutreffen. Doch der war nicht zugegen. Seine Vertretung konnte auch nicht sagen, wo er steckte. Merkwürdig.

In seiner Suite legte der Professor seinen Borsalino vorsichtig auf dem Tisch ab und lockerte die Seidenfliege in den Farben Rot und Weiß – denen der Hansestadt Hamburg. Es war ihm danach, seine Gedanken zu ordnen. Der Mord an Ghislain warf immer mehr Fragen auf. Gleichzeitig hatte er das Gefühl, sich in einem Netz verfangen zu haben, das gleich mehrere Spinnen für ihn gesponnen hatten.

Er würde etwas Zeit brauchen, um die Fäden zu entknoten. Ein Bad wäre dabei hilfreich, und er machte sich auf den Weg dorthin. Benno ließ sich derweil erschöpft von dem langen Spaziergang auf dem frisch gemachten Bett nieder – nachdem er es fachmännisch zerwühlt hatte.

Voller Vorfreude drückte Adalbert die goldene Klinke zu seinem großen Bad herunter.

Er öffnete die Tür.

Sah jemanden in der Badewanne.

Und schloss sie wieder.

»Adalbert, seien Sie nicht so schüchtern!«, hörte er eine Stimme aus dem Bad. Es war die der göttlichen Hildegard zu Trömmsen. Nach über einem Jahrzehnt, das sie sich schon kannten, nannten sie sich nun bei den Vornamen. Blieben aber ansonsten beim Sie. Die Dinge überstürzten sich geradezu.

»Kommen Sie zu mir«, sagte sie auf ihre rauchige Art. Gefolgt von einem kehligen Lachen. Ein Rasseweib!

»Das geziemt sich nicht, Verehrteste.«

»Papperlapapp! Dass ich mich hier in dieser Wanne rekele, ist meine exquisite Überraschung für Sie!«

»Da ist er wieder, Ihr so köstlicher Humor.«

»Hören Sie mich lachen? Es ist kein Spaß. Kommen Sie herein!«

Mit einem Mal war dem Professor übel.

Denn sein Magen erinnerte sich noch allzu gut an den nackten Gottfried von Kramp.

»Geben Sie mir ein wenig Zeit, ich trage noch meine Straßenschuhe.«

»Beeilen Sie sich! Der Champagner wird langsam kalt. Und aus dem Hahn läuft ja leider keiner.«

»Baden Sie etwa in …?«

»Selbstverständlich. Einhundertzweiundzwanzig Flaschen wurden in diese Badewanne entleert und mit einem Heizstab auf Temperatur gebracht. Meine Haut erlebt durch die vielen Blubberbläschen gerade einen herrlich revitalisierenden Effekt. Und sie nimmt den Champagner auf – wodurch ich so langsam richtig rollig werde.« Sie lachte wieder. »Aber vermutlich gleich ganz schön klebrig bin, ist ja doch noch einiges an Zucker in dem Schampus. Ich bin also momentan eine ganz besonders Süße.«

Der Professor sagte nichts und wurde stattdessen rot.

»Eben habe ich eine Stunde Yoga bei dieser bezaubernden Lehrerin genommen, die der Concierge mir nannte. Dieser Mie Montagne. Man muss als Frau ja gelenkig sein, nicht wahr?« Abermals lachte sie, dass die Grundfesten des Hotels erschüttert wurden. »Sie trainieren ja wohl auch schon bei ihr.«

»Regelmäßig«, antwortete der Professor.

»Dann haben Sie sich auch den Kaviar verdient, den ich hier habe, und natürlich den Champagner, wahlweise aus der Wanne oder einem Glas. Ach, ich komme mir vor wie die langbeinige und mit Atombusen ausgestattete Mätresse eines russischen Oligarchen. Herrlich!«

Der Professor vermutete, alles Blut in seinem Körper habe sich nun in den Füßen gesammelt. In seinem Kopf war es auf jeden Fall nicht mehr. Er holte sich einen Stuhl, bevor er umfiel.

»Ach, ich habe da einen köstlichen Witz gehört, Adalbert, den muss ich Ihnen unbedingt erzählen. Da ist ein Mann, und dem erscheint eine gute Fee. Einen Wunsch hat er frei. Der Mann überlegt kurz, am allerliebsten auf der Welt mag er Champagner. Deshalb sagt er: ›Ich wünsche mir Champagner zu pinkeln!‹ Die Fee erfüllt ihm diesen Wunsch mit Freude. Zu Hause probiert er es sofort aus. Es sah aus wie Champagner, roch wie Champagner und schmeckte wie Champagner. Er ruft laut nach seiner Frau: ›Liebling, bring mir ein Glas, es gibt Champagner!‹ Darauf sie: ›Warum denn nur eines?‹ Antwort von ihm: ›Du trinkst aus der Flasche!‹«

Nun explodierte Hildegard zu Trömmsen geradezu und schien vor Lachen in die Wanne zu schlagen, dass der Champagner nur so spritzte.

Adalbert lachte mit, obwohl er nicht verstand, warum der Champagner für die Frau des Hauses extra in eine Flasche gefüllt wurde.

»Kommen Sie jetzt endlich? Wie lange brauchen Sie denn für Ihre Straßenschuhe? Oder entkleiden Sie sich etwa ganz, Sie Schlimmer?«

»Nein, nein, verehrteste Hildegard, wo denken Sie hin!«

»Na, wohin ich will!«

Wie konnte er bloß weitere Zeit gewinnen? Nur so viel, bis der Champagner kalt genug wäre, dass sie das Bad beenden musste und diese ihn so irritierende Situation ein Ende hatte? »Benno muss noch kurz abgetrocknet werden von unserem Spaziergang.«

»Sie ziehen einen nassen Foxterrier einer nassen Hildegard vor?« Ihre Stimme hatte nun einen strengen Ton angenommen.

»Nur weil ich mich Letzterer ohne zeitlichen Druck widmen möchte.«

Stille. »Gerade noch bekommen, die Kurve! Dann erzähle ich Ihnen einen weiteren köstlichen Scherz!« Es war zu hören, wie sie einen großen Schluck Champagner trank. Und damit gurgelte. »Also: Herr Meier macht einen Luxusurlaub. Als er am Swimmingpool ankommt, herrscht dort ein großes Gedränge. Der französische Gast klärt ihn auf: ›Dies ist ein Zauberpool. Sie müssen sich nur laut wünschen, womit er gefüllt sein soll, und es geht in Erfüllung.‹ Mit diesen Worten nimmt er Anlauf, schreit: ›Champagner!‹ und landet in einem Pool voll mit Champagner. Danach rennt ein Russe an, brüllt: ›Wodka!‹ und landet in einem Pool voll von dieser Spirituose. Herr Meier ist begeistert, reißt sich die Kleider vom Leib und nimmt über das Sprungbrett Anlauf. Am Ende rutscht er aus und ruft: ›Schei …‹« Der Rest ging in einem Lachanfall unter.

Bietigheims Übelkeit nahm weiter zu. Er spielte jedoch einen Lachanfall vor. »Köstlich!«

Ein gehöriges Plätschern verriet, dass Hildegard sich in der Badewanne aufrichtete. »Gleich ist der Kaviar alle …«, drängelte sie.

»Ich würde es ohnehin nicht übers Herz bringen, Ihnen etwas davon wegzuessen.«

»Um mir zu helfen, die schreckliche Wartezeit auf Sie zu überbrücken: Wie laufen die Ermittlungen Ghislain betreffend?«

»Zurzeit verfolge ich mehrere Spuren. Eine führt überraschenderweise in die Welt der Heil- und Mineralwässer, welche anscheinend um starke Verbindungen in die Champagnerwelt kämpfen. Eine weitere hat mit miserablem Champagner zu tun, der sich in teuren Champagnerflaschen befindet.«

»Um welchen Champagner geht es denn?«

»Den Versailles von Ghislain. Leider ist er auf dem Markt nicht mehr zu bekommen. Dabei würde ich seinen Inhalt sehr gerne untersuchen lassen. Wenn ich ihn wenigstens noch einmal kosten könnte in großen Schlucken!«

Von drinnen war ein Kichern zu hören. Soweit dies einer schnarrenden Altstimme möglich ist. »Raten Sie mal, worin ich gerade meinen nackten Körper aale …«

Adalbert hatte in seinem Leben schon manche Gewissensentscheidung fällen müssen, doch diese schien ihm mit Abstand die schwerste. Sollte er die angemessene Distanz zu seiner Angebeteten wahren, die sicherlich nur ein köstliches Spiel mit ihm spielte und nicht wirklich erwartete, dass er zu ihr ins Badezimmer dränge, sie gar nackt sehe, da sie sich doch bisher nicht einmal leidenschaftlich geküsst hatten? Oder sollte er hineinstürmen, seinen Kopf in die Wanne senken und zwischen ihren Schenkeln … Er durfte sich das gar nicht so genau vorstellen!

Natürlich könnte er auch verbundenen Auges hineingehen, schließlich kannte er den Weg.

Und statt kopfüber einzutauchen, einen Löffel nehmen.

Er bräuchte nur etwas Zeit für die Vorbereitung.

»Oh, jetzt ist der schöne Champagner schon so kalt. Ich werde gleich aus der Wanne steigen und ihn ablaufen lassen.«

»Warten Sie! Um Gottes willen!«

»Zuerst rekel ich mich aber noch mal in der Badewanne. Bin ja jetzt gelenkig genug dafür. Apropos gelenkig, unsere gemeinsame Yogalehrerin sagte, Sie sollen heute unbedingt früher zu Ihrer Stunde kommen. Die finde bei ihr statt. Es sei sehr wichtig.«

Aber heute hatte er doch gar keine Stunde.

Und normalerweise sollte diese stets um zwölf Uhr stattfinden, vor dem Mittagessen.

Jetzt war es bereits dreizehn Uhr.

Irgendetwas stimmte da nicht. Er musste schnellstens zu Mie Montagne, um zu klären, was.

Die Gewissensentscheidung wurde nun sogar noch dramatischer.

Manchmal musste ein Professor tun, was ein Professor tun musste.

Es galt, Prioritäten zu setzen!

Bietigheim stand auf, holte so tief Luft, bis der Brustkorb schmerzte, und öffnete die Badezimmertür.

Eine halbe Stunde später befand sich der Professor vor dem Haus von Mie Montagne im Süden von Reims. Es stand ganz allein und grenzte an Weingärten. Die Yogalehrerin hatte es komplett in einem kräftigen Orange streichen lassen.

Das passte wunderbar zur aktuellen Farbe seines Gesichts.

Mie Montagne hatte ihm erzählt, dass sie ihre Tür stets offen ließ, da sie den Menschen vertraute und fest daran glaubte, nicht ausgeraubt zu werden. Genauso glaubte sie stets daran, einen Parkplatz mit ihrem Wagen zu finden. Beides funktionierte ihrer Aussage nach bestens.

Die Holztür knarzte wohlig, als Adalbert sie aufstieß. Benno rannte sogleich hindurch. Folgte er ihm, würde er in der Küche landen, doch der Professor wollte in die erste Etage, wo sich der große Raum mit Panoramafenster zu den Weinbergen befand, in dem nach Aussage der göttlichen Hildegard der Unterricht gegeben wurde. Ein großes, helles Zimmer, komplett ohne Möbel, nur mit einer kleinen Musikanlage und einer Klangschale bestückt. Er fand es auf Anhieb – denn an der Tür hatte Mie Montagne ein großes Schild angebracht: »Räucherstäbchen verboten!«

Als er sie öffnete, fand der Professor sich in einem kleinen Vorraum wieder, wo man Jacken aufhängen und Schuhe ausziehen konnte. Auch eine Umkleideecke mit dickem Samtvorhang existierte. Nur ein Mauerdurchbruch in Form eines langstieligen Champagnerglases trennte den eigentlichen Yogabereich ab. Mie Montagne hatte bereits Musik angestellt, für den professoralen Geschmack viel zu moderne, aber nicht unharmonisch.

Es duftete nach Champagner, und der Professor erinnerte sich unwillkürlich an das, was vor wenigen Minuten im Badezimmer seiner Hotelsuite passiert war.

Er war eingetreten, bereit zu allem, bereit zum Äußersten. Bereit, Hildegards Nacktheit mannhaft zu ertragen, bereit, zwischen ihren Schenkeln zu schlürfen, bereit, all dies schnell zu tun, um dann flugs herauszufinden, was es mit dieser merkwürdigen, dringlichen Nachricht von Mie Montagne auf sich hatte.

Als er die Göttliche in der Badewanne sah, blickte sie gerade durch das Fenster in den Park. Er sah ihr volles Haar über den Rand der Kupferwanne wallen, sah die Spitzen ihrer herrlich kräftigen Knie aus dem Wasser ragen wie kahle, fleischfarbene Inseln, sah gekleckerten Kaviar wie schwarze Diamanten ihren gewaltigen Busen bedecken. Sein Puls raste so sehr, dass er die einzelnen Schläge nicht mehr auseinanderhalten konnte. Nie zuvor war er in das Bad einer Dame eingedrungen, hatte sie in diesem intimen Moment der Körperpflege überrascht. Innerlich war er bereit, jegliche Vorwürfe über sein Eindringen zu erdulden. Falls nötig bis an sein Lebensende.

Ebenso wie Scherze darüber, warum er so kalkweiß im Gesicht war.

In seinen schwachen Momenten, derer es wenige gab, hatte Adalbert sich vorgestellt, wie ein Stelldichein mit der Göttlichen sein würde, wenn sie Aphrodite gleich schaumgeboren aus dem Wasser stiege.

Wenn er ein wenig beschwipst war, stellte er sich vor, die Wanne sei mit warmer Schokolade gefüllt.

Aber Champagner kam direkt auf Platz zwei.

Ganz sicher wäre sie aus der Wanne gestiegen, der

Champagner wäre von ihrem Körper den imposanten Victoriafällen gleich heruntergerauscht. Adalbert hätte es sogar in Kauf genommen, die champagnernasse Hildegard zu Trömmsen in seine Arme zu schließen, obwohl sein Maßanzug von der Londoner Savile Row dadurch beschädigt worden wäre. Doch seine Liebe und sein Begehren waren größer als die Kosten für die Trockenreinigung.

Er stand also bereits im Badezimmer, bewegte sich auf die kupferne Badewanne mit der Verheißung in Menschenform zu.

Doch leider war auch sein Gehirn in Bewegung.

Der Anstand versorgte es mit Energie.

Und ihm kam eine Idee. Noch vor dem zweiten Schritt auf Hildegard zu. Noch bevor er die Konsequenzen wahrhaft begreifen konnte, bewegten sich seine Lippen.

»Bitte lassen Sie den Champagner in der Wanne. Ich muss leider ganz dringend fort.«

»Sie Spielverderber!« Hildegard zog eine Schnute. Den Anschein wahrend, sie hätte es wirklich zum Äußersten kommen lassen. Sie war wirklich für jeden Spaß zu haben.

Doch irgendwo in Bietigheims Innerem kratzte es. Was, wenn es doch kein Spaß war?

Um schnell auf andere Gedanken zu kommen, zog er die schwarzen Lackschuhe aus, stellte sie ordentlich nebeneinander an die Seite und trat ein.

Mie Montagne hatte bereits mit dem Training begonnen. Sie befand sich in der Kobra. Einer äußerst anstrengenden Position, die volle Konzentration verlangte, weswegen der Professor sich auch nicht mittels Räuspern bemerkbar machte. Bei der Kobra lag man bäuchlings auf dem Boden, doch die Oberarme waren durchgestreckt, der Kopf im Nacken, die gehobene Brust geöffnet.

Adalbert setzte sich lautlos in den Lotossitz.

Bewundernswert, wie lange sie diese Position halten konnte.

Und dabei so flach atmen, dass der Bauch sich weder hob noch senkte.

Plötzlich meldeten die Augen des Professors etwas, das nur eine optische Täuschung sein konnte.

Oder etwa nicht?

Anscheinend war Mie Montagne, nun ja, also wenn er sich nicht täuschte, man wusste bei der modernen Mode ja nie, diese dünnen Stoffe allenthalben, aber doch, sie war wohl nackt.

Von dieser Form des Yoga hatte er bereits gehört, aber nicht gewusst, dass sie heute auf dem Plan stand.

Sollte er deshalb jetzt kommen? Stand die Sonne dafür gerade richtig? Wollte sie ihn etwa dazu bringen, sich auch seiner Kleidung zu entledigen?

»Mademoiselle Montagne?«

Sie schien so tief in der Position versunken, dass sie ihn nicht wahrnahm.

Der Professor rückte etwas näher.

Und entdeckte einen durchsichtig gewebten Schal, der von hinten um ihren Hals verlief.

Straff verlief.

Und dass ihr Becken durch ein Kissen gestützt wurde.

Adalbert fragte nicht, ob es ihr gut ging.

Er sprang auf und fühlte ihren Puls.

Den es nicht mehr gab.

Ihre Haut war kalt.

Die Leichenstarre bereits eingetreten.

Mie Montagnes Augen waren geöffnet. Sie musste als Letztes in ihrem Leben über die herrlichen Weinberge geblickt haben.

Nackt und gefesselt.

In einer perfekt ausgeführten Position.

KAPITEL 6

Der Professor schaut gegen die Wand

Der Professor stand auf der hölzernen Terrasse von Mie Montagnes Haus und blickte auf die Weinberge, die sich so weit über das Land erstreckten, als tränken die Menschen überall auf der Welt nichts anderes als Champagner. Benno tollte durch die Reihen und jagte einen Schmetterling.

Der sicher nicht einmal ahnte, dass sich gleich eine Hundeschnauze um ihn schließen würde.

Benno begriff nicht, was gerade passiert war, der Professor dagegen sehr wohl. Und auch wenn er es selten zeigte, berührte ihn doch jeder Tote, den er sehen musste. Mie Montagne war sicherlich eine der schönsten Leichen, die er je zu Gesicht bekam, doch auch eine der schockierendsten.

»Sie sollen jetzt kommen«, sagte ein Uniformierter, der plötzlich neben ihm stand. »Der Commissaire ist so weit.«

Bietigheim nickte, atmete tief durch und ging hinter dem Mann in die Küche, wo der ermittelnde Beamte hinter einem Laptop am Tisch saß. Der hagere, blasse Mann stellte sich als Jean-Paul Belmondo vor und schob hinterher, er hätte jeden, wirklich ohne Ausnahme jeden Witz gehört, den man dazu machen konnte.

Der Professor erwiderte, er fände nichts daran witzig und dass er nicht vorhabe, sich aus dem Staub zu machen, da Jean-Paul Belmondo bekanntermaßen hervorragend bei Verfolgungsjagden sei.

Adalbert fand, das war ein echter Brüller.

Der Commissaire nickte. »Gut, dass es jetzt raus ist. Dann können wir ja fortfahren.«

Nach der Feststellung der Personalien spulte Belmondo die ermittlungstechnischen Fragen ab. In welcher Beziehung standen Sie zur Toten? Warum sind Sie hier? Genaue Uhrzeit? Haben Sie die Leiche berührt? Haben Sie am Tatort etwas verändert?

Der Professor beantwortete alles so ausführlich, dass sein Gegenüber irgendwann zur Eile drängte. Von draußen waren währenddessen vergnügte Beller von Benno zu hören, der mit etwas Glück ein Wildschwein jagte, das das Kräfteverhältnis gegenüber einem Foxterrier falsch eingeschätzt hatte.

Als Bietigheim befand, dass er genug Fragen beantwortet hatte, fing er an, welche zu stellen.

»Welche Termine hatte Mademoiselle Montagne denn heute?«

»Das prüfen wir gerade.«

»Sind Spuren von Gewalteinwirkung an ihrem Körper festzustellen?«

Belmondo stutzte leicht. »Das prüfen wir auch gerade.«

»Und der genaue Todeszeitpunkt?«

»Das prüfen wir … Hören Sie mal, ich stelle hier die Fragen. Und ich habe noch etliche.«

»Nein, Sie sind durch. Nun bin ich dran.«

»So läuft das hier in Frankreich aber nicht!«

»So sollte es aber laufen! Zudem sollten Sie mir etwas zu trinken anbieten.«

Mit einem Grummeln erhob sich der Commissaire und ging zum Kühlschrank. Er öffnete diesen, schloss ihn aber schon nach kurzer Zeit und sichtlich verwirrt wieder.

»Ich kann Ihnen Wasser anbieten.«

Doch der Professor wollte jetzt kein Wasser mehr. »Bitte ein Glas Champagner, das hilft meinen grauen Zellen stets hervorragend auf die Sprünge.«

Normalerweise hätte Bietigheim um diese Uhrzeit noch keinen Champagner angerührt, doch aufgrund eines kurzen Blicks in den Kühlschrank war dies nun anders. Er wollte noch einen hineinwerfen, um sicherzugehen.

Denn einen so gefüllten hatte er nie zuvor zu Gesicht bekommen.

In seiner Vorlesung »Zeig mir deinen Kühlschrank, und ich sag dir, wer du bist!« analysierte er anhand Inhalt und Ordnungssystem von Kühlschränken deren Besitzer. Er verglich den Inhalt eines Kühlschranks mit dem kulinarischen Unterbewusstsein.

Wies das unterste Fach viel verschimmeltes Gemüse auf, nahm sich der Besitzer vor, gesund zu leben, war jedoch zu inkonsequent für die Umsetzung. Kamen noch abgelaufene Magermilchjoghurts dazu, hatte jemand seine Diät abgebrochen. Ordnungsfanatiker strukturierten klug; Menschen mit Zukunftsangst horteten, bis der Kühlschrank platzte; Kreative nutzten das fest eingebaute Eierfach auch für Eiertomaten; Sparsame packten Essensreste in Dosen oder Tüten; Reiche kauften sowohl beim Discounter als auch spezielle Markenware; Arme nur beim Discounter, und nur, wer kochen konnte, besaß unverarbeitete Lebensmittel; bei anderen lag an dieser Stelle die halb volle Packung vom Pizzadienst.

Bietigheims eigener Kühlschrank war perfekt geordnet, keines der exquisiten Lebensmittel war abgelaufen oder nicht in bestem Zustand, und für den Fall einer Lebensmittelknappheit gab es Bohnenkonserven im Keller. Pits Kühlschrank dagegen glich einem Schlachtfeld, auf dem Gemüse, Obst und andere gesunde Nahrungsmittel vom Fleisch vernichtend geschlagen worden waren.

Mie Montagnes Kühlschrank war einzigartig.

Wenn auch auf seine Art ebenso einseitig.

Belmondo öffnete ihn widerwillig ein zweites Mal. »Haben Ihre grauen Zellen eine bevorzugte Marke, oder muss es bloß sprudeln?«

»Öffnen Sie die Tür einfach noch etwas weiter.«

Beim Anblick des Inhalts wäre dem Connaisseur das Herz stehen geblieben. Er war gefüllt mit Champagner – mit nichts anderem. Und nicht mit irgendwelchem Champagner, nein, ausschließlich mit vier der teuersten Prestige-Cuvées großer Häuser. Dem Cuvée Nicolas François Billecart von Billecart-Salmon, der Comtesse de Champagne von Taittinger, dem goldfarbenen Armand de Brignac von Cattier und dem Versailles von Haen-Montgolfier – aber leider der falsche Jahrgang. Wobei der Professor bei einem Blick auf die Jahrgänge bemerkte, dass auch diese allesamt exzellent waren.

Mie Montagne trank nur das Beste vom Besten.

Und egal, wie viel sie als Yogalehrerin verdiente, so viel, um sich diese Flaschen in dieser Menge leisten zu können, war es ganz bestimmt nicht.

»Ich wähle den Versailles«, sagte der Professor. »Öffnen Sie die Flasche bloß vorsichtig, sonst vergehen Sie sich an diesem edlen Elixier!«

Adalbert hatte den Eindruck, dass der Commissaire daraufhin besonders ruppig mit dem Champagner umging. Von einem französischen Polizisten hatte er mehr erwartet!

Trotz dieser Rüpelei an der Flasche, und obwohl er den Versailles in einem Wasserglas gereicht bekam, beeindruckte dieser auf Anhieb. Es war ein fabelhafter Champagner, der nach Vanillekipferl duftete, die noch warm aus dem Ofen kamen, dazu gerösteten Kastanien, reifer Limette, einem Hauch Papaya und einer erdig-mineralischen Note, die den Professor an den Wind denken ließ, der ihm vor wenigen Minuten in den Weinbergen um die Nase geweht war. Alles in allem kein Vergleich zu der Plörre, die er in seiner Suite im Glas gehabt hatte.

»Dann erzählen Sie jetzt endlich, was Ihre kleinen grauen Zellen noch wissen.« Belmondo blickte ihn auffordernd an.

»Leider nichts«, antwortete der Professor. »Der Champagner half ihnen zwar in köstlicher Weise auf die Sprünge, aber die lieben Kleinen springen bloß auf der Stelle. Und da Sie keine Fragen mehr haben, darf ich mich entschuldigen. Falls Ihnen doch noch etwas einfallen sollte, finden Sie mich im Les Crayères. Und nun muss ich zu meinem Hund Benno, pardon, Benoît, bevor er sämtliches Wild in den Weinbergen rund um Reims erlegt.«

Belmondo schüttelte zuerst den Kopf, doch dann ließ er resignierend die Hände auf die Tischplatte fallen. »Ach, hauen Sie schon ab. Ich hab genug von Ihnen!«

Mit einem triumphierenden Lächeln erhob sich Adalbert und ging zur Terrasse, doch Benno war nicht mehr zu hören. Wahrscheinlich lag er völlig erschöpft unter einem Rebstock und träumte von einer Jagd auf Mammuts und Säbelzahntiger.

Die Suche konnte also lange dauern.

Obwohl Adalbert wusste, dass Rufen nichts brachte, wäre er sich so ganz ohne doch dumm vorgekommen. »Benno! Hierher! Komm zu deinem Professor.«

Wie erwartet: keine Reaktion.

Dann versuchte der Professor es, indem er Johann Pachelbels Kanon in D-Dur summte, den Benno als Freund und Kenner der Barockmusik so sehr liebte, doch der Wind verwehte die liebliche Melodie, und kein Benno antwortete kläffend.

So ging Adalbert immer weiter in die Weinberge hinein und dachte über Mie Montagne nach und dass er das Verbrechen an ihr hätte vielleicht verhindern können, wenn ihn die Nachricht von Hildegard zu Trömmsen früher erreicht hätte. Es war nicht schade um die entgangenen Yogastunden, doch zweifellos um diese bemerkenswerte junge Frau mit dem Geschmack für das Besondere.

Plötzlich hörte er es hinter sich rascheln und ging in die Knie. Endlich würde der kleine Räuber zurück in seine Arme springen!

Doch Benno erschien nicht.

Stattdessen wurde ihm ein schwarzer Plastiksack über den Kopf gestülpt.

Das Telefon klingelte laut und schrill in der schönsten Suite des Châteaus Les Crayères. Es weckte Pit aus seinem Nachmittagsschlaf, den er sich nach einem ausgiebigen Mittagessen genehmigt hatte. Gähnend nahm er den Hörer in die Hand.

»Hm, ja?«

»Sie haben Ihr Raubtier vergessen«, sagte eine genervte Stimme.

»Habe kein Raubtier. Bin weder Siegfried noch Roy.« Pit strich sich nachdenklich über die Bartstoppeln. »Oder meinen Sie die Indian?«

»Ich meine Ihren Hund, diesen Terrier! Er verwüstet gerade den Tatort. Wenn Sie nicht bald kommen, rufen wir jemanden mit einem Betäubungsgewehr.«

Blitzartig war Pit hellwach. »Wieso ist der Professor denn nicht bei Benno?«

»Sind Sie etwa nicht Professor Bietigheim?«

»Wo sind Sie? Ich komme sofort!«

Nachdem er die Adresse erhalten hatte, zog Pit seine Ledersachen an und rannte ins Nebenzimmer. Dort arbeitete Rena am Computer.

»Wir müssen los! Auf der Stelle!«

»Sekunde noch. Habe gerade die Champagnerprobe aus Hildegards Badewanne per Expresskurier an die Fachhochschule Geisenheim schicken lassen. Ich schreibe ihnen, dass sie alles an Tests durchführen und sich nicht wundern sollen, wenn russischer Kaviar, menschliche DNA-Spuren oder wallend blonde Haarsträhnen drin sind. Letztere sollen sie aber unbedingt für unseren verliebten Professor aufheben.« Sie hob verschwörerisch eine Augenbraue.

»Genau um den geht's. Er hat Benno allein gelassen!«

»Wo?«

»Im Haus von dieser Yogatante.«

»So was würde er nie im Leben tun!«

»Ganz genau. Da ist irgendwas Schlimmes passiert. Ich mach mir gerade echt Sorgen.«

»Ich mir auch. Wir müssen los! Auf der Stelle!«

»Ganz meine Rede.«

Sie liefen zu Nscho-tschi. Fünf überfahrene rote Ampeln später erreichten sie das kleine Anwesen von Mie Montagne, das wie umzingelt schien von Einsatzfahrzeugen der Polizei, Notarzt und Leichenwagen.

Pit parkte die Indian einfach vor der offen stehenden Tür des orangefarbenen Hauses, das so pittoresk an die Weinberge grenzte. Er wartete nicht darauf, dass ihn jemand Offizielles fragte, weshalb er da sei. Stattdessen brüllte er schon im Hausflur: »Benno, wo steckst du, kleiner Racker?«

Der Foxterrier kam in Windeseile angewetzt – schließlich wusste er, dass Pit der Mann war, der immer ein Stück Fleisch unter den Tisch fallen ließ.

Pit nahm ihn auf den Arm und ließ Benno großflächig über sein Gesicht lecken. »Sag mal, wo hast du denn deinen Professor gelassen?«

Als Antwort erhielt er ein Bellen, was leider an Aussagekraft zu wünschen übrig ließ.

Dann stand ein Beamter vor ihm. »Jean-Paul Belmondo mein Name. Und Sie sind?«

»Alain Delon.« Pit blickte todernst.

»Irre komisch. Ich heiße wirklich so. Und leite die Ermittlungen. Name?«

»Der Tea-Rocker alias der Schokobär, auch bekannt als Pit Kossitzke. Bin ein Mitarbeiter des Professore. Und das hinter mir ist Rena, seine rechte Hand, gute Seele und Farbberaterin.« Er zwinkerte ihr zu.

»Wo ist denn Monsieur le Professeur, und warum hat er seinen Hund nicht mitgenommen?«

Pit wurde ernst. »Das ist die Frage. Und die mögliche Antwort bereitet mir Sorgen.«

»Na, kommen Sie erst mal rein in die Küche.«

»Wo Benno einen guten Schluck Wasser bekommt!«, hielt Pit fest. Und nahm es gleich selbst in die Hand.

Rena sah sich derweil um. Vor allem sah sie sich den Laptop an, auf dem ein Foto der Leiche zu sehen war, von oben aufgenommen.

»Warum ist sie nackt? Und wieso macht sie die Kobra so komisch?«

Belmondo klappte den Bildschirm zu. »Das hätten Sie gar nicht sehen dürfen.«

»Die Kobra ist falsch.«

»Ganz bestimmt nicht, Mademoiselle Montagne war Yogalehrerin.«

»Dann war sie eine miserable.«

Der Commissaire blickte zu Pit, der Benno gerade ein Schälchen mit Wasser hinstellte. »Kennt sie sich mit Yoga wirklich aus?«

»Rena hat ein eidetisches Gedächtnis. Wenn sie diese Stellung namens Kobra mal irgendwo gesehen hat, dann weiß sie haargenau, wie die geht.«

Belmondo blies die Wangen auf. »Also gut, ich zeige Ihnen jetzt noch mal das Foto, obwohl ich es eigentlich gar nicht dürfte. Kann ich mich auf Ihr Stillschweigen verlassen?«

»Der Professor sagt immer, ich könne schweigen wie ein Grab.« Rena verschwieg, dass Bietigheim stets hinzufügte: »Bei dem man den Mund nicht totgeschlagen bekommt.«

»Das reicht mir«, sagte Belmondo und klappte den Laptop wieder auf. »Mie Montagne verstarb heute Morgen gegen elf Uhr durch Strangulation mit einem Seidenband. Es könnte sich auch um Selbstmord handeln – auch wenn es ein sehr ungewöhnlicher wäre. Aber nach allem, was wir wissen, war Mademoiselle Montagne eine sehr ungewöhnliche Frau.«

Rena holte einen Stuhl und setzte sich vor den Bildschirm. »Es kann natürlich sein, dass sie auch ungewöhnliche Stellungen vermittelt hat. Aber ehrlich gesagt, glaube ich das nicht. Denn diese Form der Kobra spricht die völlig falschen Muskelgruppen an. Holen Sie bitte noch mal das Foto mit der Perspektive von oben auf den Bildschirm.«

Nach zwei Klicks erschien es.

»Da, sehen Sie?« Rena zeigte auf die Beine. »Die sind gespreizt, und zwar ziemlich weit. Für die Kobra müssen sie aber geschlossen sein und noch dazu angespannt. Das geht gespreizt gar nicht.«

»Aus welchem Grund sollte sie die Stellung dann so ausführen?«, fragte der Commissaire. »Vielleicht war sie nach einem harten Training zu erschöpft, um die korrekte Kobra einzunehmen?«

»Bei dem Körper?«, widersprach Rena. »Ich würde meine Kochbuchsammlung für diesen durchtrainierten Körper geben. Und glauben Sie mir, ich habe sehr viele Kochbücher.«

Belmondo nickte nachdenklich. »Dann ist es ein Rätsel. Aber vielleicht hat es auch gar nichts zu bedeuten.«

Pit stand mit einem Mal hinter ihnen, die Flasche Versailles in der Hand, aus der Bietigheim zuvor ein Glas zu sich genommen hatte. »Die hat gepimpert«, sagte er. Dann folgte ein animalischer Rülpser, der selbst ausgewachsene Grizzlys verscheucht hätte. »Mann, ist da viel Zisch drin!«

»Prost!«, erwiderte Rena und wandte sich an Belmondo. »Ich glaube, er hat recht. Mie Montagne ist nackt, ihre Beine sind gespreizt, jemand könnte von hinten in sie eingedrungen sein und bei der Position auch gleich noch ihre Brüste umfasst haben. Von der erotischen Stimulation her sehr praktisch.«

Belmondo machte sich Notizen. »Wir waren bisher von Hot Yoga ausgegangen, das völlig entkleidet durchgeführt wird. Normalerweise bei vierzig Grad – heute ist ja ein sehr heißer Tag.«

Pit lehnte sich vor. »Das sind doch Würgespuren da am Hals, oder?«

»Ja«, sagten Rena und der Beamte zugleich.

»Dann ist es auf jeden Fall Sex. Genauer gesagt Asphyxiophilie. Ist im BDSM-Bereich nicht unüblich. Die Atmung des passiven Partners wird dabei erschwert oder sogar total unterbunden. Das verstärkt den Orgasmus. Weil: Unterversorgung mit Sauerstoff, Adrenalin wird ausgeschüttet. Häufig wird das mittels Gasmasken gemacht oder mit Brustbondage. Korsetts gehen auch. Seidenband sieht natürlich stylisher aus. Ist alles ziemlich gefährlich und geht manchmal schief. Der David Carradine ist zum Beispiel dran gestorben, kennen Sie bestimmt, der Schauspieler aus *Kill Bill.*«

Belmondo googelte Asphyxiophilie. Nachdem er es dreimal falsch geschrieben hatte, half ihm Pit.

»Sag mal, mein Guter«, fragte Rena. »Woher weißt du denn so viel darüber?«

»Sonderfolge im Telekolleg.« Pit grinste breit.

Der Commissaire stand auf. »Ich werde sofort die Leiche hinsichtlich sexuellen Verkehrs untersuchen lassen und eine Fahndung nach Ihrem Professor herausgeben. Schließlich war er der vermutliche Partner bei dieser Prozedur.«

Belmondo hatte sicher mit vielem gerechnet, nicht aber damit, dass Rena und Pit nun Tränen lachten, bis ihnen der Bauch schmerzte.

Wer so maßvoll Alkohol konsumierte wie der Professor, für den waren Kopfschmerzen beim Erwachen eine unerwartete Erfahrung. Diese hing damit zusammen, dass er seinen Entführern einen langen Vortrag über die Unrechtmäßigkeit ihrer Tat hielt, bis ihn etwas sehr Schweres am Kopf traf und er das Bewusstsein verlor.

Hoffentlich würden seine Studenten bei den Vorlesungen niemals auf diese Technik zurückgreifen!

Seine Augenlider fuhren nun so schwer in die Höhe, als seien sie Rollläden, die dringend einer Ölung bedurften. Als sie oben ankamen, war es allerdings nicht viel heller als zuvor. Der Raum lag dunkel vor ihm, das einzige Licht drang unter dem Türspalt hinein. Von den Wänden bröckelte der Putz, an der Decke verliefen unverkleidete Rohre. Außer der Matratze, auf der er sich wiederfand, einem kargen Holzstuhl mit kleinem Tisch und einem Eimer, über dessen Funktion er lieber nicht nachdenken wollte, fand sich nichts in dem vielleicht sechs mal sechs Meter großen Raum.

»Hallo?«, rief der Professor fragend. »Hört mich wohl jemand?«

Er lauschte auf eine Antwort, doch keine kam. Nach den Augen erwachten auch seine anderen Sinne. Es war kühl und feucht, der Geruch muffig. Da der Herbst golden und die Hauswände von den Strahlen der Sonne eigentlich erwärmt waren, musste er sich in einem Keller befinden.

Falls es überhaupt Tag war.

Er zog die Taschenuhr an ihrer Kette aus der Weste. Kurz nach sechs. Und da das Datum noch dasselbe war, konnte es nicht Nacht sein.

Adalbert stand auf und klopfte gegen die Metalltür. »Ich verlange zu erfahren, was mit meinem Hund ist!«

Als er keine Antwort erhielt, kroch Angst wie Galle in ihm empor, und er tat, was er immer machte, wenn das passierte. Er dachte nach und machte die Logik zu seinem Freund. Und obwohl er nicht da war, sprach er zu Benno.

»Man hat mich nicht umgebracht, also bin ich lebend wertvoller. Nicht wahr, mein Guter?« Er blickte vor sich auf den Boden. »Ja, da wedelst du, auch ich finde, es ist ein Grund zur Freude. Entweder lässt man mich am Leben, weil ein Lösegeld erpresst werden soll oder Informationen benötigt werden. Obwohl die Universität der Hansestadt Hamburg für ihren genialsten Geist sicher einiges springen lassen würde, wären andere Personen in der Champagne doch deutlich lukrativer.« Wieder blickte er auf den leeren Platz am Boden. »Ja, ich weiß, dass es für dich niemand Wertvolleren als deinen Professor gibt. Komm her, dafür muss ich dich am Köpfchen kraulen.« Er stellte es sich vor und musste versonnen lächeln. »Ebenfalls positiv festzuhalten ist, dass ich meine Entführer nicht zu Gesicht bekommen habe. Das ermöglichte eine spätere Freilassung. Alles in allem sieht es also gar nicht mal so schlecht für mich aus.« Er stockte. »Bis auf den Eimer natürlich.«

Bietigheim beendete das Gespräch mit seinem Vierbeiner und überlegte kurz, ob er mit den Füßen gegen die Tür treten sollte, entschied dann aber, dass er dies den handgenähten Ledersohlen unmöglich antun konnte. Ein kraftvolles Hämmern mit der Faust musste reichen.

»Nun hören Sie doch endlich!«, verlangte er.

Doch es dauerte zehn Minuten des wiederholten Klopfens und Rufens, bis endlich Schritte zu hören waren.

Und dann eine Stimme. Sie stammte von einer Frau.

»Setzen Sie sich auf die Matratze, Gesicht zur Wand!«

»Wo ist mein Hund?«

»Ihr …?«

»Er war mit mir bei Mademoiselle Montagne.«

Pause. »Dann wird er dort noch sein.«

»Ohne ihn erfahren Sie von mir gar nichts! Ich weiß nämlich, dass Sie Informationen von mir wünschen.«

»Blicken Sie zur Wand?«

»O ja, und zwar, weil ich Sie nicht sehen will. Dieses unwürdige Spiel soll schnell ein unblutiges Ende finden können.«

Die Tür wurde geöffnet, ein Servierwagen hereingeschoben. Dann entfernten sich die Schritte wieder, und die Tür fiel ins Schloss.

»Jetzt dürfen ...«

»Das dachte ich mir schon«, unterbrach der Professor. Selbst als Gefangener musste man sich schließlich nicht für dumm verkaufen lassen.

Als er sich umdrehte, war er sprachlos.

Auf dem Servierwagen stand ein Teller mit zwei Käsen. Am Geruch erkannte er, dass es ein Chaource, ein Weichkäse aus Kuhmilch mit cremigem Geschmack, und ein Langres waren, ebenfalls ein Weichkäse aus Kuhmilch, aber mit orangeroter Rinde. Daneben lag ein Stück Wurst. Als er näher trat, pochte sein Herz schneller, denn es sah aus wie ... Er probierte schnell ein Stück ... Ja, tatsächlich! Eine Andouillette von der Charcuterie Thierry in Épernay! Zwölf Stunden lang mussten Schweinekutteln mit Lauch und Lorbeer sieden, um zu dieser köstlichen Wurst werden zu dürfen. Nachdem er Stücke der beiden Käse probiert hatte, wusste er, dass sie ihren optimalen Reifezeitpunkt hatten. Weder vorher noch später wären sie köstlicher als jetzt. Dazu reichte man ihm ein fast noch ofenfrisches Baguette sowie einen Champagner im Eiskühler. Es war ein Haen-Montgolfier, der Brut Premier.

Wer immer ihn hier festhielt, er nahm Essen und Trinken angemessen ernst.

»Ich hoffe, alles ist zu Ihrer Zufriedenheit?«, kam es von jenseits der Tür. »Wir reden nach dem Essen weiter.«

Schnell schluckte der Professor das gerade abgebissene Stück Wurst herunter, denn mit vollem Mund wollte er nicht sprechen. »Nach dem Mittagessen pflege ich stets eine Pfeife zu rauchen. Doch der Tabak liegt in meiner Suite. Ich benötige Santa-Fe-Natural-American-Spirit-Stopftabak, wegen des hohen Anteils an seltenem Perique-Tabak darin selbstverständlich.«

»Übertreiben Sie es nicht!«, warnte die weibliche Stimme.
»*Sie* wollen doch etwas von *mir.*«

Einige Zeit blieb es still hinter der Tür, dann sprach die Frau wieder, merklich genervt: »Wir haben auch andere Methoden. Aktuell versuchen wir es mit der höflichen.«

»Das ist auch die einzige, die bei mir fruchtet.« Der Professor versuchte, so viel Freundlichkeit in seine Stimme zu legen, wie es ihm möglich war. Viel Übung hatte er darin nicht. »Ich bin ein Mann mit festen Gewohnheiten und sehr ungehalten, wenn ich diesen nicht nachkommen kann. Deshalb wäre ich Ihnen für diesen kleinen Gefallen sehr verbunden.«

Wieder Stille. »Was wissen Sie über den Versailles?«

»Ein ganz famoses Prestige-Cuvée.«

Die Frau stöhnte auf. »Ich will kein blödes Marketing-Geschwafel hören. Sondern was Sie zum aktuellen Jahrgang sagen. Und zwar ehrlich.«

Der Professor nickte zufrieden. Er schien am längeren Hebel zu sein. »Erst der Tabak und der Beweis, dass es Benno gut geht. Dann sage ich Ihnen alles, was ich weiß. Sie haben mein Versprechen.«

Der Professor näherte sich auf leisen Sohlen der Tür.

Ein Schlüsselloch gab es nicht. Doch nachdem er das Seidentaschentuch auf den Boden gelegt hatte, konnte er sich darauf knien und den Kopf so weit zum Boden senken, um durch den Spalt zu linsen.

»Weil Sie es sind«, sagte die Stimme. »Aber wehe, Sie liefern nicht! Dann kann ich für nichts mehr garantieren. Sie haben ja keine Ahnung, was für ein Glück Sie haben. Noch!«

Es klang, als könnte die Verpflegung bald auf ein Niveau herabsinken, das in Gefängnissen üblich war – oder, noch schlimmer, in der Deutschen Bahn.

Der Professor musste die Augen zusammenkneifen, um etwas zu erkennen. Leider nicht mehr als Schuhe. Nur weil er Pit kannte, konnte er sie zuordnen: Es waren Motorradstiefel. Jetzt entfernten sie sich. Der Gang war schlecht beleuchtet und ebenso karg wie sein Verlies. Das Neonlicht flackerte.

Die Frau ging fort.

Aber nicht in die Richtung, in die der Professor blickte.

Hektisch stand er auf und kniete sich von der anderen Seite auf das Taschentuch.

Als er wieder unter dem Türspalt hindurchschaute, war sie schon fast aus seinem Blickfeld verschwunden.

Das Einzige, was er noch erkennen konnte, war die Farbe ihrer Haare.

Feuerrot waren sie nicht.

Jeder Mensch hatte seine Methode, mit Nervosität klarzukommen.

Pit aß.

Je mehr, desto besser.

Vor allem der Fettgehalt war wichtig.

Deswegen verspeiste er nun einen Block Foie gras und dazu Nussschokolade.

Rena dagegen stürzte sich in Arbeit. Wie wild tippte sie auf ihrem Laptop herum, als bringe sie jeder Tastendruck näher an den Professor, von dem immer noch jede Spur fehlte.

Hildegard zu Trömmsen, die in der teuersten Suite des Les Crayères logierte, hatten sie zur Sicherheit nichts über das Verschwinden des Professors erzählt. Sie war ohnehin damit beschäftigt, ein exklusives Festessen im größten Kreidekeller von Champagner Taittinger für die Hamburger Hautevolee zu organisieren. Der Professor sollte dort einen Vortrag halten – und wieder den Trick mit Benno und dem Korken vorführen. Termin und Uhrzeit hatte sie Rena bereits mitgeteilt. Dem Professor und Badeverweigerer solle ja nicht einfallen abzusagen!

Der Vierte im Bunde schlief wie ein Murmeltier im Ohrensessel, nachdem er so viel von Pits Foie gras gefressen hatte, dass er den ganzen Monat nichts mehr zu sich zu nehmen brauchte.

»Pit!«, rief Rena plötzlich. »Komm mal her! Schnell!«

Sie saß im Schneidersitz auf ihrem Bett. »Feuerrotes Haar hast du gesagt, oder? Also die Frau mit der Bremsleitung. In Limburg.«

Pit ließ sich durch eine Unterhaltung nicht vom Essen abhalten und biss in die Tafel Schokolade. »Ganz genau. Bis über die Schulter geht es, so gewellt.«

»Schöne Frau? Sehr weibliche Figur? Hochhackige Schuhe?«

Pit setzte sich neben sie. »Beim Putzen hatte diese Michelle keine an, aber sie hat die Hüften geschwungen, als wär's so. Ansonsten stimmt die Beschreibung.«

»Dann hab ich sie gefunden!«

»Wusste gar nicht, dass du sie suchst.«

Rena schüttelte den Kopf. »Hab ich auch nicht, sondern den Professor. Ich lasse gerade alle Fotos auflaufen, die irgendwer auf irgendeiner sozialen Plattform von Reims postet. Und voilà, da ist sie!« Sie deutete auf den Monitor. »Auf dem Weg in die Kathedrale Notre-Dame. Im Vordergrund siehst du übrigens die Familie Schneppenheim aus Dinslaken-Eppinghoven mit ihren beiden Kindern Megan-Charlize und Rüdiger. Den Jungen erkennst du daran, dass er seiner Schwester gerade das Eis ins Gesicht drückt. Sieht nach einer großen Kugel Stracciatella aus.«

»Herzallerliebst. Ich glaube, Diana und ich bleiben dann doch lieber beim Einzelkind. Wann ist das Foto aufgenommen worden?«

Rena klaute Pit die Schokolade aus der Hand. »Vor zwei Minuten, deswegen musst du jetzt los, und die Schokolade bleibt hier. Wäre sonst beim Fahren zu gefährlich.«

»Bis zu Nscho-tschi hätte ich die längst auf«, protestierte Pit.

»Und würdest deine geliebte Indian mit Schokoladenfingern anpacken? Ist besser so, glaub der lieben Rena.«

Pit schubste sie lachend aufs Bett. »Du bist echt eine Nummer.«

»Bist du noch nicht weg?«, fragte Rena und biss betont genussvoll in die Schokolade.

Am liebsten wäre Pit mit Nscho-tschi wie einst Arnold Schwarzenegger mit dem Motorrad geradewegs durch das Kirchenportal gebrettert. Aber das war halt die falsche Art, wollte man sich unbemerkt einer Rothaarigen nähern.

Also parkte er davor auf dem Place du Parvis und rannte die letzten Schritte zum Eingang. Im Inneren tat er sofort so, als fotografiere er mit dem Handy, um alles genau in Augenschein nehmen zu können, ohne aufzufallen. Doch die Feuerrote war nirgends zu sehen, da konnte er so viel zoomen, wie er wollte.

Allerdings war die dreischiffige gotische Kathedrale groß, schließlich waren hier etliche französische Könige gekrönt worden. Also weiter bis zum Ende.

Schon von Weitem konnte Pit das besondere Blau erkennen, für das Marc Chagall so berühmt war. Dieses Blau, das es schaffte, Wärme auszustrahlen. Drei große Fenster hatte Chagall in der mittig des Chores liegenden Achskapelle gestaltet. Viele Besucher standen im blauen Licht und blickten empor. Auch Pit tat dies, denn er konnte sich der Magie der Fenster nicht entziehen, welche die tiefe Gläubigkeit des Künstlers ausstrahlten. Ein unerschütterliches Gottvertrauen, eine tiefe Ruhe, die sich wie Trost auf die Seele legte.

Deshalb bemerkte er erst beim Herunterblicken die Frau mit den feuerroten Haaren und dem beeindruckenden Busen.

Sie ging gerade fort.

Pit schloss sich ihr an. Und blickte sich hastig um. Gab es eine Seitenkapelle, in die er sie drücken konnte? Nein, verdammt. Überall standen Besucher und bestaunten Gemälde, Skulpturen oder die Orgel.

Die Feuerrote näherte sich bedrohlich dem Ausgang. Draußen könnte sie eher vor ihm fliehen. Trotz Stöckelschuhen bestand die Gefahr, dass die Frau mit ihrem schlanken, sportlichen Körper schneller sein würde als Pit, der erst einmal ins Rollen kommen musste.

Meter um Meter kam er ihr näher, endlich würde er die Hand ausstrecken können, um ihre Schulter zu packen.

Doch sie hielt an, um eine Kerze aufzustellen.

Pit zog die Hand zurück. Beim Aufstellen einer Kerze störte man nicht. Selbst eine Frau, die einen Unfall provozieren wollte.

Bedächtig wählte sie eine Kerze, zahlte dafür in den Opferstock, zündete sie sachte an einer anderen an und kniete sich in die Bank davor zum Beten, das Gesicht tief in den Händen versunken.

Pit kniete sich leise daneben.

In dem Moment, als sie wieder aufblickte, packte er ihren Arm so fest wie eine Schraubzwinge.

Die Feuerrote sah ihn erschrocken an. Ihre Lippen waren voll und sinnlich, doch sie betonte dies nicht, trug kein Make-up, ihre Haut war von unschuldiger Blässe und mit Sommersprossen übersät. Ihre Augen wirkten dagegen kein bisschen unschuldig.

»Hallo, Michelle. Wie schön, eine alte Arbeitskollegin zu treffen. Oder soll ich lieber Emmanuelle Gratien sagen?«

»I don't speak French«, antwortete sie.

»But I speak English«, sagte Pit und zog die Augenbrauen triumphierend empor.

»Lassen Sie meinen Arm los, oder ich schreie!«

»Oh, guck an, wie gut du plötzlich Französisch sprichst.«

Er drückte fester zu. »Schrei ruhig. Dann gehen wir beide zur Polizei, nehmen die Personalien auf und lernen uns etwas besser kennen.«

»Darf ich wenigstens aufstehen?« Sie versuchte es.

»Nein, für eine Sünderin wie dich ist Knien angebracht. Was hast du mit dem Professor gemacht?«

»Wovon reden Sie?«

Pit blickte einen asiatischen Touristen an, der ganz nah an ihnen vorbeilief und den Anschein machte, das ungewöhnliche Paar von glatzköpfig-bärtigem Riesen und rothaariger Stilettoträgerin fotografieren zu wollen.

»Der Professor ist entführt worden.«

»Habe ich nichts mit zu tun. Ich sollte mich nur bei Fachingen umsehen.«

»Und meine Bremsleitungen kappen.«

»Beweisen Sie's!«

»Meine Hand beweist es gerade wie von selbst.« Und Pit drückte noch fester zu.

Emmanuelle Gratien stieß einen kurzen Schmerzensschrei aus. »Ist ja gut!«

Er lockerte seinen Griff.

Die Umstehenden blickten zu ihnen, Pit lächelte – und sorgte dafür, dass seine Begleiterin es auch tat.

»Dann zwitscher mal schön, du Vögelchen«, forderte er sie auf.

»Ich dachte, Sie hätten erkannt, dass ich in der Heilquelle rumgeschnüffelt habe, und wollten mir folgen. War nur eine Sicherheitsvorkehrung. Wusste, dass Sie es schon beim Starten hören würden, bei der innigen Beziehung, die Sie zu Ihrem Motorrad haben.«

Wieder kam der Asiate lächelnd vorbei.

Diesmal lächelte Pit nicht.

Er wandte sich wieder an Emmanuelle Gratien. »Sagen wir mal, ich glaube dir diese hanebüchene Geschichte. Für wen arbeitest du?«

»Verrate ich Ihnen nicht. Egal, wie sehr Sie drücken. Und wenn es blutet!«

Pit hatte nicht vor, so fest zu drücken, nicht einmal blaue Flecken wollte er verursachen. In einer Kirche fühlte sich Gewalt völlig falsch an. »Kannten Sie Ghislain?«

Zögerlich nickte sie. »Aber nicht gut. Er war ein Mann, der viele Seiten hatte. Gute wie schlechte.«

»Erzähl mir von seinen schlechten.«

»Seinen Worten, egal, wie sanft und vertrauensvoll sie ausgesprochen waren, konnte man nicht trauen. Und dem Blick seiner Augen auch nicht.«

Die Worte klangen wie die einer verschmähten Geliebten. »Wart ihr zwei ...?«

Weiter kam er nicht, denn die rothaarige Emmanuelle Gratien brach zusammen. Sofort bildete sich eine Menschenmenge um die Kirchenbank. Der asiatische Tourist steckte die Kamera weg, half ihr auf ... und wunderte sich sehr, als sie plötzlich fortlief.

Schnell hatte sie einen Vorsprung.

Und Pit keine Chance, ihr zu folgen.

Verdammte Scheiße!

»Ist das Ihrer?«, fragte der Asiate in perfektem Französisch. »Hallo?« Er wedelte mit etwas vor Pits Nase herum. »Oder hat das gerade Ihre Bekannte verloren?«

»Zeig mal her.«

Pit nahm den Gegenstand an sich und hob ihn ins Tageslicht, das durch die bunten Kirchenfenster in die Kathedrale schien.

Es war ein goldener Kugelschreiber.

Und darauf etwas eingraviert.

Nur sechs Buchstaben, doch diese vielsagend.

Badoit.

Eines von Frankreichs berühmtesten Mineralwässern.

Gut bekannt als »Champagner der Wässer«.

Der Professor erwachte vom tiefen Grollen und Wummern, das die Wände von sich zu geben schienen.

Alle Wände.

Von der Decke rieselte der Putz in Stücken.

Bietigheim fühlte sich wie in einer Lautsprecherbox.

Übermüdet sah er sich um.

In seiner Zelle hatte sich etwas geändert.

Auf dem kleinen Tisch standen zwei silberne Servierglocken – die vermutlich Essen verbargen. Es musste hereingebracht worden sein, während er schlief. Warum hatte ihn niemand geweckt? So wurde das Essen doch zu kalt oder zu warm!

Schnell stand er auf und eilte hin, um die großen Glocken zu lüften. Und war überaus erfreut, als er sowohl Agneau à la Champenoise, ein großer Klassiker der Region, bei dem Lammschulter mit Tomaten gefüllt wurde, wie auch das Île flottante nahezu perfekt temperiert vorfand. Letzteres war mit der großen Spezialität von Reims zubereitet worden, den Biscuits Roses. Sie glichen Löffelbiskuits, allerdings in Rosa. Der Professor fühlte sich geehrt, schließlich wurden damit schon im 17. Jahrhundert Könige in der Stadt empfangen. Damals wurde das Gebäck allerdings noch in Champagner getunkt, was heute nicht mehr üblich war. Bedauerlicherweise, wie der Professor fand. Er roch kurz daran und stellte fest, dass die Biscuits von der Maison Fossier stammten. 1756 gegründet, war sie die älteste Biscuiterie Frankreichs.

Was für ein glücklicher Zufall, dass er im richtigen Moment erwacht war, um die Speisen so gut temperiert vorzufinden! Oder war es vielleicht gar keiner? Hatte seine Entführerin den Zeitpunkt des Lärms gekannt und deshalb zuvor die Speisen hereingebracht?

Wie auch immer, er musste nun essen, um den richtigen Genusszeitpunkt nicht verstreichen zu lassen. Ein Champagner stand im Kühler ebenfalls bereit – und sein geliebter Tabak lag daneben. Die Unterbringung mochte sehr zu wünschen übrig lassen, doch die Verpflegung war erstklassig. Ein Eindruck, der sich verfestigte, während er aß. Alle Zutaten waren von hervorragender Qualität!

Eine Pfeife steckte er sich danach nicht an, in einem solchen Loch konnte man unmöglich genussvoll rauchen.

Er hatte das auch nie vorgehabt.

Stattdessen würde er den Tabak verbrennen und eine neue Packung fordern. Ab jetzt jeden Tag! Wenn schon eine Geisel, dann eine nervtötende! Das musste doch hinzubekommen sein.

Der Professor zündete den Tabak in der Ecke an, über der sich ein vergitterter Luftschacht befand, ging dann zurück zu seiner Matratze, setzte sich ordentlich darauf, schloss die Augen und konzentrierte sich auf das Dröhnen.

Denn er hatte ein Muster darin entdeckt.

Es tauchte zwar nicht konstant, aber immer wieder auf und wurde mit rhythmischem Wummern unterstützt.

Dann brach es ab, ganz leise wurde es in der Zelle.

Der Professor lächelte. Und wartete.

Er brauchte nur noch die endgültige Bestätigung für seine Theorie.

Sie kam siebenunddreißig Minuten später.

Diesmal wurde seine Zelle wie von einem Bombenabwurf erschüttert.

Adalbert nickte.

Denn er wusste jetzt, wo er war.

Dies war das Stade Auguste-Delaune, Heimat der französischen Fußballmannschaft Stade de Reims. Einst ein großer, stolzer Verein, der zwischen 1949 und 1962 sechsmal Meister und zweimal Pokalsieger wurde. Sie spielten *foot pétillant, football champagne* – prickelnden Champagnerfußball. Danach versank die Mannschaft in der Erfolglosigkeit, doch nun war man wieder zurück. Und nachdem am Anfang die rhythmischen Fangesänge dargeboten worden waren, hatte die Heimmannschaft nun wohl ein Tor erzielt. Die Rémois feierten ohrenbetäubend.

Der Professor entschied sich, die Zeit im Kerker zu nutzen, um das zu tun, was er auch zu Hause nach einem reichhaltigen Mal oft tat. Lesen. Und zwar einen Reiseführer über Friaul-Julisch Venetien, wie ihm Ghislain de Montgolfier einen vermacht hatte.

Dass er keinen zur Hand hatte, stellte dabei kein Problem dar. Der Professor versuchte, sich an alles zu erinnern, was er über die Region und ihre Orte wusste.

Er begann mit dem Vorwort und dem geografischen Überblick.

Beim dritten Kapitel hielt er inne. Es beschäftigte sich mit der hellblauen Flagge, in deren Mitte ein goldener Adler von einem Felsen aufflog. Dieser ging auf das Patriarchat von Aquileia zurück, einem kirchlichen Staat, der zwischen 1000 und 1420 in der Region existierte. Der Adler stand also für diesen Staat, war ein Zeichen, das gleichsam ein Wort darstellte, in diesem Fall: Aquileia.

Was, wenn Ghislains Erbschaft nichts anderes als ein Satz war, den die einzelnen vererbten Gegenstände bildeten?

Er ging zum Tisch, nahm sich das Messer und ritzte die fünf Hinweise in den steinernen Boden.

Das Schwert konnte für einen Hieb stehen, für einen Angriff. Das erklärte allerdings nicht, warum Bruno Bourdain es sich als Tattoo hatte stechen lassen. Über das Symbol hatte er mit dem Professor nicht reden wollen. Vehement.

Die *Kölner Zeitung* von 1914 deutete auf Krieg, Deutschland oder Köln.

Das Wasser von Badoit auf Glas, Wasser oder vielleicht Reinheit?

Die Postkarte mit der Frau bedeutete sicher Erotik, Sexualität, Verführung. Auch wegen des Dufts. Unter Umständen war es nur Zufall gewesen, dass dieser auf die verstorbene Mie Montagne gedeutet hatte.

Und schließlich der Reiseführer Friaul-Julisch Venetien, der als einziger nur auf eines hinweisen konnte: die Region selbst. Oder den Adler auf dem Wappen.

Der Professor versuchte, die Symbole in eine Ordnung zu bringen, stellvertretende Worte auszuwählen, die einen Sinn ergaben.

Schließlich bekam er ein Ergebnis:

Krieg Friaul-Julisch Venetien Angriff reine Frau

Ein Satz, den es zu interpretieren galt. Hatte Ghislains Vater, denn dieser selbst war zu jung dafür, im Krieg vielleicht an einer Schlacht in der italienischen Region teilgenommen? Und ging es um einen während des Krieges stattgefundenen Angriff auf eine reine, also jungfräuliche Frau, der nun an der nächsten Generation der de Montgolfiers gesühnt wurde? Und da auf die Reinheit der Frau angespielt wurde, handelte es sich um eine Vergewaltigung? Womöglich mit Todesfolge?

Wenn dem so wäre, könnte der Duft dann vielleicht doch ein Hinweis sein? War Mie Montagne vielleicht eine Nachfahrin dieser Frau? Aber dann wäre sie die vermeintliche Mörderin von Ghislain, die das historische Verbrechen rächte. Somit musste jemand anders sie umgebracht haben. Ghislains Witwe Antoinette vielleicht?

Der Professor sah im Reiseführer nach, der sich immer noch aufgeschlagen in seinem Kopf befand. Als das bis dahin neutrale Italien als neues Mitglied der Triple Entente dem Gegner Österreich-Ungarn am 23. Mai 1915 den Krieg erklärte, entstand wenige Kilometer nordwestlich von Triest eine Front. Viele Ausländer, darunter der berühmte Autor James Joyce, mussten Triest verlassen. Damals begannen die Kriegswirren.

Vielleicht hielten sie bis heute hier in Reims an.

Es klopfte an der Tür.

»Hat es Ihnen geschmeckt?«, fragte die Frauenstimme.

»Sie hätten mich ruhig wecken können.« Adalbert setzte sich aufrecht hin.

»War es denn noch warm genug?«

»In der Tat.«

»Und der Tabak?«, fragte die Frau. Der Professor bemerkte Unruhe in ihrer Stimme. Etwas stimmte nicht.

»Genau der richtige. Tut gut bei dem elenden Muffgeruch hier drinnen.«

»Gut, das ist gut, sehr gut. Dann sagen Sie mir jetzt, was Sie über den Versailles wissen.«

»Noch nicht.« Erst wollte er weitere Lieferungen mit Tabak abwarten.

»Professor, bitte. Ich flehe Sie an.«

»Nein«, antwortete dieser. Er spürte, dass sie schnell Antworten brauchte. Das hieß, er konnte Forderungen stellen.

»Sie haben doch alles bekommen, was Sie wollten!«

»Ich stecke in einer Zelle! Meine Freiheit habe ich mitnichten erhalten.«

Nun war plötzlich eine Männerstimme zu hören. Sie hatte einen italienischen Akzent.

Einen wie aus Triest.

»Das war deine letzte Chance, jetzt machen wir es auf meine Tour. Verpiss dich, du willst sicher nicht sehen, was wir mit dem werten Herrn Professor anstellen.«

»Er wird reden, ganz bestimmt!«, rief die Frau.

»Ja, das wird er. Ganz bestimmt. Wenn ich mit ihm fertig bin. Tommaso, bring sie raus.«

Ein Schlüssel wurde harsch ins Schloss gerammt und umgedreht.

Dann fielen plötzlich Schüsse im Gang.

Drei an der Zahl.

Und eine Frau schrie vor Schmerz auf.

Sie klang genau wie Rena.

KAPITEL 7

Der Professor berührt Madame de Pompadours Busen

Einige Stunden zuvor ging Pit so oft auf und ab, dass er den Boden der Hotelsuite bald durchgelaufen hätte.

Benno lief die ganze Zeit neben ihm her und half dabei.

Sie hatten nichts vom Professor gehört, die Polizei hatte keine Hinweise gefunden und niemand eine Lösegeldforderung erhalten.

»Ich sag's nicht noch mal: Hör endlich auf, so zu gehen! Das macht mich ganz verrückt!« Zum Beweis zerzauste Rena sich die Haare.

»Was soll ich denn sonst tun? Däumchen drehen?«

»Nee, dann fallen sie dir bestimmt ab.« Rena musste lächeln, obwohl ihr eigentlich gar nicht danach war.

Pit änderte seine Wegstrecke und trat in das Schlafzimmer des Professors. »Hast du eigentlich seine Sachen schon durchsucht? Vielleicht findet sich da ein Hinweis.«

»Als würde ich seine Sachen durchsuchen! Es reicht, dass er in meiner Unterwäsche wühlt.«

»*Was?*«

»Lange Geschichte. Er hat da nur eine leere Flasche Wein gesucht. Wie auch immer, du könntest seine Sachen durchsuchen. Ist auf jeden Fall erfolgversprechender, als hier rumzulaufen wie ein eingesperrtes Tier. Aber ich glaube eher nicht, dass du etwas Hilfreiches findest.«

Pit brummte missmutig und begann mit der Durchsuchung. Der Professor besaß nur feinste Stoffe, und das Leder der Schuhe, verschiedene für alle Gelegenheiten und Uhrzeiten, sah teurer aus als das seiner geliebten Indian. Auf dem Nachttisch lag ein Beutel mit Tabak.

»Seine Pfeife ist weg, aber der Tabak noch hier«, rief er zu Rena. »Muss er beim Besuch von Mie Montagne vergessen haben.«

Sofort stand Rena im Zimmer. »Aber er raucht das widerliche Zeug momentan jeden Tag. Immer zur selben Uhrzeit.«

Pit öffnete den Tabakbeutel und wandte sich angewidert ab. »Und wir wissen beide, wie mies er drauf ist, wenn er seinen Gewohnheiten nicht nachgehen kann.«

»Ist der Tabak selten?«

»So, wie er stinkt, sollte er das im Interesse der Menschheit sein.«

Rena stürzte zu ihrem Laptop. Innerhalb von fünf Minuten hatte sie das gewünschte Ergebnis. »Es gibt nur zwei Läden, die ihn in Reims führen, aber einer hat heute Ruhetag. Wenn der Professor seine Entführer wegen seiner Gewohnheiten so genervt hat, wie wir denken …«

»Daran kann's echt keinen Zweifel geben.«

»Dann können sie den Tabak nur im ›Le Cadre Noir‹ in der Esplanade Fléchambault gekauft haben.« Sie nahm ihr Handy.

»Leg's wieder hin. Erfahrungsgemäß ist es besser, wenn ich mit den Leuten von Angesicht zu Angesicht rede.« Er fletschte die Zähne.

Rena musste zugeben, dass er das besser als Benno konnte.

Schon nach kurzer Zeit war Pit der einzige Kunde im »Le Cadre Noir«. Was daran liegen konnte, dass er mit dem Fletschen nicht aufgehört hatte.

»Womit kann ich dienen?«, fragte der Inhaber, dem die schütteren Haare wirr auf dem Kopf lagen und der gebückt dastand.

»Santa-Fe-Natural-American-Spirit-Stopftabak.«

Er schien mit allem gerechnet zu haben, nur nicht mit dieser Bestellung. »Herrje, erst wochenlang keiner und dann … Na ja, eine letzte Packung müsste noch da sein.«

»Das ist also nicht die einzige, die Sie heute davon verkaufen?«

»Hab ich das gesagt?« Der alte Mann wirkte leicht verwirrt.

»Ja. Gerade.«

»Ah, ja, dann müssen Sie doch gar nicht nachfragen. Ich hole die Packung, sie liegt hinten. Im Regal drei. Vielleicht auch vier. Da komm ich manchmal ganz durcheinander.«

Es dauerte nervenaufreibend lang, bis der Mann wieder auftauchte.

»Irgendein Akzent? Franzosen?«

»Wer? Ich?«

»Der andere Käufer von dem Santa Fe«, sagte Pit und merkte, wie sich seine Hände zu Fäusten formten. Weil Fäuste schneller Antworten bekamen. »War das auch ein Deutscher?«

»Schlimmer. Italiener! Hier, der Tabak. Ich geh dann mal zur Kasse.« Es waren nur drei Schritte, doch für den Mann anscheinend wie ein kleiner Marathon.

»Kam der mit dem Wagen? Was war das für einer?«

»Dies ist ein diskretes Geschäft. Ich schaue mir die Fahrzeuge meiner Kunden nicht an.«

»Vielleicht ist Ihnen ja was Besonderes an dem Typen aufgefallen.« Pit schob einen Hunderteuroschein über den Tresen. »Irgendwas.«

Der Alte schob ihn zurück. »Ich verkaufe hier Tabak, nicht Informationen.«

Pit lehnte sich vor, jetzt war er es echt leid. »Ich verkaufe keine Schläge, und ich verteile sie gratis.«

Sein Gegenüber tätschelte Pits Hand. »Mit jemandem,

der so ein Kraut wie Santa Fe raucht, will ich keinen Ärger. Aber ich weiß wirklich nichts.« Er gab Pit den Tabak und nannte den Preis.

»Und noch ein paar Pfeifenreiniger, ich muss meine Indian säubern.«

Der Tabakhändler stellte sich auf die Zehenspitzen. »Ist das Prachtstück etwa Ihre?«

»Ja, sie heißt Nscho-tschi.«

Der Alte sah sehnsüchtig hinaus, dann nickte er wie zu sich selbst und wandte sich wieder Pit zu.

»Gelb-blauer Schal. Sah nach Fußball aus. Ein großer Kerl, fast wie Sie, aber mit dunklem, ungepflegtem Vollbart. Seine Unterarme waren über und über tätowiert.«

Pit sah ihn fragend an.

»Der andere Kunde. Heute Morgen.«

Pit kombinierte schnell. Gelb-Blau plus Italien plus Fußball: Hellas Verona.

Er blickte auf die Uhr.

Wenn die Plakate überall in der Stadt nicht logen, spielten sie heute in der Euro-League gegen Stade de Reims.

Und zwar gleich um die Ecke.

Das Stade Auguste-Delaune fasste 21684 Plätze. Darin einen beschalten Italiener mit einer Packung Tabak zu finden, wäre keine einfache Aufgabe.

Deshalb sammelte Pit auf dem Weg dorthin Rena samt Benno ein. Denn wenn einer diesen widerlichen Tabak erschnüffeln konnte, dann der kleine Foxterrier.

Außerdem blieben für jeden von ihnen so bloß noch 7228 Fußballfans.

»Ich sollte lieber am Computer sitzen und Fotos checken!«, brüllte Rena vom Rücksitz der Indian.

»Fotos haben den Professor aber nicht entführt«, antwortete Pit. Trotz Fahrtwind musste er nicht brüllen, in seiner Stimme war ab Werk ein Verstärker eingebaut worden. Mit großem Vergnügen blickte er auf den vor sich sitzenden Benno, der die Vorderläufe auf die Lenkergabel gestellt hatte und die Fahrt mit flatternder Zunge genoss.

Als sie ankamen, waren die Eingänge geschlossen, denn das Spiel hatte bereits begonnen. Pit dachte kurz darüber nach, über den Zaun zu steigen, entschied sich dann aber doch für Bestechung.

Geld hatte er nun schließlich genug.

Es klappte besser als beim Tabakhändler.

Auch wenn er für Benno noch einen großen Batzen drauflegen musste.

Dann waren sie drin, genauer im Bereich direkt um das Stadion, aus dem Fangesänge schallten, die durch Mark und Bein drangen.

»Und jetzt?«, fragte Rena, die Arme vor der Brust verschränkt. »Nun wäre jemand am Computer hilfreich, der die aktuell hochgeladenen Fotos aus dem Stadion analysiert.«

»Analysier du mit Benno rechts rum, ich links«, antwortete Pit. Er wusste, dass Rena recht hatte, doch er war ein altmodischer Kerl. Der Typ mit dem Tabak war hier, sie auch. Und sie waren einer mehr.

Hoffentlich waren sie nicht auf der völlig falschen Spur und der Typ rauchte das Kraut selbst. Von seiner Beschreibung her würde das durchaus zu ihm passen. Der einzige Vorteil wäre, dass sie ihn dann zumindest schnell finden würden. Pits Nase war durch lange Jahre seines Lebens als Taxifahrer abgehärtet, um nicht zu sagen: taub. Was er schon an billigem Parfüm, Alkoholfahnen und frisch zubereiteter Kotze hatte ertragen müssen, reichte für ein ganzes Nasenleben. Doch Bietigheims neueste Stopftabakleidenschaft durchdrang selbst dickste Mauern.

Er nahm einen Aufgang und trat ins Stadion. Die Stimmung war angespannt, denn Hellas Verona stürmte auf das Tor der Heimmannschaft zu. Pit blickte sich um, er stand im Block der Rémois – hier würde er den Mann mit dem Verona-Schal sicher nicht finden.

Es sei denn, dieser war lebensmüde.

Drei Aufgänge weiter stand er endlich in einem Block mit Hellas-Verona-Fans. Wie ein Leuchtturm drehte er sich und sondierte die Gesichter nach einem dunklen Bartträger. Schnell drängten sich ihm zwei Wörter auf. Nadel. Und Heuhaufen.

Vier Blocks mit Verona-Fans später war der Heuhaufen zu einem Berg angewachsen.

Dann fiel ein Tor für Stade de Reims, und das Stadion explodierte vor Jubel. Bis auf die Blöcke um Pit, die vor Schock erstarrten.

Plötzlich fielen Pit die Kameras auf. In jedem Block gab es welche, sie behielten die Fans im Blick.

Jemand hatte also deutlich bessere Sicht als er.

Den galt es zu finden!

Er stürmte hinaus. Hinter ihm ertönte ein Pfiff, und das Publikum erhob sich, um Bier nachzutanken, die kulinarischen Genüsse der Stadionimbisse kennenzulernen oder das Porzellan der sanitären Anlagen einer intensiven Überprüfung zu unterziehen.

Mit einem Mal war Pit umringt von Menschenmassen, die ihn mitrissen. An ein schnelles Auffinden der Videozentrale war nicht mehr zu denken.

Er musste das Beste aus der Situation machen.

Und sich ein Bier holen.

Die Schlange war lang, doch das Bier kalt.

Da es laut war, hörte Pit sein Handy nicht. Aufgrund der vielen Menschen, die sich an ihm vorbeidrückten, spürte er auch das Vibrieren nicht. Erst als er sich ein paar Schritte vom Stand entfernt hatte, um das Bier in aller Ruhe zu zischen, fiel es ihm auf, und er griff in die Hosentasche.

»Rena?«

»Ich hab unseren Mann gefunden! Tribune Albert Batteux! Das ist ... die im Norden.«

»Jetzt sofort?«

»Er ist hier!«

Pit drückte das Gespräch weg. Er befand sich vor der Tribune Robert Jonquet, der Südtribüne. Und um ihn herum waren immer noch Menschenmassen.

Er würde Ewigkeiten brauchen, um Rena zu erreichen.

Natürlich konnte er sich durchwalzen, aber es gab hier einige Typen, die offensichtlich nur darauf warteten, angewalzt zu werden, um zurückzuwalzen. Und das würde Zeit kosten.

Zeit, die er nicht hatte.

Pit setzte ein strahlendes Lächeln auf, streckte den Arm mit dem Handy in die Höhe und brüllte: »Ich bekomme ein Baby!« Natürlich meinte er, dass seine Frau ein Baby bekomme, aber mit einem Zwei-Meter-Mann wie ihm würde niemand über grammatikalische Feinheiten diskutieren wollen.

Pit rief unentwegt und lief durch die Fanscharen, die sich vor ihm teilten wie das Rote Meer vor Moses.

Trotzdem tauchten Rena und angeleint bei ihr Benno erst nach einer gefühlten Ewigkeit vor ihm auf.

Doch sie schüttelte den Kopf.

»Hast du ihn etwa verloren?«, fragte Pit.

»Da kam so ein Pulk Männer, und plötzlich war er fort.« Rena kamen die Tränen.

Pit legte einen Arm um sie. »Jetzt lass den Kopf nicht gleich hängen. Der muss nach der Pause doch wieder zu seinem Platz zurück. Wo kam er denn her?«

»Er war einfach da. Und ging da irgendwo hin.«

Pit blickte in die entsprechende Richtung. »Der kürzeste Weg zu Klos, Essen und Trinken führt aber nicht dahin. Was könnte er da gewollt haben?«

Rena wischte sich die Tränen fort. »Keine Ahnung, was

man in der Pause eines Fußballspiels so macht. Eine rauchen?«

»Dafür müsste er nicht dahinten hin.« Pit folgte dem vermutlichen Weg. Die Menschenmasse lichtete sich hier etwas. In die Stadionwand war eine metallene Tür eingelassen, jedoch ohne Hinweis, wohin sie führte. Weder ein Zeichen für Strom noch für Toiletten stand darauf. Nur ein großes rotes Schild mit der Aufschrift »Betreten verboten!«.

Der Wind drehte, und plötzlich begann Benno zu bellen. Pit blickte zu ihm hinunter, die Nase des Foxterriers schien zu beben. Dann roch Pit es auch, ein Duft, der seine Nasenhaare zum Kräuseln brachte.

Santa-Fe-Natural-American-Spirit-Stopftabak!

Er sah sich hektisch um.

Niemand, der rauchte.

»Riechst du es auch, oder habe ich schon Geruchshalluzinationen?«

Rena blickte ernst. »Das ist der Tabak.« Auch sie schaute sich um. Doch in der Nähe rauchte nur ein Reims-Fan-Pärchen Zigaretten.

Dann blies der launische Wind in eine andere Richtung.

Der Geruch des Tabaks verschwand, und Benno hörte auf zu bellen.

»Verdammt!«, schimpfte Pit. Jemand tippte ihm auf die Schulter, wütend drehte er sich um.

Ein kleiner Junge mit Stade-de-Reims-Trikot blickte ihn mit großen Augen an. »Ist etwas mit dem Baby?«

»Was? Wie?« Dann fiel es Pit ein. »Nein, alles gut. Nur … der Name, den meine Frau vorgeschlagen hat, ist doof.«

»Nenn ihn Zinédine! Der war der Beste!«

Pit strich dem Jungen über den Kopf. »Bist ein Fußballfan, was?«

Er nickte stolz.

»Bist du oft hier?«

»Jedes Heimspiel! Mit meinem Papa.«

Plötzlich bellte Benno wieder. Als Pit zu ihm blickte, sah er, dass der Vierbeiner Rena zur Metalltür gezogen hatte und an dieser nun hochsprang.

Pit beugte sich zu dem Jungen. »Weißt du vielleicht, was hinter der Tür da liegt?« Die Chance, dass der Junge es wusste, war gering, doch was gab es schon zu verlieren?

Aber der Junge nickte. »Hatte mal eine Stadiontour. Die hat Robert Jonquet gegeben, den kennen Sie sicher. Ist ja der Beste, den wir je hatten. Aber da war er schon ein alter Opa und hat nicht mehr so gut gehört.«

Benno bellte nun noch lauter. Pit wurde unruhig. »Jonquet kenne ich, klar. Aber der interessiert mich gerade nicht, sondern was hinter der Tür ist.«

Der Junge hielt die Hand auf.

Pit drückte ihm ein Zweieurostück in die Hand. »Kauf dir ein Eis.«

»Das kostet aber zwei fünfzig!«

Pit lachte auf und gab ihm noch fünfzig Cent. »Und jetzt raus mit der Sprache, du kleiner Erpresser.«

»Das ist nur so ein öder Kellertrakt mit Lagerräumen.« Der Junge lief weg – offensichtlich befürchtete er, sonst das Geld wieder rausrücken zu müssen.

Pit ging zur Tür mit dem »Betreten verboten!«-Schild.

Das galt für ihn sowieso nicht.

Und drückte die Klinke herunter.

Die Tür ging auf.

Und er hinein.

Direkt hinter ihm folgten Rena und Benno.

Der Betongang wurde von Neonröhren mit Spinnweben erleuchtet. Er war leer.

Bis auf den intensiven Tabakgeruch.

»Treffer«, flüsterte Pit. »Bleib bloß hinter mir.«

»Das musst du mir nicht sagen«, antwortete Rena. Sie hielt die Leine kurz, denn Benno sah das ganz anders.

Pit trug keine Schusswaffe bei sich. Aber die massiven Ringe an seinen Fingern ersetzten einen Totschläger.

Je weiter sie ins Innere der Katakomben vordrangen, umso enger legte sich der Mantel der Stille um sie. Dann woben sich Stimmen hinein. Eine gehörte einer Frau.

Pit und Rena blieben stehen, denn vor ihnen tauchte eine Abzweigung auf. Ganz langsam gingen sie dann die letzten Schritte darauf zu.

»Sie haben doch alles bekommen, was Sie wollten!«, sagte die Frau.

»Ich stecke in einer Zelle. Meine Freiheit habe ich mitnichten erhalten.«

Der Professor! Pit war noch nie so glücklich, dessen vorwurfsvolle Stimme zu hören.

Jetzt eine Männerstimme mit italienischem Akzent. Pit wagte es, um die Ecke zu lugen. Nur eine halb defekte Neonröhre brachte Licht ins Dunkel des Ganges. Es schien auf einen großen, bärtigen Kerl, dessen Unterarme über und über tätowiert waren. Und der jetzt wieder sprach. »Das war deine letzte Chance, jetzt machen wir es auf meine Tour. Verpiss dich, du willst sicher nicht sehen, was wir mit deinem geliebten Professor anstellen.«

»Er wird reden, ganz bestimmt!«, rief die Frau, die im Dunkeln blieb.

»Ja, das wird er. Ganz bestimmt. Wenn ich mit ihm fertig bin. Tommaso, bring sie raus.«

Ein Schlüssel wurde harsch ins Schloss gerammt und umgedreht.

Pit trat in den Flur.

Er kam nicht dazu, etwas zu sagen.

Der Bärtige sah ihn, zog ansatzlos eine Waffe und feuerte drei Schüsse ab.

Rena schrie auf.

Pit merkte, wie sein Puls sich beschleunigte und eine angenehme Wärme sich in seinem Bauch ausbreitete.

Benno bellte auf und klang plötzlich nicht wie ein kleiner Foxterrier, sondern dank der widerhallenden Betonwände wie der zähnefletschende Hund von Baskerville.

Der Bärtige suchte das Weite. Pits Knie gaben nach.

Auf dem Boden um ihn herum sah es feucht aus. Und es wurde immer feuchter.

Die Flüssigkeit musste aus ihm kommen.

»Rena, alles okay bei dir?«

Sie kniete sich zu ihm, während Benno über sein Gesicht leckte. »Er hat dich erwischt!«

»Nicht schlimm, ich atme ja noch.« Er presste seine Hand auf die rechte Hüfte. »Ist eine Fleischwunde, und Fleisch habe ich ja genug auf den Rippen. Ruf bitte einen Krankenwagen, aber erst lässt du den Professore raus.«

»Du spinnst wohl«, antwortete Rena und holte ihr Handy hervor.

Pit versuchte ruhig zu atmen. »Geht schon. Meine dicke Lederjacke hat das meiste abgehalten.«

Für Rena war es gar nicht so einfach, der Polizei glaubwürdig zu erklären, wo sie sich befanden. Doch sie schaffte es. Auch weil sie glaubwürdig fluchte.

Nachdem sie Pit geholfen hatte, sich an die Wand zu lehnen, ging sie schnell zur Zellentür, in der noch der Schlüssel steckte. Umgehend drehte sie ihn und trat ein.

Der Professor stand hinter der Tür. Als er Rena sah, schloss er sie in die Arme. »Was bin ich froh, Sie zu sehen – und noch dazu wohlauf!«

Rena genoss die ungewohnte Umarmung. »Es hat Pit erwischt, aber er meint, es sei nicht so schlimm.«

Der Professor beendete die Umarmung. »Warum haben Sie dann geschrien und nicht er?«

»Ich hab das für ihn übernommen, er war zu sehr mit den Schmerzen beschäftigt.«

Der Professor hob den Zeigefinger. »Über so etwas macht man keine Witze. Sind meine Entführer fort?«

»Ja, ich glaub schon.«

»Dann muss ich zu Pit.« Strammen Schrittes trat er zu ihm, fühlte sofort den Puls und betrachtete die Wunde. Danach nickte er beruhigt. »Sieht den Umständen entsprechend gut aus. Was bin ich froh, dass Sie so fett sind.«

Pit lachte schnaubend. »Immer im richtigen Moment ein Kompliment auf den Lippen. Ich bin auch froh, Sie zu sehen, Professore.«

»Ich Sie selbstverständlich auch, das versteht sich ja von selbst. Ich weiß es sehr zu schätzen, dass Sie sich für mich in Gefahr gebracht haben. Aber Sie hätten damit ruhig noch etwas länger warten können.«

»Wie bitte?«

»Wenigstens noch bis nach dem Abendessen. Die Verpflegung war nämlich exzellent.«

Von draußen ertönten die Sirenen des Krankenwagens.

Pit richtete sich mühsam auf. »Bevor die mich gleich ins Krankenhaus bringen: Es waren zwei Typen und eine Frau, doch die war schon weg, als ich um die Ecke kam.«

Der Professor reichte ihm sein Seidentaschentuch für die Blutung. »Das macht nichts, ich weiß, wer sie ist. Und werde ihr gleich einen Besuch abstatten. Aber vorher muss ich ganz dringend noch etwas erledigen.« Mit diesen Worten schloss er Benno in seine Arme und drückte seine Wange ganz fest an die Lefze des vierbeinigen Freundes.

Er würde bleiben, bis Pit sicher im Krankenwagen verstaut war. Und dann musste er ein ernstes Wörtchen mit einer sehr guten Köchin sprechen.

Der Professor hatte sich ein Taxi gerufen, das er nun kurz an einer Tankstelle halten ließ. Denn er wollte eine Flasche Champagner erstehen – unter anderem als Dankeschön für die gute Verpflegung. Nur wenige Meter von den Zapfsäulen fanden sich neben den Schokoriegeln die Premier Crus. Oh, herrliche Champagne! Beim Friseur gab es ein

Glas Prickler, im Restaurant standen mittags die Eiskübel für Champagner neben jedem Tisch, und es machte überall munter Plopp. Austern fand man in den Supermärkten, nicht in der Feinkostabteilung, sondern schnörkellos beim Fisch, Foie gras bei der Leberwurst. Gutes Essen und gute Getränke gehörten hier einfach dazu.

Kurze Zeit später setzte ihn der Taxifahrer mit der Bouteille am Bestimmungsort ab.

Dem Professor war nicht mulmig zumute, denn er wusste, dass er nichts zu befürchten hatte. Nur zu erwarten, und zwar das, wonach er sich am meisten sehnte.

Antworten.

Das rote Backsteinhaus hatte weiße Fensterläden, die alle geschlossen waren. Doch die hölzerne Haustüre, in die Rebstöcke und Trauben geschnitzt waren, stand offen.

Der Professor rief nicht, obwohl er sicher war, dass die Bewohnerin nicht fliehen würde. Nicht sie. Ihre Wurzeln reichten zu tief in den kalkigen Boden der Region.

Aus der Küche führte eine steile Treppe in den Keller, wo Licht brannte und Musik lief. Johnny Cash, von einem seiner späten, spartanischen Alben.

Ein tieftrauriges Lied.

Der letzte Zweifel in Adalbert, dass er im falschen Haus sein könnte, wurde von den Noten fortgeweht.

Langsam stieg er hinunter. »Klopf, klopf«, sagte er dabei höflich.

»Ich bin hier hinten, Professor«, kam die Antwort aus der hintersten Ecke. »Bringe noch alles in Ordnung, bevor die Polizei kommt.«

Adalbert ging die letzten Schritte zu Julie Berthomieu und löste währenddessen den Korken von der mitgebrachten Flasche Haen-Montgolfier. Als die junge Winzerin zu ihm blickte, hielt er diese empor. »Den können wir unbesorgt trinken, oder?«

Julie Berthomieu presste die Lippen aufeinander und

nickte. Die kleine Winzerin stand auf einer Trittleiter und füllte mit einem Schlauch Wein von einem Fass in ein größeres. Heute sah sie nicht nur aus wie Édith Piaf, sie wirkte auch so melancholisch wie diese, wenn sie »Dans ma rue« sang.

»Aber besonders gut ist dieser Champagner nicht.«

»Sicher besser als das, was Sie und Ihre italienischen Freunde in die Versailles-Flaschen geschüttet haben.«

»Was keine Kunst ist.« Sie streichelte das große Fass vor sich. »Aber es ist auf keinen Fall so gut wie das hier drin. Ich hoffe, jemand kümmert sich darum, es ist mein großer Schatz.«

Der Professor trat näher und erkannte ein großes geschwungenes S auf dem Fass. »Ich wusste gar nicht, dass Sie eine Solera haben.«

»Ich habe sie begonnen, als ich das Weingut übernommen habe. Zehn Jahre ist das jetzt her. Von jedem meiner Jahrgänge ist etwas drin. Und wie es sich gehört, fülle ich mit dem neuesten auf, wenn ich etwas daraus entnehme, um es als Reserveanteil meines Prestige-Cuvées zu Champagner werden zu lassen. Ich nenne dieses Fass mein flüssiges Tagebuch. Und es verleiht dem Champagner eine unglaubliche Tiefe. Warten Sie!«

Julie Berthomieu verschwand um die Ecke und kehrte mit einer Flasche zurück, die noch nicht degorgiert war, sondern mit einem Kronkorken verschlossen. An einem Stahlwaschbecken in der Ecke öffnete sie diese und hielt den Daumen auf die Öffnung, damit nicht alles herausschoss, dann füllte sie schnell zwei Gläser, von denen sie eines dem Professor reichte.

Adalbert bedankte sich mit einem Lächeln, ließ den Duft in sich strömen und nahm einen großen Schluck. Dabei schloss er die Augen – extra für die junge Winzerin.

»Das ist das Großartige am Champagner«, sagte Adalbert, als er sie wieder öffnete. Er ging zum Solera-Fass und klopfte es wie einen altgedienten Gaul. »Kein anderes Getränk vereint die Reife des Alters mit jugendlicher Frische gleichermaßen. Champagner führt zusammen, was unvereinbar scheint, lässt Alt und Jung zu etwas werden, das viel mehr ist als die Summe seiner Teile. Ein großer Champagner ist so, wie ein jeder von uns sein möchte: voller Tiefe, Erfahrung und gelassener Ruhe, doch mit der Kraft und dem Esprit der Jugend.«

Julie Berthomieu trat zum Professor und küsste ihn auf die Wange. »Es tut mir so leid. Ich wollte das nicht. Das müssen Sie mir glauben!«

»Oh, aber das tue ich schon längst, Mademoiselle.«

Sie lächelte dankbar, dann drangen Tränen aus ihren Augen. Mit bebenden Schultern ließ sie sich am Fass auf den dunklen Kellerboden sinken.

Der Professor nahm sich einen nahe stehenden Stuhl.

Nur langsam versiegte Julies Tränenstrom.

»Lassen Sie mich zusammenfassen«, begann Adalbert. »In den Flaschen, die eigentlich den großartigen Versailles von Ghislain beinhalten sollten, befand sich in Wirklichkeit ein Wein aus Friaul-Julisch Venetien. Genauer gesagt ein einfacher Spumante aus der Gemeinde Valdobbiadene.«

»Sie haben eine gute Zunge.«

»Die beste«, sagte der Professor. »Deshalb hatte ich auch direkt eine Ahnung. Doch ich wollte die Bestätigung eines Labors abwarten.«

Julie Berthomieu blickte auf. »Die Flaschen waren für den italienischen, den deutschen und den slowakischen Markt bestimmt – in Frankreich sollten sie nicht auftauchen.«

»Wie viele waren es?«

»Wir haben erst rund eintausend auf den Markt bringen können. In unserem Lager sind noch neuntausendzweihundert Flaschen Perlwein, vierzigtausend gefälschte Etiketten sowie viertausendzweihundert Kisten. Auch zwei

Vorrichtungen zum fachgerechten und möglichst originalgetreuen Verschließen der Flaschen. Aber zurzeit wissen wir nicht, was wir machen sollen. Haen-Montgolfier kontrolliert den Markt.«

»Schreiben Sie mir bitte die Adresse auf, wo alles zu finden ist. Und sagen Sie mir, warum Sie das getan haben. Als Champagnerwinzer verdient man nicht schlecht. Ganz im Gegenteil. Noch dazu haben Sie mit Ghislain jemanden betrogen, der es wahrlich nicht verdient hat.«

Julie Berthomieu atmete tief durch. »Tommaso und Gianluca – das sind die beiden, mit denen ich es gemacht habe – ziehen das schon seit Jahren mit Moët & Chandon durch. Da ist der Unterschied keinem aufgefallen.«

Bietigheim kommentierte das nicht. »Ich frage nochmals: Warum?«

»Ich habe einen Freund, er lebt in Südengland, in Sussex. Er ist Winzer und hochbegabt.«

»Und ich vermute, wundervoll noch dazu.«

Sie lächelte. »Ja, das auch, sehr sogar. Er hat einen Traum. Da gibt es ein Stück Land in Küstennähe, in der Grafschaft Kent. Nun bietet sich die Chance, es zu kaufen, nur jetzt, ansonsten ist es weg. Doch er hat nicht genug Geld dafür.«

»Kent? Also dort, wo Taittinger als erstes Champagnerhaus in englischen Boden investiert hat?«

»Ja, genau. Und aus gutem Grund! Der kalkhaltige Boden ähnelt unserem hier, und der Golfstrom garantiert ein mildes Klima.«

»Wussten Sie, dass bereits die Römer Wein auf der Insel pflanzten, um sich das Leben in der abgeschiedenen, regnerischen Provinz schönzutrinken?«

Julie Berthomieu schüttelte den Kopf. »Nein. Aber es ist sehr schön da, wirklich, gar nicht so regnerisch. Aber das ist jetzt ja auch egal. Mein Freund hat bei einer Weinreise nach Venetien dann diese beiden kennengelernt. Sie brauchten einen Kontakt zu Haen-Montgolfier, der ihnen die Etiketten besorgen kann, die Stanniolkapseln, die Korken. Das habe ich erledigt. Und eigentlich sollte ich auch bei der Zusammenstellung des falschen Cuvées helfen, aber dann haben sie das billigste Zeug reingeschüttet. Natürlich fiel das auf. Wir zogen alles vom Markt zurück, und Haen-Montgolfier kaufte den Rest auf. Dann tauchten Sie in der Champagne auf, redeten mit mir und wollten die Probe prüfen lassen. Im Institut Oenologique de Champagne in Mardeuil hatten die zwei schon vor Monaten jemanden bestochen, der Bescheid sagt, wenn eine solche Probe eingereicht wird.«

»Jemand, der die Probe dann verschwinden lässt.«

Julie Berthomieu nahm einen langen Schluck, dann sah sie den Professor an. »Ihre Entführung geschah nur, um herauszufinden, was Sie wissen. Ich wollte nie, dass Ihnen was passiert! Wenn die beiden versucht hätten, Ihnen was anzutun, dann …«

»… hätten Sie nichts daran ändern können.«

Julie Berthomieu schwieg.

»Hat Ghislain die Fälschung aufgedeckt und musste deshalb sterben? Aus Rache, dass er das Geschäft verdarb?«

Sie zögerte keinen Augenblick. »Nein. Ich hab die beiden gefragt.«

»Und die beiden würden Sie natürlich nie anlügen?«

Die junge Winzerin blickte in ihr Glas, schwenkte es und warf es dann an die kalte Kellerwand. »Scheiße! Scheiße! Scheiße! Wie bin ich da nur hineingeraten?«

»Schade um den guten Champagner«, stellte der Professor fest und nahm einen weiteren Schluck.

»Wie sind Sie auf mich gekommen? Ich habe doch extra meine Stimme verstellt.«

»Das war der erste Hinweis«, antwortete der Professor. »Nur jemand, dessen Stimme ich kenne, hat das nötig. Doch es war das Essen, welches die Spur zu Ihnen führen ließ. Es war genauso selbstbewusst regional wie innovativ, ohne auf technische Sperenzchen zurückzugreifen. Ihr Île flottante mit den Biscuits Rose erzählte von Ihrer Liebe zur Heimat, zum Genuss und zu neuen Wegen. Außerdem zeigte es mir, dass es von jemand stammen musste, der mich mag. Und obwohl ich ein äußerst liebenswertes Wesen mein Eigen nenne, stoßen sich doch manche Menschen an meinem überlegenen Geist.«

Julie Berthomieu stand auf. »Eigentlich müsste ich jetzt die Motoren meiner Weinbergsmaschinen überprüfen und alles ölen. Hab das mal gelernt, damit ich auf keinen anderen angewiesen bin.« Sie lächelte ein wenig stolz. »Und dann wollte ich laufen gehen, ich trainiere nämlich für den Marathon in Reims am 9. Oktober. So war der Tag zumindest geplant. Aber wahrscheinlich rufen Sie jetzt die Polizei.«

»Diese Idee ist mir nicht gekommen. Nun erst recht nicht, da ich weiß, dass Sie es aus Liebe taten. Und für den Weinbau im schönen Südengland. Ihre beiden Kompagnons müssen von der Polizei ins Kreuzverhör genommen und bestraft werden. Es ist an Ihnen, einen Weg zu finden, wie dies gelingen kann, ohne dass Sie selbst ins Gefängnis müssen. Diese Fälscherei muss auf jeden Fall aufhören. Sofort.«

Julie Berthomieu sah ihn lange an, und wieder kamen ihr die Tränen. »Warum sind Sie so gut zu mir?«

Der Professor stand auf. »Einer meiner Schüler, Dr. Lars Schultze-Kossack, veröffentlichte einmal eine bemerkenswerte Arbeit. Es ging um Entführungsopfer, die sehr gut versorgt wurden und darüber ihre Entführer ins Herz schlossen. Er nannte es das Kulinarische-Stockholm-Syndrom – mir war immer klar, dass ich dafür empfänglich sein würde. Und deshalb habe ich nun eine Bitte an Sie.«

»Ja?«

»Gehen Sie jetzt nicht laufen, sondern kochen Sie die

nächste geplante Mahlzeit für mich. Mein Tag fühlt sich sonst unvollständig an.«

Sie lachte, und dem Professor tat es sehr gut, das zu hören.

Die Aussagen der Ärzte waren für Pit nur Vorschläge. Auch die der Krankenschwestern, von Rena, die zeternd ins Château zurückgekehrt war, vom Hausmeister und auch dem brüllenden Taxifahrer, der kein Blut auf seinen frisch gesaugten Polstern wollte.

Doch Pit hatte Erfahrung mit Wunden, und diese würde sich problemlos schließen. Wenn er in den nächsten vierundzwanzig Stunden nicht Basketball spielte oder sich prügelte.

Das mit dem Basketball stellte kein Problem dar.

Pit blickte sich um. Vor dem Büro des Mineralwassers Badoit in Reims gab es keinen Basketballkorb. Gut. Der Verband um seinen Bauch saß wunderbar stramm, und die Schmerzmittel wirkten. Alles im grünen Bereich.

Gegenüber dem Büro lag ein Café, wo er sich nun zur Rehabilitation einquartierte. An Medizin hatten sie Kaffee, Croissants und Alkoholika in verschiedenen Geschmacksrichtungen.

Das Angebot hielt ihn viereinhalb Stunden wach, bis eine Frau mit High Heels und feuerrotem Haar aus dem Gebäude kam. Schnell legte Pit einen Zwanziger auf den Tisch und trat hinaus zu Nscho-tschi, die er im Schatten geparkt hatte.

Emmanuelle Gratien ging zu einem gelben Renault Twingo und fuhr aus der Stadt, Pit folgte ihr in großem Abstand. Die rechte Hüfte schmerzte aufgrund der leicht gekrümmten Haltung auf dem Motorrad, doch er biss die Zähne zusammen.

Es ging weit über das Land in die alte Kelten- und Römerstadt Troyes mit ihren pittoresk geneigten Fachwerkhäusern. Ihr mittelalterlicher Teil war an manchen Stellen so eng, dass man sich von einem Haus zum anderen über die Gasse hinweg die Hand reichen konnte. Emmanuelle Gratien parkte in der Nähe des Altstadtbistros Au Jardin Gourmand in der kleinen Rue Paillot de Montabert.

Als sie hineinging, trug sie eine große farbige Kladde unter dem Arm. Sollte sie etwa eine Briefmarkensammlerin sein? Eine gläubige Katholikin mit hochhackigen Schuhen, die eine erfolglose Attentäterin und Briefmarkensammlerin ist?

Interessante Frau.

Pit trat ein. Das Interieur war viel distinguierter, als er erwartet hatte, doch Emmanuelle Gratien war nirgendwo zu sehen.

»Die anderen sind schon hinten«, sagte ein Kellner und wies mit dem Kopf zu einem Durchgang am Ende des Speiseraums. Dahinter fand Pit einen idyllischen Innenhof mit von Glyzinien bewachsener Pergola. Er war voller Menschen, die laut redeten, lachten, tranken – und Kladden in den Händen hielten.

Emmanuelle Gratien stand mit dem Rücken zu ihm. Auch diese Ansicht von ihr bot allen Kurvenfreunden einige Schauwerte. Pit hatte sich schon überlegt, wie er sie auf sich aufmerksam machen würde.

Indem er ein Wasser bestellte.

Und es kommentierte.

Schon draußen hatte er gesehen, dass sie ausschließlich Evian führten.

Pit nahm Platz und bestellte.

Als das Wasser vor ihm stand, sprang er auf.

»Ich will Badoit! Das ist kein Badoit! Ich trinke nur Badoit!«

Alle im Bistro sahen zu ihm – auch Emmanuelle Gratien. Er zwinkerte ihr zu. »Da ist ja meine geliebte Freundin! Schatz, setz dich zu mir und tröste mich.«

Sie hob ihr schönes Kinn und nahm widerstrebend neben ihm Platz. »Sie hören nichts von mir.«

»Schön, dich wiederzusehen. Auch ein Wasser?« Er hob das Evian einladend empor.

»Sehr witzig.«

»Was haben Sie in der Kladde? Pläne von deutschen Heilquellen, um dort einbrechen zu können?«

Emmanuelle Gratien öffnete sie. »Champagnerdeckel, ich sammele sie. Wie alle hier. Sie sind wunderschön.«

Pit blätterte durch. Es waren sehr viele, sortiert nach Champagnerhäusern und mit Jahreszahlen versehen. »Das haben Sie alles getrunken?«

»Dann wäre ich tot.«

»Sie meinen wie Ghislain de Montgolfier?«

Sie schlug die Kladde laut zu.

»Okay, Schluss mit dem Geplänkel. Was machen Sie bei Badoit?«, fragte Pit.

Emmanuelle Gratien fuhr sich durch die feuerrote Lockenmähne. »Sie bekommen es ja eh raus. Ich bin die Vertriebsleiterin für Deutschland.«

»Und Fachingen ist dort Ihr Konkurrent.«

»Klar, ein starker. Die machen alles richtig, zum Beispiel füllen sie ihr Wasser nur in Glas ab. PET-Flaschen sind nämlich nicht gasdicht, das Wasser darin wird irgendwann schal, zudem dringt Sauerstoff ein und kann zum Verderben des Inhalts führen. Zusätzlich kommt Acetaldehyd aus dem Plastik rein – wenn auch nur in geringer Dosis. Fachingen setzt also konsequent auf das richtige Gefäß. Und dann die Zusammensetzung und der Geschmack. Passt alles hervorragend zu Wein und Champagner. Zudem gibt es etliche Verbindungen zwischen Deutschen und Franzosen in der Champagne. Ich sag nur Heidsieck, Krug oder Taittinger. Außer dem Elsass gibt es keine französische Region, die Deutsche mehr geprägt haben. Man mag sich.«

Der Professor hatte gegenüber Pit mal erwähnt, dass die Franzosen im Ersten Weltkrieg ehemaligen deutschen Besitz in ihren Grenzen konfisziert hatten, darunter auch Champagnerhäuser, doch er erwähnte es nicht. Dieses ganze Gerede über Deutschland und Frankreich war nur eine Nebelkerze, es ging um schnödes Geld.

»Badoit und Haen-Montgolfier sind Marketingpartner?«

Sie holte einen Lippenstift hervor und zog ihre Lippen nach. »Seit Jahren. Und es lief alles gut. Für beide Seiten. Wir waren handelseinig über eine Verlängerung des Vertrags. Er lag unterschriftsreif vor Ghislain. Und dann war plötzlich alles anders. Am 3. August saßen wir zusammen, scherzten, lachten miteinander und klärten die letzten Details, am 4. August sagte er das Treffen zur Unterschrift ab. Ohne Grund. Dann reist er plötzlich zu dieser Probe an die Lahn, was gar nicht vorgesehen war. Ich hab das nur zufällig mitbekommen und bin hinterher. Und dann fährt er plötzlich zur Konkurrenz!«

Eine wichtige Information für den Professore. Die musste er ihm gleich zukommen lassen.

»Warum hat er seine Meinung denn so plötzlich geändert? Zahlt Fachingen mehr?«

Sie presste die Lippen aufeinander und kontrollierte das Ergebnis im Handspiegel. »Das kann ich mir nicht vorstellen, wir sind viel größer. Es muss einen anderen Grund geben.«

»Hat er dort einen Vertrag unterschrieben?«

»Soweit ich weiß, nicht.« Sie lächelte abschätzig. Von Nahem war sie sogar noch schöner. Doch sie strahlte Kälte aus wie ein offen stehender Gefrierschrank.

»Wird seine Witwe es tun?«

»Wir sind nicht so pietätlos, dermaßen kurz nach Ghislains Tod zu fragen.«

»Aber so pietätlos, beim Putzen Fachingen auszukundschaften und dann die Quelle zu beschädigen?«

»Beweisen Sie's. Das können Sie nämlich nicht. Ich habe dafür gesorgt.« Sie packte Spiegel und Lippenstift fort.

»Fachingen produziert weiter – nur weniger.«

»Es war nur ein freundlicher Hinweis. Wir können auch deutlicher werden.«

Jemand aus der Gruppe der Sammler rief zu ihnen herüber: »Emmanuelle, hast du einen Delamotte-Deckel vom zweiten Jahrgang?«

»Komme gleich«, antwortete sie.

»Haben Sie Ghislain aus dem Weg geräumt, weil er mit Fachingen kurz vor einem Abschluss in Sachen Marketing stand?«

»Glauben Sie doch, was Sie wollen!«

»So ein Vertrag hätte Ihnen gar nicht gepasst.«

»Natürlich nicht. Ghislain war wichtig in der Welt des Champagners; hätte er einen Vertrag gemacht, wären andere vielleicht gefolgt. Ghislain ist per Du mit dem Vorstand des LVMH-Konzerns, der besitzt Moët & Chandon, Veuve Clicquot, Krug, Ruinart und Mercier. Aber wir regeln so etwas nicht, indem wir jemanden ermorden. Das ist hier nicht der Wilde Westen, das ist Frankreich. Und jetzt muss ich tauschen gehen. Falls Sie mich noch mal sprechen wollen, wagen Sie es ja nicht, mich hier zu stören.« Sie griff in ihre Seitentaschen, aus denen sie mehrere Champagnerdeckel beförderte. »Erst mal muss ich die hier wegtauschen, dann reden wir über den Delamotte.«

Die größte Überraschung stand Pit noch bevor.

Der Concierge des Les Crayères trat mit einer Kladde ein.

Von allen Anwesenden begrüßte er Emmanuelle Gratien als Erste. Und ungemein herzlich.

650 n. Chr. landete eine Taube auf einem Hügel der Champagne und zeigte Erzbischof Nivard von Reims damit, wo er seine neue Abtei errichten sollte. Sie würde den Namen

Saint-Pierre d'Hautvillers tragen und eines der ältesten Benediktinerklöster der Welt sein.

Heute stand von diesem nur noch die im 17. Jahrhundert erneuerte Abteikirche Saint-Sidulphe mit ihrem prachtvollen Mönchschor und zwei großflächigen Gemälden aus der Werkstatt von Philippe de Champaigne. Noch mehr faszinierte den Professor allerdings der Leuchter über dem Hauptaltar, welcher aus den vier Rädern einer Kelter bestand. Die Hauptattraktion, das Grabmal Dom Pérignons, war nicht mehr als eine unscheinbare schwarze Grabplatte, die vor dem Altarraum in den Boden eingelassen worden war. Viele Füße und Hände hatten sie über die Jahrhunderte zum Glänzen gebracht. Sie begann mit den Worten: »DOM – Hic Jacet Dom Petrus Pérignon« und endete mit: »Requiescat In Pace. Amen«.

In Frieden ruhen, das wünschte der Professor auch Ghislain.

Die Türen der kleinen Abteikirche öffneten sich, und eine Busladung Schweden strömte hinein und nach kurzer Zeit wieder hinaus. Der Professor saß währenddessen auf einer der schwarzen Holzbänke und wartete auf jemand anderen.

Der sich, als die Kirche wieder frei von Bustouristen war, neben ihn setzte. Schon vorher war ein starker Duft nach Chanel N° 5 wahrzunehmen gewesen.

»Ihre gute Freundin Hildegard zu Trömmsen kann sehr überzeugend sein.«

Der Professor nickte. »Sie ist eine beeindruckende Frau, Madame de Montgolfier.«

»Aber lassen Sie es uns kurz machen. Was wollen Sie wissen?« Antoinette de Montgolfier zog ihr Kleid zurecht.

»Nur, was Sie wissen. Über Ihren Gatten und Mie Montagne zum Beispiel.«

Die nächste Busladung, diesmal Niederländer und Belgier, strömte hinein, und der Professor musste auf die Antwort warten, bis sie wieder draußen waren.

»Im Oktober kommen die grauen Kraniche in die Champagne, Professor. Rund vierzigtausend legen, von Skandinavien kommend, hier eine Rast ein.«

»Was haben die Vögel denn mit Mie Montagne zu tun?«

Sie schien seine Frage nicht gehört zu haben. »Es ist ein Spektakel. Wunderschön. Doch irgendwann ziehen sie einfach weiter. Das tun sie jedes Mal. Ich hatte mich längst daran gewöhnt, das alljährlich wiederkehrende Schauspiel zu bestaunen. Es sah immer gleich aus, dabei waren es immer andere Vögel.«

»Und haben Sie je daran gedacht, einen dieser Vögel abzuschießen?« Es kam dem Professor passend vor, die zierliche Mie Montagne mit einem Vogel zu vergleichen.

»Abschießen? Was hätte das gebracht? Es sind stets ganz viele unterwegs. Und immer kommen neue.« Antoinette de Montgolfier seufzte. »Und ich sage Ihnen noch etwas, weil Sie es mit Ihrer unerträglich enervierenden Art ohnehin herausfinden würden. Sie erinnern sich sicher, als in der Testamentsverlesung ein Teil des Erbes an das Institute Freya ging. Dieses sogenannte Institut beschäftigt sich mit dem Zusammenhang von Champagner und Erotik, deshalb ist es auch nach der nordischen Göttin der Liebe benannt. Das Institut bestand nur aus einer Person.«

»Mie Montagne.«

Antoinette de Montgolfier nickte.

Der Professor musste an die vielen Champagnerflaschen in deren Kühlschrank denken. »Wurde das Erbe bereits an sie ausgezahlt?«

»Nein. Und nun muss geklärt werden, ob es einen Rechtsnachfolger das sogenannte Institut betreffend gibt, ansonsten bleibt das Geld in der Familie.«

»Sie wissen, dass all dies Sie zur Hauptverdächtigen macht, was Ihren Mann und Mie Montagne betrifft?«

»Die Menschen mögen denken, was sie wollen, solange

sie es mir gegenüber nicht äußern. Und das wird in der Champagne so gehalten – nur nicht von Hamburgern.«

»Oh, Madame de Montgolfier, Hamburg ist die südlichste Stadt Englands, und wir beherrschen das Understatement. Doch da Mord dies nicht tut, legen wir es in solchen Fällen ausnahmsweise ab.« Er holte zwei Gläser aus seiner ledernen Umhängetasche sowie eine Flasche, deren Etikett er verdeckte. »Um die Stimmung aufzuheitern, hat Hildegard zu Trömmsen mich gebeten, mit Ihnen ein Glas Champagner zu trinken. Unbedingt sollen wir das aus Coupes tun, die der Legende nach den Brüsten der Marquise de Pompadour nachempfunden sind. Leider ist die Form des Glases zwar der Imagination zuträglich, nicht aber dem Geschmack.«

Ghislains Witwe nahm das Glas mit langen Fingern entgegen. »Hildegards Humor habe ich schon des Öfteren kennenlernen dürfen. Sie ist ein degoutantes Ding.«

Der Professor öffnete die Flasche und goss gefühlvoll in die Brustformen. »Was hat es eigentlich mit Ghislains unehelicher Tochter auf sich, die ja auch erbte?«

»Da ist sie wieder, Ihre taktvolle Art.« Antoinette de Montgolfier rümpfte die Nase. »Ein dummes, kleines Ding, das noch dazu mit einem ganz unmöglichen Mann namens Bruno Bourdain liiert ist. Ein Weinhändler, der wegen seiner Spielsucht vor dem Konkurs steht. Der Mann verwettet einfach alles, was er verdient. Und mehr! Ihre Erbschaft wird ihn retten.«

Der Professor konnte sich denken, wie wenig der stets stilvoll gekleidete Ghislain und der so nachlässige Bourdain aneinandergerieten. »Wie stand Ghislain zu ihm?«, fragte er trotzdem.

»Sie haben sich gehasst.«

»Wissen Sie vielleicht etwas über eine Bruderschaft, der Bourdain angehört?«

»Nur der Bruderschaft der Vollidioten. Er ist deren Vorsitzender.« Sie hob das Glas. »Darauf trinke ich!«

Schon beim Trinken verzog sich ihr Gesicht. »Das schmeckt ja unerträglich.«

Der Professor zeigte ihr die Flasche. Ghislains letzter Versailles-Jahrgang. Da er keine volle Flasche mehr besaß, hatte er eine leere mit Spumante gefüllt. Was fraglos eine Schande für den Busen der Marquise de Pompadour war.

Antoinette de Montgolfier fand ihre Contenance wieder. »Mit Luft wird er viel besser.«

»So viel Luft, um aus dieser Plörre einen Versailles werden zu lassen, existiert im ganzen Universum nicht. Und dass Sie nicht offen zugeben, wie schlecht er ist, nachdem Sie die Flasche erblickt haben, kann nur bedeuten, dass Sie über die Fälschung informiert sind.«

Antoinette de Montgolfier stellte das Glas auf dem Kirchenboden ab und schob es mit dem Fuß fort. »Diesen gefälschten Wein gibt es nicht. Hören Sie? Es hat ihn nie gegeben, es wird ihn nie geben.«

»Aber es gibt Geschädigte!«

»Sehr wenige – und die haben wir entschädigt. Keiner wird darüber reden. Alle anderen Flaschen haben wir aufgekauft. Und ein System installiert, das solche Fälschungen zukünftig vor dem Verkauf identifiziert. Nicht nur bei Geldscheinen bekommt man fälschungssichere Drucke hin.«

Auch der Professor stellte sein Glas ab. Er hatte nicht mal daran genippt. »Wollte Ghislain die Fälschungen öffentlich machen?«

»Weil das dann ein Mordmotiv für die Fälscher wäre? Nein, das wollte er genauso wenig wie ich. Es wäre schreckliche PR. Der Name Haen-Montgolfier darf niemals im selben Satz wie Weinfälschung fallen. Sind wir jetzt durch?«

»Ich fange gerade an, Ihre Nähe zu genießen«, erwiderte der Professor. »So sehr, als würde ich in einem See aus Minztee baden.« Er lächelte.

»So weit ist es bei mir noch nicht. Und ich habe wichtige Termine.«

»Dann nur noch eine letzte Frage. Was hat Ghislain am 3. August gemacht?«

»Bin ich der Terminkalender meines verstorbenen Mannes?«

»Sie sind eine Frau, die sehr genau mitbekommt, was vorgeht.«

Antoinette de Montgolfier blickte auf ihre goldene Armbanduhr. »Lassen Sie mich kurz nachdenken.«

»Zum Denken muss immer Zeit sein. Würden die Menschen mehr denken, anstatt nur zu reden, wäre die Welt eine andere.«

»Können Sie jetzt vielleicht gerade einmal still sein?«

»In der Stille liegt die ... Ich schweige ja schon.«

Der Professor sah, wie ihre Lippen sich bewegten, als sie die Tage durchging.

»Der dritte war der erste Samstag im August. Da war Ghislain in Paris, wo das Buch eines deutschen Journalisten über die zehn wichtigsten Champagnerhäuser vorgestellt wurde – ein Prachtband. Noch niemals zuvor wurde unsere Historie so umfassend dargestellt.«

»Ist dort etwas vorgefallen? Kehrte er verändert zurück?«

»Spät in der Nacht, ich schlief bereits.«

»Und am nächsten Tag?«

Antoinette de Montgolfier blickte ihn wütend an. »Herrgott noch mal! Er hat die Nacht nicht bei mir verbracht, sondern bei dieser biegsamen Yogaschlampe. Wollten Sie das hören?«

»Mit wem war er dort? Also in Paris?«

»Franck Taittinger. Ein schrecklicher Mann.«

Der Professor erinnerte sich daran, dass er diesen beim Yoga im Les Crayères gesehen hatte.

Antoinette de Montgolfier erhob sich. »Ich darf mich dann entschuldigen.«

»Sie dürfen«, erwiderte der Professor.

Als er ihr nachblickte, bemerkte er, dass der Notar der

Familie, Gérard Le Coq, am Eingang auf sie wartete und sie sich bei ihm einhakte.

Fast zeitgleich lief ein junger Mann im Anzug herein. Ein Logo auf der Krawatte wies ihn als Mitarbeiter von Moët & Chandon aus, denen das Anwesen gehörte. Er blickte sich suchend um, kam dann zu Adalbert.

»Sie müssen Professor Bietigheim sein.«

»Wer will das wissen?«

»Eine Renate Balingen hat angerufen. Wir sollen Ihnen etwas ausrichten.« Der Mann senkte die Stimme. »Die Polizei hat Spermareste in der Leiche gefunden, und Sie sollen umgehend aufs Kommissariat kommen.«

KAPITEL 8

Der Concierge geht dem Professor aus dem Weg

Dem Professor war es nicht recht, dass ihn ein Einsatzwagen der Polizei vor dem Les Crayères absetzte. Aber es wäre ihm noch weniger recht gewesen, ein Taxi für die Rückfahrt zu bezahlen. Wenn ein Commissaire ernsthaft so dämlich war, zu glauben, dass er, Adalbert Bietigheim, der Gespiele von Mie Montagne gewesen war, dann sollte dieser zur Strafe deutlich mehr bezahlen müssen als eine einfache Taxifahrt.

Eine Weltreise wäre ein guter Anfang.

Als er in die Lobby des Châteaus trat, kam es ihm vor, als ruhten alle Blicke auf ihm, dem des Mordes an einer Yogalehrerin Beschuldigten. Deshalb hob er sein Kinn gleichermaßen unschuldig wie stolz in die Höhe.

Wieder war der rundliche Concierge nirgends zu sehen – er schien ihm aus dem Weg zu gehen. Bei Nachfragen hieß es stets, dass er heute freihabe, aber morgen ganz sicher wieder da sei. Was jedoch nie der Fall war.

Die Welt war fraglos in Unordnung. Es galt, sie zumindest im Kopf umgehend zu ordnen. Warum ahnten seine Mitarbeiter bloß nie, wann dies nötig war?

Nachdem er die Tür zur Suite aufgeschlossen hatte, begrüßte ihn Benno überschwänglich im verspiegelten Flur. Von niemand anderem ließ Adalbert sich durch das Gesicht lecken. Er nahm sich Zeit für seinen Vierbeiner, schließlich hatte dieser viel zu lange auf großartig-professorales Kraulen verzichten müssen.

Als er schließlich in die Suite trat, war diese nicht mehr wiederzuerkennen.

»Willkommen bei CSI Champagner!«, begrüßte ihn Rena und breitete die Arme aus. Sie hatte die Wände vollgehängt mit Zeitungsausschnitten, Zetteln, Landkarten, Pfeilen in allen möglichen Farben und Größen sowie etlichen Fotos, viele davon selbst geschossen und vergrößert, darunter auch Aufnahmen der von Ghislain vererbten Hinweise. Sogar drei Wäscheleinen waren gespannt worden, um allem Platz zu bieten.

»Die schöne Suite«, kommentierte der Professor. Und ein kleines Zwinkern stahl sich in sein Auge.

»War so klar, dass Sie das sagen!« Rena lachte. »Ich hab Stunden dafür gebraucht, aber es hat sich so was von gelohnt. Sollen wir überprüfen, ob alle Hinweise und Indizien da sind?« Ihre Augen glänzten. Bietigheim wusste schon länger, dass er sie mit dem Kriminalistenvirus infiziert hatte. Ein Virus, gegen den keine Medizin half.

»Ein angemessener Vorschlag«, sagte der Professor, wandte sich danach aber erst einmal an Pit. »Ich schreibe Ihnen nun Namen und Telefonnummer einer jungen Winzerin auf, die Ihre Hilfe benötigt. Es kann sein, dass diese nicht ganz legal ist, sie dient aber einer guten Sache.«

»Nicht ganz legal klingt nach verboten viel Spaß. Mit Auf-die-Fresse-Vollpension!« Pit ließ die Fingerknöchel knacken.

»Ich will nicht zu Gewalt ermuntern, aber sie könnte nötig sein. Und Sie könnten sich auf diese Weise für Ihre Bauchwunde revanchieren. Wie geht es Ihnen denn damit?«

»Ich hab die Wunde heute noch mal desinfiziert.«

»Mit Islay-Whisky«, ergänzte Rena. »Von innen!«

Pit stand auf und griff sich seine Lederjacke. »Was man für die Gesundheit nicht alles tut.« Er steckte sich einen Flachmann in die Seitentasche. »Erste-Hilfe-Set.«

Der Professor verabschiedete Pit und stellte sich dann vor die längste Wäscheleine. An dieser hingen die vergrößerten Fotos von Ghislains Erbschaft. »Rena, es ist etwas Ungewöhnliches passiert.«

»Sie waren grundlos nett zu anderen Menschen?« Sie griente.

»Grundlos etwas zu tun ist ein Widerspruch in sich. Nein, ich habe mich getäuscht.« Bietigheim wies auf die Fotos. »Ich dachte, sie würden einen Satz ergeben, doch nun glaube ich etwas anderes. Ghislain hatte Sorge, dass ihm etwas widerfahren würde. Doch es war eine unkonkrete Sorge.«

»Wie meinen Sie das mit unkonkret?«

»Er befürchtete, jemand könnte ihm etwas antun, doch er wusste nicht, von welcher Seite der Schlag kommen würde. Ghislain wusste, dass er sich einige Feinde gemacht hatte.« Der Professor deutete auf das Foto des Reiseführers Friaul-Julisch Venetien. »Er wusste von der Champagnerfälschung – aber nicht, ob die Italiener zu einem Mord fähig wären. Auch wir wissen dies noch nicht und müssen hoffen, dass Pit und Julie Berthomieu erfolgreich sind, ihre Kumpane gefasst werden und die Polizei den Rest erledigt.« Er trat zum nächsten Foto. »Hier die Flasche Badoit. Ghislain wusste um die Macht dieser Wassermarke und wie ungemein wichtig ihr die Verbindung zu Champagnern ist. Er schloss nicht aus, dass sie ihn aus Rache für seinen Sinneswandel und die Entscheidung für Fachingen töteten.« Das Foto der nackten Frau sah er nicht an, sondern stellte sich davor. »Fürchtete er, dass Mie Montagne ihn tötete? Vielleicht weil er sich von ihr abgewendet hatte? Oder hatte er Angst, dass ein Nebenbuhler ihn aus dem Weg räumen wollte? Jener zum Beispiel, dessen … Hinterlassenschaft in der gefesselten Dame gefunden wurde.«

Als Nächstes zeigte er auf das Foto des kleinen Zinnschwerts. »Ein merkwürdiger Hinweis, der auf Bruno Bourdain deutet, bei dem ich das Schwert als Tätowierung erblickte. Wir müssen diesen ebenso unangenehmen wie ungepflegten Mann unbedingt zum Reden bringen.«

»Bleibt nur noch eins«, sagte Rena, die alles mitgetippt hatte.

»Sie sagen es. Das Letzte und Mysteriöseste von allen. Die *Kölner Zeitung* aus dem Jahr 1914. Haben Sie irgendetwas darin finden können?«

»Kein einziger Bezug zu Champagner oder Wein. Und wenn es um Frankreich geht, dann nur in Sachen Krieg. Reims oder ein anderer Ort der Champagne wird nicht genannt.«

Der Professor sah das Foto lange an. »Es muss Ghislain einige Mühe gekostet haben, diese alte Zeitung aufzutreiben. Er hatte sicher einen guten Grund dafür.« Bietigheim ging mit dem Gesicht näher heran. »Gibt es vielleicht Markierungen? Oder etwas wie eine Schrift, die nur unter UV-Licht sichtbar wird?«

»Ich war so verzweifelt, dass ich sogar das versucht habe. Aber nichts, absolut nichts.«

Der Professor löste die Wäscheklammern und hängte das Foto ganz zentral. »Wir müssen jeden befragen, der etwas wissen könnte. Antoinette de Montgolfier, andere Winzer aus der Champagne und auch diesen deutschen Journalisten.«

Rena nickte. »Notiert. Sonst noch etwas?«

»Wir müssen herausfinden, in welcher Beziehung Emmanuelle Gratien und der Concierge des Les Crayères stehen sowie Notar Gérard Le Coq und Antoinette de Montgolfier. Googeln Sie doch gerade mal unseren Concierge.«

Rena tippte – und stieß kurz danach einen Überraschungskiekser aus. »Ja, da schau her! In unserem Concierge steckt viel mehr, als wir dachten.«

Der Professor blickte ihr über die Schulter. »In der Tat. Unser Gastgeber liebt anscheinend die Maskerade. Da gibt es großen Gesprächsbedarf. Aber nun weiter im Text: Wo ist es?« Er blickte sich suchend um. »Oder haben Sie es etwa noch nicht organisiert?«

Rena zeigte ihren angespannten Bizeps. »Ich schaffe alles. Liegt hinter Ihnen!«

Es befand sich auf dem kleinen Beistelltisch des Sofas – und wirkte darauf nicht maßstabsgerecht. Denn Norbert Buchelherrs *Die zehn besten Champagnerhäuser – Historie, Weinberge, Weine* war ein Riese unter den Büchern.

»Ich hatte leider noch keine Zeit hineinzuschauen«, erklärte Rena. »Ehrlich gesagt, hatte ich ein bisschen Angst davor.«

Der Professor nahm es und setzte sich damit in den Ohrensessel. »Dann werde ich das nun übernehmen.«

»Aber Sie haben ...«

»Pst!« Er hielt den Zeigefinger mahnend in die Höhe.

»Aber Sie müssen ...«

»Nichts muss ich! Und Sie haben eine Liste abzuarbeiten.«

Rena hob abwehrend die Hände. »Wie Sie wollen. Sie wissen ja alles besser.«

»So ist es. Schön, dass Sie das endlich einsehen.«

Dann las er, konzentriert und effektiv. Trotzdem brauchte er viel Zeit dafür. Plötzlich stieß der Professor auf eine Zahl, die ihn innehalten ließ: 1746. Das Gründungsjahr von Champagne Haen-Montgolfier. Und das erste Jahr, in dem die Fachinger Heilwasserquelle mit dem Wasserversand in eigens angefertigten Tonkrügen begann. Hatte diese Koinzidenz etwa gereicht, um einen alten Handelspartner vor den Kopf zu stoßen?

Mit dem Jahr 1914, aus dem die *Kölner Zeitung* stammte, hatte es allerdings nichts zu tun.

»Herr Professor?«

»Jetzt nicht! Ich denke!«

»Ich will Sie ja gar nicht sprechen«, erklärte Rena.

»Warum sprechen Sie mich dann an?«

»Hildegard zu Trömmsen ist am Telefon. Sie fragt, wo Sie verdammt noch mal bleiben. Das waren ihre Worte.«

Der Professor schlug das Buch zu. »Was meint sie denn damit? Ich bin natürlich hier.«

»Aber Sie sollten jetzt im Kreidekeller von Taittinger die Probe moderieren, zu der Hille geladen hat.«

Adalbert sprang auf. »Herrgott noch mal, warum sagen Sie mir das denn erst jetzt?«

»Das wollte ich Ihnen die ganze Zeit schon sagen. Aber Sie, nun ja, wissen ja alles besser.« Rena schlug ganz unschuldig die Augenlider zu und wieder auf.

Der Professor würdigte ihre vorlaute Bemerkung keines Kommentars. Denn er hatte jetzt genug damit zu tun, die angemessene Kleidung für den Anlass auszuwählen.

Bei Taittinger hatten sie schon ohne ihn angefangen.

Oder um genau zu sein: Hildegard hatte ohne ihn angefangen.

Der Professor stand in einem Seitengang und lauschte mit klopfendem Herzen ihrer kraftvollen Stimme.

Unter dem Firmensitz von Taittinger lagen nicht nur Kreidekeller aus galloromanischer Zeit mit rund 21 Millionen Flaschen, sondern auch die Reste der Abtei St. Nicaise aus dem 13. Jahrhundert. Wegen dieses kulturellen Schmankerls hatte Hildegard diesen Keller noch größeren Kellern vorgezogen. Der kulturelle Anschein musste gewahrt werden – sonst käme vielleicht noch jemand auf den Gedanken, es handele sich um eine schnöde Sause der Hamburger Hautevolee.

Da von der alten Abtei nur noch wenig stand, unter anderem eine Treppe ins Nirgendwo, hatte die Gesellschaft nach der Führung im größten Kreidesaal Platz genommen. Dessen Kuppel war so beschienen, dass darauf Sterne funkelten. Hildegard zu Trömmsen stand in einer wallenden champagnerfarbenen Robe auf einem halbrunden Podest, das dem Mond nachempfunden war. In einer Hand einen Zigarettenhalter mit brennender Spitze, in der anderen ein Glas, unterhielt sie ihre Gäste. Adalbert musste warten, bis sie fertig war. Dem Gelächter nach war Hildegard gerade erst richtig in Fahrt gekommen.

»Vor Kurzem kam bei einer guten Freundin von mir das Enkelkind zu Besuch und durfte sogar bei den Großeltern im Bett schlafen. Zu vorgerückter Stunde fummelte plötzlich der Opa an der Oma rum. ›Kscht‹, zischte die Oma, ›heute nicht. Geh in die Küche und trink noch ein Bier!‹

Als der Opa wiederkam, machte er sich wieder an die Oma ran. Die wurde natürlich langsam böse. ›Kscht. Heute nicht! Geh in die Küche, da steht noch eine Flasche Champagner im Kühlschank. Trink die.‹ Der Opa schleicht in die Küche und lässt dort den Sektkorken knallen. Da sagt der Enkel plötzlich zur Oma: ›Siehste! Hättest du ihn mal rangelassen. Jetzt hat er sich erschossen!‹«

Hildegard zu Trömmsen lachte so schallend, dass Adalbert befürchtete, die Kreidehalle stürze über ihnen ein.

Nachdem Hildegard wieder zu Luft gekommen war, klopfte sie sich beruhigend auf die imposante Brust. »Wenn Essen der Sex des Alters ist, dann ist Champagner der multiple Orgasmus!« Sie nahm einen großen Schluck und zwinkerte ins Publikum. »Meine lieben extra angereisten Hamburgerinnen und Hamburger, und auch ihr, meine lieben Freunde aus der Champagne: So wohltuend der Alkohol auch ist, wie die Geschichte zeigt, kann er zu manchem Missverständnis führen. Ich habe dazu neulich einen köstlichen Scherz gehört, den mir der Kellner in der Perching-Bar erzählte, diesem charmanten kleinen Etablissement in den Baumwipfeln des Parc Arboxygène. Also: Eine Frau steht in der bis auf den letzten Patz gefüllten Bar. Um sich beim Kellner bemerkbar zu machen, hebt sie den Arm. Dabei wird ein wahrer Urwald an Achselhaaren sichtbar. Ein Mann am Ende des Tresens, der über den Abend schon drei Flaschen Champagner getrunken hat und dementsprechend knülle ist, ruft dem Barkeeper lallend zu: ›Das Getränk der Ballerina geht auf mich.‹ Darauf der Barkeeper: ›Woher kennst du sie?‹ Der Lallende antwortet: ›Ich kenne sie nicht, aber wenn sie ein Bein so weit in die Luft bekommt, muss sie beim Ballett sein.‹«

Diesmal explodierte Hildegard förmlich vor Lachen – und der ganze Saal mit ihr. Wobei viele sich die Hand vor den Mund hielten, damit keiner mitbekam, wie köstlich sie sich über diesen ferkeligen Witz amüsierten.

Der Professor wunderte sich dagegen, dass er den Teil, in dem die Frau das Bein hob, nicht mitbekommen hatte. Und auch darüber, wie ihr das in einer gut besuchten Bar überhaupt gelingen konnte.

Die junge, langbeinige Empfangsdame von Taittinger, die Adalbert zuvor auf der Erdoberfläche begrüßt hatte, trat nun zu Hildegard und flüsterte ihr ins Ohr.

Diese klatschte erfreut die Hände zusammen. »Wie ich gerade höre, ist mein ebenso hochgeschätzter wie viel beschäftigter Professor endlich eingetroffen. Bitte heißen Sie ihn mit mir willkommen, und spenden Sie einen ganz besonders warmen Applaus für Deutschlands Lordsiegelbewahrer der Kulinaristik: Prof. Dr. Dr. Dr. Adalbert Bietigheim!«

Die Menge klatschte höflich. Der Professor spürte, dass sie lieber weiter Hildegard gelauscht hätten – genau wie er.

Der im Übrigen keine Zeit gehabt hatte, etwas vorzubereiten.

Noch nicht einmal ein gewinnendes Lächeln für das Eintreten.

Würdevoll stieg er auf das Podest. Womit sollte er beginnen? Ein Toast war immer gut!

»Auf die verrückten Briten«, begann der Professor seine Rede und hob die Champagnerflöte. »Hätten sie nicht eine

Vorliebe für den ungeplant sprudelnden Wein aus der Champagne entwickelt, würden wir heute nicht solche Genüsse kosten können.«

Die Gästeschar erhob ihre Gläser.

Und was nun?

Ein weiterer Toast konnte nicht schaden.

»Auf die Schlauchpilze!« Wie erwartet, erntete er staunende Blicke. »Genauer die Zuckerhefen, lateinisch Saccharomyces. Nicht nur, dass sie Zucker in Alkohol und Kohlendioxid verwandeln. O nein! Die abgestorbenen Hefen vollziehen zudem einen enzymatischen Zersetzungsprozess, die Autolyse, welche dem Champagner überhaupt erst sein typisches Aroma verleiht. Wenn Sie wollen, können Sie sich gerne Notizen machen, heute gibt es nämlich kein Handout.« Der Professor fand, das war ein Brüllerscherz. Niemand lachte. Sie amüsierten sich augenscheinlich im Stillen. Adalbert räusperte sich und fuhr fort: »Die Autolyse sorgt zudem für eine feine Lösung der Kohlensäure im Wein, die später im Glas für die lang anhaltende Perlage sorgt.«

Das Publikum blickte ihn erwartungsvoll an.

Anscheinend immer noch nicht der richtige Toast. Also noch einer hinterher. Alle guten Dinge waren schließlich drei.

»Auf den unfruchtbaren Boden!« Er erntete abermals verdutzte Blicke.

»Erst unter der Herrschaft Heinrichs IV. setzte sich der Name Vin de Champagne durch. Allerdings mochten die Winzer der Region diese Bezeichnung nicht, denn der Begriff Champagne – welcher vom lateinischen Campania stammt, was in etwa Feld oder offene Landschaft bedeutet – weist auf einen unfruchtbaren Boden hin, der nur zur Schafzucht verwendet werden kann. Heute steht er jedoch für den wertvollsten Schaumwein der Welt. *À votre santé!*«

Er hob das Glas, und die Gästeschar tat es ihm wieder gleich, diesmal jedoch mit deutlich mehr Enthusiasmus. Das Eis war gebrochen.

Der Professor erzählte im Folgenden, dass Champagner bis ins 19. Jahrhundert trübe war – ehe Madame Clicquot zusammen mit ihrem deutschstämmigen Kellermeister das Rütteln und Degorgieren erfand. Wobei das erste Rüttelpult ein Küchentisch war. Er erzählte auch, dass seit 1983 gesetzlich festgelegt war, dass für Champagner aus 160 Kilo Trauben höchstens 102 Liter Most gepresst werden durften, dass aber nur die Cuvée genannten ersten 82 Liter qualitativ wirklich hochwertig waren. Der Rest, welcher noch zweimal gepresst und als Première und Deuxième Taille bezeichnet wurde, wiese mehr Bitterstoffe auf und fände nur für Standardqualitäten Verwendung. Unterbrochen wurden all diese für den Professor faszinierenden Fakten von etlichen servierten Champagnern. Mit zunehmendem Alkoholgehalt im Blut sank die Aufmerksamkeitsspanne der Zuhörenden. Ins Bodenlose. Der Professor hatte noch viel erleuchtendes Wissen in sich, das mit aller Kraft hinauswollte, doch er hatte keinerlei Interesse daran, es als Perlen vor die Säue zu werfen.

Es waren einige der berühmtesten Säue der Champagne im Publikum.

Wenig überraschend fand sich Antoinette de Montgolfier darunter, in Begleitung des Notars Gérard le Coq, beide in den Farben des Champagnerhauses Haen-Montgolfier gekleidet. Sie trug dazu eine Brosche in Form einer Montgolfière, er eine Krawattennadel mit einem ganz alten Emblem des Hauses. Der Notar hoffte anscheinend, durch historische Kenntnisse ein Frauenherz zu erobern. Vielleicht war es ihm auch schon geglückt. Und natürlich saß Franck Taittinger im Publikum – den er jetzt zur Vorstellung des letzten Weins auf die Bühne bat.

Der Professor konnte erschnuppern, dass der smarte,

blonde Winzer frisch geduscht hatte, so intensiv roch dieser nach Duschgel. Von der Trägheit der Bewegungen schloss Bietigheim darauf, dass Taittinger noch vor Kurzem Sport getrieben haben musste. Jetzt trug Taittinger Maßanzug, Seidenkrawatte und Lackschuhe so elegant, als würde er sein Geld als Dressman verdienen.

»Trainieren Sie auch für den hiesigen Marathon?«

Taittinger lachte auf. »Sieht man mir das an? Oder haben Sie nur geraten, weil so gut wie jeder trainiert?«

Der beste Tropfen des Hauses, der Comte de Champagne, wurde ausgeschenkt. Ein Raunen ging durch die Anwesenden.

Adalbert entschied, dass er keine bessere Gelegenheit bekommen würde, um mit Franck Taittinger zu sprechen – vor allem, da dieser nicht einfach weglaufen konnte. Ganz nah stellte er sich neben den Chef des mächtigen Champagnerhauses und nahm ihm höflich lächelnd das geleerte Glas ab.

Er steckte es sich in die Innentasche des Sakkos.

»Ich habe Sie neulich beim Yoga gesehen«, begann er die Konversation ganz unverfänglich. »Im Château Les Crayères.«

»Ach? Ja, da bin ich manchmal.« Taittinger blickte fort vom Professor.

»Den Lehrer finde ich ja nicht sehr überzeugend.«

»Ist halt eine sehr dynamische Form von Yoga.«

»Mie Montagne ist aber deutlich besser, oder? Ich hatte leider nur wenige Stunden bei ihr. Sie meinte übrigens einmal zu mir, dass Sie sehr begabt seien.« Es war ein Schuss ins Dunkle. Doch der Professor war sicher, dass dort ein Ziel stand.

Taittinger ging jedoch nicht darauf ein. Er lächelte nur unverbindlich. »Wie lange soll ich gleich reden?«

Der Professor seinerseits sah es nicht ein, auf Taittingers Ablenkungsmanöver einzugehen. »Eine bemerkenswerte

Frau, diese Mie Montagne. Trank nur die besten Champagner. In ihrem Kühlschrank waren neben dem Versailles von Ghislain ausschließlich Flaschen des Cuvées Nicolas François Billecart von Billecart-Salmon, des goldfarbenen Armand de Brignac von Cattier und des Comte de Champagne von Taittinger. Flaschen, die sie sich sicherlich nicht leisten konnte. Was für ein ulkiger Zufall, dass die Chefs genau dieser drei Häuser so intensiv Yoga im Les Crayères trainierten, als wollten sie eine gute Figur machen. Vielleicht bei ihrer eigentlichen Yogalehrerin? Der sie imponieren wollten?

Taittinger sah ihn an, das sanfte Himmelblau seiner Augen hatte sich in Stahl verwandelt. »Hören Sie, Professor. Ich weiß nicht, was dieses Gerede soll. Ich kenne keine Mie Montagne.«

Bietigheim hatte über die Jahre ein Gespür dafür entwickelt, wenn jemand log. Taittinger hatte beim Reden die Hand ans Kinn gehoben, die Fingerspitzen über seinen Mund, als wollte er die verlogenen Worte verdecken, die seinen Mund verließen.

Er beschloss, aufs Ganze zu gehen, um Taittinger aus der Reserve zu locken.

»Hatten Sie eine Affäre mit Mie Montagne? Mir können Sie es ruhig sagen. Unter verschwiegenen Männern.«

Taittinger sah ihn mit offenem Mund an – etwas zu theatralisch, wie der Professor fand. »Wovon reden Sie? Ich bin glücklich verheiratet!«

»Waren Sie vielleicht sogar ihr letzter Liebhaber? Oder gar ihr Mörder?«

Taittinger wendete das Gesicht vom Publikum ab und zog schmerzhaft fest an Adalberts Seidenfliege. »Sie haben sie ja nicht mehr alle! Wenn Sie den Scheiß irgendwo erzählen, dann mache ich Ihnen die Hölle heiß. Haben Sie das verstanden?«

Der Professor holte Taittingers Champagnerglas aus der

Sakkotasche hervor. »Ich muss nirgendwo irgendwelchen Scheiß, wie Sie es in Fäkalsprache ausdrücken, erzählen. In Mie Montagnes Leiche sind Spermaspuren gefunden worden. Und auf diesem Glas ist genug Speichel von Ihnen für einen DNA-Abgleich.« Jetzt brauchte er nur noch welche von den anderen beiden.

»Geben Sie das her, Sie Irrer!« Taittinger griff nach dem Glas, doch mit einem Mal hielt er in der Bewegung inne.

Denn es geschah etwas, das nicht passieren durfte.

Nicht dreißig Meter unter der Erdoberfläche.

Der Boden vibrierte.

Als sei über ihnen eine Bombe explodiert.

Nicht weit der Maison Taittinger lag ein Gewerbegebiet. Gesichtslos und austauschbar mit den Gewerbegebieten überall auf der Welt. Einfallslose Bürogebäude neben einfallslosen Lagerhallen. Pit war nicht mit Nscho-tschi hergekommen, die war viel zu auffällig. Er hatte einen alten Citroën geknackt und stellte diesen nun abseits des eigentlichen Ziels ab.

Schlendernd näherte er sich diesem, die Gegend nach Personen sondierend, die ihn im Auge behielten.

Das Handy vibrierte.

»Fantomas.«

»*Wer?*«

»Ist mein Codename. Ohne Codenamen macht es keinen Spaß. Und deiner ist?« Pit hatte Julie Berthomieu bereits im ersten Telefonat klargemacht, dass Siezen für ihn nicht infrage kam. Vor allem, wenn man zusammen ein Ding drehen wollte.

»Nimmst du die Sache ernst genug?«, fragte die junge Winzerin am Telefon.

»Ein bisschen Spaß muss sein! Vor allem in einer Region, in der die Kommissare wie Schauspieler heißen.«

»Ich glaub, ich zieh es lieber allein durch.«

Pit straffte den Oberkörper. »Nein, ist schon gut, dann eben ohne Codenamen. Wo bist du?«

»Ich hab mich bei der Halle hinter den Müllcontainern versteckt. Rechts neben dem großen rostigen Eingangstor.«

Pit fand die alte Lagerhalle auf Anhieb, sie hatte den Charme einer Wellblechhütte im Slum und gehörte längst abgerissen. Julie Berthomieu trat hinter den Containern hervor und ging schnell zu einer Seitentür, die nur mit einem Vorhängeschloss verriegelt war. Als Pit bei ihr ankam, reichte sie ihm die Hand. »Danke schon mal für deine ...«

»Erst nachher! Bringt sonst Unglück.«

Sie deutete auf das Schloss. »Kriegst du das auf?«

Pit sagte nichts, holte nur einen Dietrich hervor, den er in den hinteren Hosenbund gesteckt hatte, und knackte das Schloss im Handumdrehen. Die Tür ging danach wie von selbst auf. »Herzlich willkommen.«

Kein Lächeln erschien auf Julies Gesicht.

»Alles klar bei dir?«, fragte Pit, als sie reingingen.

»Ja, alles bestens.« Sie wirkte sehr traurig.

Pit schloss die Tür hinter ihnen. »Angst? Gewissensbisse?«

»Sind nur die Nerven.« Sie holte ein Taschentuch hervor und schniefte hinein.

Pit sah sich um. Träge fiel Licht durch die wenigen staubbedeckten Milchglasfenster nahe der Hallendecke. Auf dem dreckigen Boden der Lagerhalle standen eine ungepflegte Abfüll- und Etikettiermaschine, notdürftig mit einer Plastikplane bedeckt, Kartons mit Champagneretiketten, Flaschen in diversen Formen sowie gelbe Plastiktanks, die vermutlich den minderwertigen Spumante enthielten.

»Wir haben sicher nicht viel Zeit«, erklärte Julie. »Tommaso und Gianluca werden bald alles abbauen, das war der Plan. Heute Nacht kommt schon der Lkw für den Transport nach Italien.« Julie trat einen vor ihr liegenden Korken in die Mitte der Halle. »Ich komme aus der Sache niemals heil raus, oder?«

Pit schob die Kartons mit den verschiedenen Etiketten von Moët & Chandon in eine andere Ecke als die von Haen-Montgolfier. »Der Plan ist weiterhin, die beiden Italiener der Polizei in die Hände zu spielen, aber dich rauszuhalten. Also darf hier nichts von Haen-Montgolfier bleiben. Weil du nur damit was zu tun hattest. Die Polizei muss die zwei ausschließlich wegen Moët & Chandon fassen.«

»Die werden alles aus denen rausquetschen! Und dann erzählen sie auch von mir.«

Pit schüttelte den Kopf. »Die Italiener werden einen Teufel tun, einen Betrug bei Haen-Montgolfier zuzugeben, von dem die Bullerei nicht weiß.« Pit riss einem Karton mit Etiketten den Deckel ab. »Wir müssen einen Hinweis platzieren, der auf Tommaso und Gianluca deutet. Und zwar eindeutig. Ich schreib was, weil deine Handschrift vielleicht jemand erkennt.«

»Und was willst du schreiben? Diese Fälschung wurde durchgeführt von Tommaso und Gianluca?«

»Ich hatte an etwas Subtileres gedacht. Dabei ist Subtilsein so gar nicht meine Sache.« Pit überlegte und nahm einen Schluck aus dem Flachmann. Der Whisky brannte eine Schneise in sein Denken. »Schreiben wir die Telefonnummer drauf, von denen die beiden den Spumante gekauft haben, und von der Firma, die mit den Tankwagen alles hertransportiert hat. Hast du die?«

»Ich glaub schon.«

»Weiß einer von denen über dich Bescheid?«

Sie biss sich nervös auf die Unterlippe. »Gesehen haben die mich alle nicht, aber ich weiß natürlich nicht, ob Tommaso oder Gianluca von mir erzählt haben. Eigentlich reden die beiden aber nur sehr wenig.«

»Da kannste mal sehen. Manchmal ist es gut, dass Männer so ungern quatschen.«

Julie nannte Pit die Telefonnummern, und er legte die beschriebene Pappe in die äußerste nördliche Ecke, wo die Flaschen und Etiketten der Moët-&-Chandon-Fälschung standen. Er beschwerte sie dort zusätzlich mit Champagnerflaschen.

»Und jetzt durchsuch alles, aber auch wirklich alles, inklusive der Müllcontainer, nach Hinweisen auf die Versailles-Fälschung. Der kleinste Hinweis darauf kann dich später reinreißen. Das muss alles komplett zu den Flaschen dahinten. Schnell!«

Doch Julie bewegte sich nicht schnell. Sie bewegte sich lethargisch wie unter Medikamenten. Und unendlich traurig. Pit lief zu ihr, hob ihr auf den Boden gerichtetes Gesicht mit seinen Pranken sanft empor. »Willst du mir vielleicht was sagen? Ist einer von den beiden vielleicht mehr als nur ein … Geschäftspartner? Noch ist es nicht zu spät, einen anderen Weg zu gehen.«

Sie schüttelte wild den Kopf. »Ich räume schon alles rüber.« Schnell griff sie sich einen Karton mit Etiketten.

»Okay, dann also nicht reden. Ich kümmere mich dann mal um den Sprengstoff.«

Julie hielt inne. »Sprengstoff?«

»Oh, plötzlich doch reden. Ja, Sprengstoff. Eine Explosion. Das große Bumm.« Pit blähte die Wangen auf und schlug dann mit den Handflächen dagegen, sodass die Luft mit einem Stoß lautstark entwich.

»Warum eine Explosion? Zerstören wir damit nicht alle Indizien?«

Pit räumte weiter. »Nur alle, die auf dich hinweisen. Oder willst du alles raustragen und wegfahren? Obwohl Tommaso und Gianluca jeden Augenblick hier aufkreuzen können?«

Julie nickte und räumte ebenfalls weiter. »Was ist das für Sprengstoff?«

Pit musste grinsen. »Weißt du, früher enthielten Unkrautvernichter reine chlorhaltige Verbindungen und Dünger reines Ammoniumnitrat. Beides super, um eine Bombe zu bauen. Heute werden den Vernichtern aber zu über fünfzig Prozent brandunterdrückende Mittel beigemischt, und als Dünger wird kein reines Ammoniumnitrat mehr eingesetzt. Deshalb ist es prima, dass ich in der Satteltasche meiner alten Nscho-tschi noch was von dem guten Zeug gelagert hatte. Aus dem Edeka in Limburg, wo es von Frühkartoffeln bis Sprengstoff alles gab.« Er hielt es hoch. »Ich hatte nie einen grünen Daumen, aber mit dem Dünger hier kann ich umgehen.«

Julie trat unsicher ein paar Schritte von Pit fort. »Was ist, wenn hier alles Feuer fängt? Und auf andere Gebäude übergreift?«

»Ach was. So ganz genau kann man das bei Dünger natürlich nie sagen, aber die Halle ist frei stehend, das nächste Gebäude echt weit weg, und die Explosion macht zwar einen schweren Rumms, aber dann ist auch gut. Ist ja eine Wellblechhalle.«

Sie nickte. Schweigend bereiteten sie alles Weitere vor. Zur Sicherheit gab er noch etwas Benzin, das er eben aus Nscho-tschis Tank abgesaugt hatte, auf die Haen-Montgolfier-Beweise. Was nicht explodierte, würde lichterloh brennen. Pit hatte sich auf die Gaudi bei der ganzen Sache gefreut, schließlich liebte er es schon als Kind, aus Silvesterböllern eigene Megabomben zu basteln und damit Dosen oder Spielzeugautos explodieren zu lassen, aber Julie war eine echte Spaßbremse.

Er kontrollierte alles mehrmals, ging selber noch mal den leeren Teil der Halle ab. Dann erst nickte er. »Sieht gut aus, oder?«

Julie blickte auf ihre schlichte Armbanduhr. »Tommaso und Gianluca kommen sicher gleich.«

»Dann läuft ab jetzt der Countdown!«

Pit entrollte eine alte Zündschnur Meter für Meter, bis er

draußen stand, und hoffte, dass sie keine Feuchtigkeit gezogen hatte. Mit großer Geste zündete er sich eine Zigarette an. »Bereit?«

»So bereit, wie ich nur sein kann.«

Er hielt das glühende Ende der Selbstgerollten an die Zündschnur. Zuerst tat sich nichts, doch dann begann sie gefährlich zischend zu brennen. Langsam pflanzte sich das Glühen fort.

»Lass uns gehen«, sagte Julie unter Tränen.

»Nein, ich muss noch was warten und sichergehen, dass die Bude in die Luft fliegt.« Pit blickte der brennenden Lunte nach.

Die nun erlosch.

Rund fünf Meter vom Sprengstoff.

»Scheiße!« Er rannte hinein.

»Lass uns neue besorgen«, rief Julie. »Das ist viel zu gefährlich!«

Er drehte sich um. Dann ließ er die Schultern hängen und nickte. »Du hast recht.«

Ein Wagen hielt mit quietschenden Bremsen. Julie sah sich um. Dann zu Pit. »Sie sind es.«

Pit wartete keine Sekunde, kniete sich hin und entzündete die Schnur erneut.

Dann rannte er hinaus.

Und brüllte: »Mit schönen Grüßen vom Professore!«

Hinter ihm und Julie erreichte die Zündschnur den Dünger.

Auch er hatte keine Feuchtigkeit gezogen.

Der Professor beeilte sich, zurück ins Les Crayères zu kommen, denn er ahnte, dass die Explosion, welche es nahe der Maison Taittinger in einer Lagerhalle gegeben hatte, in Verbindung mit Pits Mission stehen konnte. Hoffentlich befand sich dieser wohlauf in der Suite. Schnellen Schrittes betrat Adalbert das Foyer und nahm Kurs auf das Treppenhaus, denn selbst in diesem Moment sah er es nicht ein, sich in eine winzige Metallkiste sperren zu lassen, die an zwei kleinen Schnüren einen finsteren Schacht hochgezogen wurde.

Plötzlich sprach ihn der seitlich heranrauschende, schwarz gekleidete Concierge an: »Dürfte ich einen Moment mit Ihnen reden, Professor Bietigheim?«

»Es pressiert gerade leider.« Der Professor ging weiter, der Concierge folgte.

»Wir sollten uns wirklich unterhalten.«

»Da widerspreche ich nicht, doch ich sorge mich um meinen guten Freund Pit Kossitzke.«

Der Concierge legte beruhigend eine Hand auf Adalberts Arm. »Er rief gerade an. Ich soll Ihnen ausrichten, es wäre alles erledigt. Herr Kossitzke befand sich während des Anrufs in einer Brasserie und bestellte ein Gericht, das fast nur aus Fleisch bestand. Eigentlich bestand es ausschließlich aus Fleisch. Und begleitendem Alkohol.«

Der Professor blieb stehen, eine große Last war von seinen Schultern gefallen. »Dann ist alles in Ordnung.« Er blickte den Concierge an. »Worauf warten Sie? Lassen Sie uns reden.«

»Nicht hier. An einem Ort, wo es weniger Licht gibt.«

Der Concierge ging einige Schritte und drückte auf einen völlig unauffälligen Abschnitt der Wand, der sich mit einem Klick öffnete. »Ein altes Haus hat viele Geheimnisse.« Er lud den Professor mit einer Handbewegung ein, vorauszugehen. In die schwach beleuchtete Türöffnung.

Adalbert zögerte. Wohin mochte der Weg führen? Und was der Concierge wohl von ihm wollte?

Er tastete in seiner Westentasche nach dem Schweizer Offiziersmesser, das er seit Pfadfindertagen stets bei sich trug. Neuerdings ein Modell mit Korkenzieher. Doch seine Finger tasteten ins Leere. Es musste sich noch in seiner Suite befinden.

»Gehen Sie bitte vor«, drängte der Concierge und blickte sich unruhig um. »Dieser Geheimgang soll geheim bleiben.«

»Und warum wollen Sie nicht vorgehen?«

»Weil nur ich weiß, wie die Tür hinter uns wieder verschlossen wird.« Der rundliche Concierge sah ihn drängend an.

Der Professor ging vor. Er hatte schließlich seinen Intellekt zur Verteidigung, und der war schärfer als jede Klinge.

Die Wände in dem engen Gang waren mit einer goldenen Tapete versehen, die auch in einem königlichen Schloss nicht fehl am Platze wäre. Nachdem er um eine Ecke gebogen war, führten Treppenstufen mit rotem Samtteppich steil in die Tiefe. Das Licht nahm die hinunterführenden Stufen peu à peu ab, weil immer schwächere Glühbirnen verwendet worden waren.

»Sie wissen sicher schon, wohin wir gehen, Professor.«

»Dem Licht zufolge nähern wir uns Ihrem Keller mit alten Champagnern. Wie andere Schaumweine auch, reagiert Champagner schließlich besonders empfindlich auf Lichteinfluss, vor allem auf Leuchtstofflampen. Er entwickelt dann den sogenannten Lichtgeschmack, der auf der Freisetzung von Schwefelverbindungen, insbesondere Schwefelwasserstoff, beruht. Die Strahlungsenergie wird dabei vermutlich von dem im Champagner enthaltenen Riboflavin absorbiert, das daraufhin Abbauprozesse in Gang setzt. Bei organoleptischen Untersuchungen an Flaschen, die zwei Wochen lang in unterschiedlicher Entfernung von Leuchtstofflampen gelagert wurden, konnten Experten an der University of California in Davis, darunter auch ich, die Unterschiede vor Kurzem eindeutig feststellen.«

Der Concierge öffnete eine mit grünem Leder bezogene Tür. »Es ist so schön, einem echten Fachmann gegenüberzustehen und nicht alles erklären zu müssen.«

Ob hinter der harmlosen Fassade seines Gesichts etwas Dunkles verborgen lag, genau wie hinter der Wand des Foyers?

Der Keller war kaum beleuchtet, doch der Professor erkannte zwei große Ohrensessel neben einem kleinen Tisch, die vor tief ins völlige Dunkel reichenden Regalen mit aufrecht stehenden Champagnerflaschen standen.

»Dürfte ich Sie zu einem Glas Champagner einladen?«, fragte der Concierge und wies auf die Sessel.

»Da ich vermute, dass es kein gepanschter Versailles ist, dürfen Sie.«

Der Concierge verneigte sich leicht. »Danke übrigens, dass Sie meiner Einladung gefolgt sind.«

Der Professor setzte sich in einen der unfassbar bequemen Sessel. »Es ist keine Frage der Höflichkeit, es ist eine der Ermittlungsarbeit.«

»Stehe ich etwa unter Verdacht?« Ein süffisantes Lächeln umspielte die Züge des Concierge.

»Verdächtig, mich auf die richtige Spur mit dem gepanschten Versailles gesetzt zu haben?«, fragte der Professor zurück. »Sehr wohl. Ich frage mich, woher wussten Sie davon? Und wieso meldeten Sie es nicht der Polizei? Sind Sie zudem verdächtig, mit einer Verdächtigen namens Emmanuelle Gratien ein sehr inniges Verhältnis zu pflegen? Auf jeden Fall.«

»Erst ein Champagner«, antwortete der Concierge, und seine Augen funkelten voller Vorfreude hinter der Nickelbrille.

»Falls dieser Ihre Zunge löst, so schenken Sie großzügig ein.«

Der Concierge verschwand und kehrte mit einer Flasche zurück, die komplett aus Staub zu bestehen schien.

»Das, mein lieber Professor, ist eine Flasche des letzten, jemals in Luxemburg hergestellten Champagners, kurz nach dem Ersten Weltkrieg abgefüllt. Sie kennen sicher die Geschichte, doch ich bezweifle, dass Sie jemals einen getrunken haben.«

Der Professor setzte sich aufrecht hin. »Ein echter Mercier aus Luxemburg?« Wie Bietigheim wusste, hatte das Unternehmen seinen Hauptsitz damals wie heute in Épernay gehabt. Mit der Eisenbahn wurde jedoch ein Teil der Fässer nach Luxemburg transportiert, wo die Flaschen für die zweite Gärung abgefüllt wurden. Voilà: echter Luxemburger Champagner! Die Flasche vor Bietigheim war somit eine historische Fußnote der prickelnden Art.

»Wollen Sie diese Flasche nur mit jemandem teilen, der sie zu schätzen weiß, oder steckt mehr dahinter?«

Geradezu zärtlich entkorkte der Concierge die Flasche. »Lassen Sie uns erst den Mercier genießen, bevor ich antworte.«

Natürlich war dieses goldgelbe Elixier, das von Reben stammte, die die Bombardements zwischen 1914 und 1918 überlebt hatten, inzwischen mehr Wein als Champagner. Vom einstigen Mousseux war am Gaumen nur noch ein Hauch spürbar, doch der Halb-Luxemburger entwickelte sich enorm im Glas und zeigte immer neue Facetten. Am Gaumen präsentierte er sich sehr langsam, aber ungemein würdevoll – wie ein perfekt gepflegter Oldtimer.

Der Professor setzte das Glas ab und sah den Concierge an. »Wollen wir nun die Karten auf den Tisch legen?«

Sein Gegenüber nickte. »Deshalb sitzen wir beide in vertrauter Runde hier.«

»Sie, Monsieur Hugo Capet, sind nicht nur der Concierge des Hauses, sondern auch dessen Direktor und Besitzer.« Denn das war es, was Rena herausgefunden hatte.

Hugo Capet lüpfte einen unsichtbaren Hut. »Chapeau, Monsieur le Professeur. Die liebste Funktion der drei ist mir die des bescheidenen Concierge, der für seine Gäste da ist. Deshalb verschweige ich die anderen beiden.«

»Ich hoffe, Sie schweigen nicht, wenn ich Sie nun frage, woher Sie wussten, dass der Versailles eine Fälschung ist.«

Hugo Capet nahm einen weiteren Schluck. »Aus demselben Grund wie Sie: weil ich ihn kostete.«

»Und Sie ließen ihn mir zukommen, weil …?«

»Ich vermute, dass Ghislain deswegen sterben musste. Menschen, die Champagner fälschen, sind fraglos auch zu Mord und Totschlag fähig.«

Der Professor sah dem Mann, der es so liebte, eine Maskerade zu tragen, tief in die Augen. Er fand jedoch nichts darin, selbst jetzt blieb die Maskerade bestehen. Vielleicht konnte Capet sie schon gar nicht mehr ablegen.

»Und Sie brachten mich mit Julie Berthomieu zusammen.«

»Damit Sie an das von Ghislain für Sie vorgesehene Erbe herankamen.«

Der Professor senkte die Nase ins Glas, um den sich verflüchtigenden Aromen nachzuspüren, dann blickte er wieder auf. »Sie sind ausgesprochen gut informiert.«

Hugo Capet lehnte sich vor. »Das ist mein Job.«

Auch der Professor lehnte sich nun vor. »Was keineswegs Ihr Interesse erklärt, dass ich Ghislains Mord aufkläre.«

Capet senkte den Blick. »Weil er mein bester Freund war. Seit Kindestagen. Ghislain war wie ein Bruder für mich.«

Der Professor stellte das Glas ab und legte seine Hand auf die von Capet. »Dann möchte ich Ihnen mein Beileid für Ihren großen Verlust aussprechen.«

Hugo Capet nickte langsam. »Lassen Sie uns das Glas auf Ghislain erheben. Er schätzte diesen Wein sehr, deshalb habe ich ihn ausgewählt.«

Der Professor trank wieder und musste zugeben, dass Luft diesem zerbrechlichen Greis sehr guttat, er sich stetig verjüngte, als liefe die Zeit in diesem Zauberglas rückwärts.

»Warum haben Sie mich hergebeten?«

»Weil ich aus dem Schatten treten will. Ich habe versucht,

Ihnen zu helfen, Sie auf die richtigen Gleise zu setzen. Dabei bin ich Ihnen, das muss ich wohl zugeben, aus dem Weg gegangen. Einfach, weil ich nicht zu viele Fragen beantworten wollte, sondern im Hintergrund wirken, wie es meine Art ist. Die Fäden im Stillen ziehen. Ohne Aufmerksamkeit, so als wäre ich gar nicht vorhanden. Wie ein guter Concierge eben.« Er lächelte zu sich selbst, als wäre ihm seine Schrulligkeit wohl bewusst. »Doch auf die Weise ließ sich der Mörder oder die Mörderin von Ghislain noch nicht dingfest machen. Deswegen möchte ich Ihnen nun meine volle Unterstützung zusichern. Egal, um was es geht. Und es gibt wenig, was ich nicht möglich machen kann.«

Der Professor hätte sich gerne seine Pfeife angesteckt, aber in einem Weinkeller verbat sich das. Deshalb führte er als Ersatz nun seine Fingerspitzen vor dem Gesicht zusammen. Mal testen, dachte er, wie ehrlich und offen Hugo Capet wirklich zu ihm sein würde.

»Sie führen Badoit in Ihrem Haus?«

»Ja, Professor. Und ich weiß, worauf Sie hinauswollen. Ihr Freund hat mich und Emmanuelle gesehen.«

Der Professor ließ seine Fingerspitzen tanzen. »Sie schienen sehr vertraut miteinander.«

»Selbstverständlich. Und so wird es auch bleiben. Wissen Sie, Badoit findet sich als einziges Wasser auf unserer renommierten Getränkekarte. Es war Emmanuelle Gratiens erster großer Erfolg, Badoit dorthin zu bekommen. Ihre Eintrittskarte in die höheren Etagen des Unternehmens. Für ein Mädchen, das vorher dreimal von verschiedenen Schulen geflogen ist und wegen illegaler Graffitisprayereien, nächtlicher Ruhestörung und Kleindiebstahl vor Gericht stand, eine beeindruckende Leistung.«

»Die Sie ihr ermöglicht haben?«

»In der Tat.«

»Weil Sie Ihre Gelieb...«

Hugo Capet unterbrach ihn. »Sprechen Sie nicht weiter,

denn es ist unpassend. Unser Verhältnis ist völlig anderer Natur.« Er holte tief Luft. »Das, was ich Ihnen nun anvertraue, muss unter uns bleiben.« Seine Nervosität war so deutlich zu erkennen wie die Blasen, die im Champagnerglas nach oben stiegen.

»Selbstverständlich bleibt es unter uns«, antwortete der Professor. »Und würden Sie mir nicht bereits vertrauen, säßen wir nicht hier.«

»Das ist wahr.« Wieder holte Capet tief Luft. »Ich habe mich Emmanuelle Gratiens angenommen, denn sie ist die uneheliche Tochter meines besten Freundes. Ihr Vater ist Ghislain de Montgolfier.«

Pit fühlte sich nach seinem dritten Fleischgang wie ein neuer Mensch.

Ein neuer, deutlich schwererer Mensch.

Aber vor allem ein glücklicherer. Julie Berthomieu dagegen sah immer noch nicht besser aus und verabschiedete sich schnell. Etwas stimmte ganz und gar nicht mit ihr. Ein wenig Freude über die Explosion, gemischt mit Sorge, ob alles gut ging, so etwas hatte er erwartet. Aber diese Frau wirkte so traurig, als wäre die Welt untergegangen.

Pit legte die großzügige Bezahlung für seine Fleischwarenorgie auf den Tisch, wartete kurz und folgte ihr dann aus der Brasserie. Er ließ ihr einen großen Vorsprung, denn ein Mann wie er auf einem roten Motorrad fiel im Rückspiegel mehr auf als ein Amok laufender Elefant. Zweimal verlor er sie kurz, doch da er irgendwann eine Ahnung bekam, wohin sie wollte, fand er sie wieder.

Auch wenn er nicht verstand, was sie am Ziel wollte.

Nachdem er die Stadtgrenzen von Reims hinter sich gelassen hatte, nahm er den Helm ab. Pit liebte es, den scharfkantigen Fahrtwind auf der Haut zu spüren, und zwar so sehr, dass ihm die damit einhergehende Gefahr egal war. Er vergaß sie sogar völlig. Es tat einfach unheimlich gut, und Pit merkte, wie die Anspannung von ihm fiel, als wäre sie ein schwerer Wintermantel.

Schließlich parkte Julie Berthomieu.

Mit quietschenden Bremsen.

Vor dem orangefarbenen Haus von Mie Montagne.

Sie störte sich weder daran, dass der Tatort großräumig abgesperrt, noch dass die Eingangstür versiegelt war. Da sie die Eingangstür offen ließ, gelangte Pit problemlos ins Haus.

Falls sie nicht so gut Schlösser knacken konnte wie er, musste sie einen Hausschlüssel besitzen.

»Darf ich auch reinkommen, Julie?«, fragte er schon im Flur.

»Mach, was du willst. Bist mir ja auch gefolgt, ohne zu fragen.« Ihre Stimme kam aus dem hellen Wohnzimmer, wo sie Regale durchwühlte.

Pit ging in die Küche zum Kühlschrank – dessen Inhalt ihn extrem enttäuschte. »Weißt du, worauf ich jetzt Lust habe? Auf ein richtig schönes Bier. Champagner gut und schön, aber immer kann man das ja nicht trinken.«

»Das sah Madame Lily Bollinger anders!«, rief Julie zurück. »Kennst du nicht ihren berühmten Ausspruch? ›Ich trinke Champagner, wenn ich froh bin und wenn ich traurig bin. Manchmal trinke ich davon, wenn ich allein bin; und wenn ich Gesellschaft habe, dann darf er nicht fehlen. Wenn ich keinen Hunger habe, mache ich mir mit ihm Appetit, und wenn ich hungrig bin, lasse ich ihn mir schmecken. Sonst aber rühre ich ihn nicht an, außer wenn ich Durst habe.‹«

»Sie hat über Bier gesprochen, ganz sicher.« Pit schloss den Kühlschrank, füllte ein Glas mit Leitungswasser und setzte sich an den Küchentisch. »Es geht einem manchmal echt besser, wenn man über die Sachen redet, die einen beschäftigen. Hätte ich früher nicht geglaubt. Bin selber kein großer Redner.«

Als er keine Antwort erhielt, trank er das Glas leer, trat zu ihr ins Wohnzimmer und sah sich um. »Hier deutet nichts auf dich hin, Julie.«

Sie kam aus einem Nebenraum, vier Bücher tragend. »Das wollte Mie so. Es hätte ihre Kunden irritiert. Sie hat die ledige, sexy Yogalehrerin gegeben. Das lockte die Männer an wie Schmeißfliegen.«

»Und niemand ahnte etwas?«

»Sie war eine gute Lügnerin.« Julie stellte die Bücher ab und ging wieder in den Nebenraum.

Pit ließ sich aufs Sofa plumpsen. »Genau wie du. Hast den Professore belogen.«

»Ich lüge automatisch, hab mich total daran gewöhnt. Jeder mag die Geschichte der jungen, attraktiven, ledigen Winzerin. Was meinst du, wie viele Artikel mir das eingebracht hat? Die schöne Rebellin nennen sie mich. Meinst du, sie würden über eine lesbische Winzerin berichten? Oder einen schwulen Winzer? Wein wird von Männern gekauft, und wenn er von einem heißen Weib stammt, die auf Fotos Ausschnitt zeigt, schmeckt er gleich noch besser. Nämlich nach Eroberung. Hab ich nicht recht? Oder kennst du einen homosexuellen Winzer, der das offen lebt?«

Pit musste zugeben, dass er keinen kannte. Aber er kannte ohnehin weder eine Winzerin noch einen Winzer persönlich. »Nö.«

»Und ein Weingut in England klingt als Grund für Weinfälschung viel romantischer als ein großes Yogastudio in Reims.«

Pit stand auf. »Kann ich dir irgendwie helfen?«

»Nein!« Sie brüllte es fast aus dem Nebenzimmer, dann wiederholte sie es leiser. »Nein. Ich hole nur meine Sachen. Und einige Erinnerungen an sie.« Ihr Kopf erschien in der Tür, mit einer Art Lächeln im Gesicht. »Ich bin eine schlechte Gastgeberin. Willst du noch was trinken? Irgendwo hat Mie nämlich Bier, das ihr mal jemand geschenkt hat. Vor Jahren. Ist also nicht mehr ...«

»Her damit!«

Es war lauwarm, Schaum hatte es kaum welchen, und der Geschmack war auch gewöhnungsbedürftig. Aber es war fraglos Bier. Und das war für den Moment genug.

Außerdem hatte Pit in Hamburg echt schon mieseres getrunken.

Es machte den Aufenthalt auf dem Sofa viel angenehmer. »Die ganze Scheiße hast du seit Mies Tod unterdrückt, oder? Und eben in der Lagerhalle ist dann alles hochgekommen.«

»Ich hatte den Deckel draufgehalten«, antwortete Julie, die jetzt das Buchregal im Wohnzimmer durchging. »Und dann stehe ich plötzlich in dieser hässlichen Halle mit einem Lederrocker und Sprengstoff. Wegen einer saudummen und gefährlichen Sache, in die ich nur reingestolpert bin, weil ich sie bei ihrem Traum unterstützen wollte … Ja, das war zu viel. Oder vielleicht war es auch genau richtig. Ich brauchte diesen Schubs. So geht es nämlich nicht weiter. Ich bin die Scheißlügerei leid. Selbst wenn sie mich in der Boulangerie schief angucken oder ich weniger Wein verkaufe.« Sie stellte einen Stapel DVDs auf dem Couchtisch ab. »Die eigene Sexualität verleugnen, um einen Marketingvorteil zu haben, ist so was von arm.«

»Fand Mie das vielleicht auch?«

Julie schnaubte verächtlich. »Nein, sie war stolz darauf, alle an der Nase herumzuführen. Sie nannte es ihren USP, den Unique Selling Point. Mie spielte damit, dass die Kerle alle etwas von ihr wollten. Sie fand es amüsant. Und die Männer hätten ja auch was davon, sie wurden schließlich fitter. Sie balzten um die Wette, trainierten sogar woanders, um sie später zu beeindrucken. Und schenkten ihr Champagner. Nur die teuersten nahm sie an.«

»Aber Mie wies sie ein ums andere Mal ab. Was war, wenn einer unbedingt mehr wollte?«

»Mie wusste genau, von wem sie was zu befürchten hatte. Und sie hatte ihre Mittel und Wege, das zu verhindern.«

Pit trank das Bier leer, bevor es noch schaler wurde. »Aber letztendlich ging es schief, oder? Jemand wollte Ghislains Platz einnehmen. Und hat es dann auch. Wobei das Unglück passiert ist.«

Julie sah ihn wütend an. »Ghislain war eine Ausnahme. Ein Vaterkomplex oder so ein Dreck. Wir haben ständig darüber gestritten. Sie hätte nie mit jemand anderem geschlafen! Nie!«

»Dann nahm sich jemand, was er nicht freiwillig bekam?«

Julie setzte sich ihm gegenüber und kaute auf der Unterlippe, als lindere jeder Biss den Schmerz in ihr. »Mie stand überhaupt nicht auf Fesselspielchen. Sie war die Dominante, immer. Das war also kein einvernehmlicher Sex, der schiefging. Das war eine Vergewaltigung oder ein Mord von einem Arsch, der es nicht ertragen konnte, abgewiesen zu werden. Abteilung: Wenn ich sie nicht haben kann, dann keiner. Aber vorher besorg ich's ihr noch. Mie hat mir erzählt, einer ihrer Kunden wäre nach Ghislains Tod zudringlich geworden. Sie wollte mir ums Verrecken nicht sagen, wer, weil sie wusste, ich würde zu dem Pisser gehen und ihm in die Eier treten, dass noch seine Urenkel die Tritte spüren.«

»Du weißt doch, welche Kunden sie hatte. Die Buddeln stehen ja im Kühlschrank. Sag der Bullerei Bescheid.«

»Und dann?« Wieder wurde sie laut. »Wer immer es war, er wird sich teure Rechtsanwälte leisten können. Mies Mörder wird nie verurteilt, genau wie die Mörderin von Ghislain.«

Pit wollte sich aufrichten, doch aus dem weichen Sofa kam er kaum mehr hoch. *»Mörderin?«*

»Natürlich. Ist es nicht offensichtlich? Ich hatte gehofft, der Professor käme von alleine drauf, denn wenn ich sie beschuldige, glaubt mir das ja eh keiner. Mie wusste schon lange, dass Ghislain in Gefahr schwebt. Seine Frau spürte wohl, dass die Sache mit Mie etwas Ernstes war. Deshalb hat sie ihn gedrängt, Schluss zu machen, hat gedroht, ihn sonst umzubringen, doch Ghislain nahm es nicht ernst. Antoinette sagte wohl, sie sei es leid, den Zugvögeln zuzusehen. Und sie würde ihn so leiden lassen, wie er sie hatte leiden lassen. Lange und qualvoll. Sie war mit ihm in Lahnstein, wussten Sie das? Um zu kontrollieren, ob es nur ein Vorwand war, um sie dort mit Mie zu betrügen. Dort hat sie dann ihre Chance genutzt.« Sie stand auf. »So, genug geredet, ich hab auch alles zusammen, was ich holen wollte. Jetzt ist es Zeit, wenigstens ein bisschen für Gerechtigkeit zu sorgen.«

Pit fielen die Augen zu. »Was soll das heißen? Was hast du vor?«

»Sag ich dir nicht. Aber dafür was anderes. Nämlich Mies Trick, sich die geilen Böcke vom Hals zu halten. Sie mischte ihnen ein leichtes Schlafmittel in den Yogitee. Hat nie einer rausgefunden. Die dachten immer, sie wären erschöpft vom Yoga. Funktioniert mit altem Bier genauso gut. Selbst wenn man die vierfache Menge nimmt.«

»Ach du Scheiße.« Pit konnte die Augen nicht mehr offen halten. »Und das, nachdem ich dir geholfen habe?«

»Bei dem, was ich jetzt mache, willst du nicht dabei sein. Glaub's mir. Das muss ich alleine erledigen. Du liest davon in der Zeitung.«

Das waren die letzten Worte, die Pit noch mitbekam. Seine Zunge war zu diesem Zeitpunkt bereits viel zu schwer, um noch etwas zu antworten.

KAPITEL 9

Ein Spaziergang mit dem Professor

Vor ihnen ging die Sonne auf wie eine reife Frucht, die in den Bäumen des alten Waldes wuchs.

»Warum mussten wir noch mal mit?«, fragte Pit schläfrig Rena, die neben ihm herspazierte.

»Das fragst du nur, weil du noch eine dicke Rübe von dem Schlafmittel hast, das dir die zauberhafte Julie Berthomieu verabreicht hat. Ich find's sehr gut, dass der Professor uns so früh am Morgen mitgenommen hat.«

»Du bist ja auch Frühaufsteherin. Das ist biologisch unnormal. Du Mutantin.«

»Selber Mutant.« Sie deutete auf Pits Bauch. »Biermuskelmutant!«

Der Professor drehte sich zu ihnen um. »Wir sind hier nicht im Kindergarten. Hören Sie auf, zu streiten, und halten Sie stattdessen die Augen nach Antoinette de Montgolfier auf. Und wenn diese nicht zu sehen ist, genießen Sie wenigstens in angemessener Ruhe die herrliche Natur.«

Der Faux de Verzy war wirklich herrliche Natur. Seinen Namen trug er wegen der Faux-Bäume, die in Deutschland als Süntelbuchen bekannt waren. Rund achthundert davon gab es hier und damit mehr als irgendwo sonst auf der Welt. Die weitverzweigten und verdrehten Bäume verliehen dem Wald etwas von einem Märchen – nicht unbedingt einem mit Happy End. Der Wald abseits der Wege wirkte urwüchsig und ungezähmt, als fänden sich Pfefferkuchenhäuser und Zwerge in ihm.

Hugo Capet, der Concierge des Châteaus Les Crayères, hatte im Auftrag des Professors herausgefunden, dass Antoinette de Montgolfier an diesem Morgen einen ausgedehnten Spaziergang in dem berühmten Buchenwald plante, für den ihr Champagnerhaus seit Jahren spendete. Der Professor wollte sie gemeinsam mit Rena und Pit in ein Kreuzverhör nehmen, was den Mord an Ghislain betraf, und warum sie verschwiegen hatte, dass sie auch vor Ort an der Lahn gewesen war.

»Wir laufen jetzt schon seit einer guten halben Stunde herum und haben weder Ghislains Witwe noch sonst wen gesehen. Sie hätten Benno als Spürhund einsetzen sollen.«

Der Professor deutete auf den Foxterrier. »Was glauben Sie, warum der kleine Racker so an der Leine zieht? Weil er Witterung aufgenommen hat. Antoinette de Montgolfier legt stets Chanel N° 5 auf, weshalb ich es Benno zum Schnuppern gab. Kurz bevor wir aufbrachen – also als Sie immer noch schliefen.«

»Ich hab für Sie noch was mitgeschlafen, Professore.« Pit schaffte ein schläfriges Grinsen. »Damit Sie heute richtig fit sind.«

»Mir muss niemand beim Schlafen helfen.« Der Professor wandte sich an Rena. »Sind Sie nun so weit?«

Rena nickte. »Ja, jetzt bin ich so weit wachspaziert, dass wir die Ermittlungsergebnisse des gestrigen Tages rekapitulieren können. Soll ich anfangen?«

»Das sollten Sie eigentlich schon beim Frühstück.«

»Ich werte das mal als freundliches Ja. Also, Franck Taittinger hat mitteilen lassen, dass Sie in seinem Haus Persona non grata sind. Wörtlich hat er gesagt, er würde Ihnen das mickrige Hirn durch die Nase rauszerren, falls Sie ihm je wieder zu Gesicht kämen. Das Glas mit Taittingers DNA ist bei der Polizei, genau wie die DNA-Proben, die wir von Laurent Billecart und Gustave Cattier besorgt haben. Der Abgleich mit der Spermaprobe wird aber noch etwas dauern.

Das ist natürlich alles nicht offiziell, dafür hätte die Polizei die Proben selbst sicherstellen müssen.« Da sie alles schnell runterratterte, musste sie nun Luft holen. »Unter vermisste Personen fällt Julie Berthomieu, die weder auf Festnetz noch per Handy zu erreichen ist und gestern auch nicht in ihrem Weingut weilte, wie ich selbst überprüft habe.«

»Die Ergebnisse der …«

Rena hob die Hand, um den Professor am Weiterreden zu hindern. »… Befragung zum Jahr 1914 von Antoinette de Montgolfier, anderen Winzern der Champagne und des deutschen Journalisten? Durchgeführt, so gut wie möglich. Zusätzlich habe ich einen wissenschaftlichen Mitarbeiter des Kölner Stadtarchivs gesprochen, der sich auf den Ersten Weltkrieg spezialisiert hat. Champagner wurde damals in der Domstadt gerne konsumiert, es gab Händler, die in engem Kontakt mit der Champagne standen. Aber 1914 passierte nichts Auffälliges, nur dass der Krieg natürlich zu einer Verschlechterung der Beziehungen führte.«

»Wurde Haen-Montgolfier getrunken?«

»Der Name taucht mehrfach auf, muss in Köln sehr populär gewesen sein. Die sind ja eh sehr feuchtfröhlich da am Rhein.«

»So sind sie fraglos, die Südländer«, kommentierte der Professor. »Dann zu einer anderen investigativen Baustelle. Gibt es schon etwas Neues bezüglich der Champagnerfälscher?«

»Ich habe eben noch mal mit dem Handy gesurft und bin ins interne Netzwerk der Polizei. Weder Tommaso Bonucci noch Gianluca Chiellini sind bisher gefasst worden, obwohl bei der Explosion die von Pit deponierten Hinweise gefunden wurden. Aufgrund von Vernehmungen der italienischen Polizei beim Spumante-Produzenten und der Tanklastspedition weiß man auch, dass sie die Täter sind.«

Der Professor blieb vor einer besonders schönen Süntelbuche stehen.

»Schauen Sie sich diesen wunderschönen Baum an, wie weit verzweigt er ist, in sich verdreht, sehen Sie die verkrüppelten Äste und die miteinander verwachsenen? Und wie die Buche oben in der Spitze trauert, ihre Äste hängen lässt? Sie ist genauso verzweigt, verdreht und voller Trauer wie unsere Mordserie. Und auch diesen Baum umgibt ein Geheimnis, nämlich das seiner Entstehung. Seine Wuchsform ist erblich, doch deren Entstehung noch ungeklärt. Auch hier sind die Parallelen zu unserer Mordserie mehr als augenscheinlich, nicht wahr? Diese pflanzt sich ebenfalls fort, doch ihren Ursprung kennen wir immer noch nicht.«

Pit beugte sich zu Rena und flüsterte: »Hat er irgendwas genommen?«

»Nein, manchmal bricht das Poetische aus ihm heraus. Meist wenn es um Hildegard geht. Heute muss es wohl der viele Sauerstoff sein.«

Plötzlich bellte Benno auf und zerrte an der Leine.

Adalbert ließ sich von ihm mitreißen und lief um die kleine Kurve, die der Naturlehrpfad an dieser Stelle schlug.

Zwei Gestalten tauchten vor ihnen auf, die ganz gemächlich den Pfad entlangschlenderten.

Obwohl der Professor nur ihre Rücken sehen konnte, gab es keinen Zweifel daran, um wen es sich handelte. Rechts ging Antoinette de Montgolfier, die Frau, die von Julie Berthomieu des Mordes an Ghislain beschuldigt worden war.

Die Frau, von der er Antworten verlangen wollte.

Und doch blieb der Professor stehen und breitete die Arme aus, damit weder Rena noch Pit Antoinette de Montgolfier folgten.

Denn deren Hand hielt die eines Mannes zu ihrer Linken fest. Ihr Kopf ruhte an dessen Schulter.

Es war nicht Gérard Le Coq, der Notar der Familie.

Doch auch den Mann vor sich kannte der Professor.

Es war Franck Taittinger.
Ausgerechnet.
Obwohl der Professor wusste, dass Pit den Champagnerproduzenten daran hindern würde, sein Hirn durch die Nase zu zerren, stand ihm nicht der Sinn nach einer gewalttätigen Konfrontation. Diese Beziehung, die sich in aller zärtlichen Vertrautheit vor ihnen abspielte, änderte alles. Auch die Fragen, die gestellt werden mussten.
Deshalb beschloss der Professor, zum nächsten Punkt seiner Tagesordnung überzugehen.
Doch dann drehte Franck Taittinger sich um.
Und entdeckte ihn.
Adalbert konnte die Flammen in seinen Augen förmlich emporschießen sehen. Taittinger sagte etwas zu Antoinette de Montgolfier, dann kam er mit schnellen, festen Schritten auf ihn zu.
Pit baute sich vor dem Professor auf, die Arme über dem mächtigen Brustkorb verschränkt, das Kinn kampfbereit erhoben.
Auch Benno, da war sich der Professor sicher, würde ihn verteidigen. Er rannte schon auf Taittinger zu!
Gleich wäre er bei ihm und würde die Fangzähne in dessen Hosenbein jagen!
Ja, jetzt …
… drückte er sich schmusig an die Beine des Mannes.
Na danke!
Pit hob den Zeigefinger vor Taittingers Nase. »Wenn du auch nur dran denkst, dem Professore ein Haar zu krümmen, lernt dein Gesicht die Süntelbuche da drüben ganz intensiv kennen.«
Taittinger hob abwehrend die Hände. »Ich will nur mit ihm reden. Allein.«
Der Professor überlegte kurz, nickte dann und ließ Franck Taittinger nahe an sich herankommen. Als dieser ihm Auge in Auge gegenüberstand, senkte der Champa-

gnerproduzent die Stimme. »Lassen Sie mich endlich in Ruhe, hören Sie auf, mich zu verfolgen und mich mit Ihren falschen Beschuldigungen zu belästigen!«

»Warum sollte ich das tun?«, erwiderte der Professor kühl.

Taittinger kam noch näher heran. »Weil ich Ihnen im Gegenzug verraten werde, wer Ghislain ermordet hat.«

»Woher sollten Sie das wissen?«

»Wir hatten ein langes Gespräch nach der Präsentation dieses Buches in Paris. Ghislain hatte Angst vor einer ganz bestimmten Person.« Er blickte sich zu Antoinette de Montgolfier um und schenkte ihr ein warmes Lächeln.

»Warum erzählen Sie nicht der Polizei von Ihrem Verdacht?«, fragte der Professor.

»Das werden Sie verstehen, wenn ich Ihnen sage, um wen es sich handelt.«

»Ich bin ganz Ohr.«

»Nicht jetzt und hier.« Taittinger senkte die Stimme weiter, sie war nun kaum mehr als ein Flüstern. »Nach dem Rennen. Und ich habe Ihr Wort, dass Sie mich danach in Ruhe lassen?«

»Welches Rennen?«

»Ihr bärtiger Freund weiß das sicher. Also, habe ich Ihr Wort?«

Der Professor überlegte nicht lange. Die Polizei würde sich um den Mord an Mie Montagne kümmern, die Indizien waren bereits bei dieser, was Ghislains Tod betraf, da sah es aber ganz anders aus. »Sie haben mein Wort.«

Franck Taittinger nahm Adalberts Hand und schüttelte sie. Mit einem Nicken, aber ohne ein weiteres Wort verabschiedete er sich.

»Er sprach von einem Rennen«, wandte sich der Professor an Pit. »Meinte er diesen unsäglichen Marathon?«

»Glaub ich nicht«, antwortete Pit. »Das ist ja ein Lauf und kein Rennen.«

»Aber was denn dann?«

»Das Oldtimerrennen der Champagnerhäuser auf dem alten Rennkurs von Reims. Bekommen Sie eigentlich gar nicht mit, was in der Stadt passiert?«

»Ich konzentriere mich auf die Morde. Man nennt das Prioritäten setzen«, erwiderte der Professor und überhörte geflissentlich, dass Pit hinter seinem Rücken zu Rena sagte, dass er wohl etwas scheuklappenblind sei.

Denn er musste sich jetzt beeilen.

Schließlich hatte er vor, sich einschließen zu lassen.

In Épernay.

Die Preisschilder in der Auslage der Weinhandlung L'urine angélique in Épernay sahen aus, als lägen sie schon seit Jahrhunderten dort. Doch der Professor bemerkte, dass die Champagner, die der amerikanische Weinpapst Robert Parker vor Kurzem am höchsten bewertet hatte, ganz nach vorne gerückt worden waren, natürlich in Kartons vor den schädlichen Strahlen der Sonne geschützt. Nur Vampire, dachte er mit dem Anflug eines Schmunzelns, waren empfindlicher, was Tageslicht betraf.

Geduldig wartete Bietigheim, bis er durch die Schaufenster erkennen konnte, dass Bruno Bourdain sich ins Hinterzimmer verkrochen hatte. Dann trat er ein, sprühte schnell Sahne in die bimmelnde Türglocke, rief mit verstellter Stimme: »Entschuldigung, habe mich vertan, au revoir!« und verschwand.

Als er die Tür fünf Minuten später wieder öffnete, verhinderte die langsam heraustropfende Sprühsahne, dass die Glocke auch nur den leisesten Ton von sich gab. Ein Schönheitsfehler war nur, dass er für diesen Trick ein minderwertiges Lebensmittel verwenden musste.

Wie sich herausstellte, hatte Bourdain gute Ohren. »Wer stört?«

Der Professor glitt schnell hinein und duckte sich in dem

Moment hinter einem der Kartontürme, als der massige Eigentümer in den Verkaufsraum trat.

Und sich umsah.

Zehn lange Sekunden hielt der Professor die Luft an.

Dann grunzte Bourdain missmutig und trollte sich zurück ins Hinterzimmer.

Beim letzten Besuch war Benno in den Tiefen des höhlenartigen Geschäfts verschwunden – seinem Beispiel würde er nun folgen! Doch das Durchkommen war schwer, denn Kartons und Kisten standen eng. Auf Zehenspitzen schlich er in einen Gang, der zwischen gefährlich schief stehenden Regalen weit nach hinten führte. Die hier liegenden Champagner waren alt, viele überlagert, dieser Ladenteil war mehr Abstellkammer als Verkaufsfläche.

An einem Karton schien ein kleiner Hund genagt zu haben.

Hier würde Bourdain sicher keinen Kunden vermuten.

Der Plan des Professors sah vor, sich gleich in der Mittagspause einschließen zu lassen und das Geschäft zu durchsuchen. Bald musste der schlecht gekleidete Inhaber zusperren. Die Wartezeit würde der Professor mit dem Studium der umliegenden Champagneretiketten verbringen. Doch er kam kaum dazu. Denn so unkonventionell wie die Preise waren auch Bourdains Öffnungszeiten. Er schloss eine gute halbe Stunde zu früh, warf dafür sogar einen Kunden raus mit den Worten: »Hauen Sie ab, ich muss jetzt was zu Mittag essen.« Dabei wollte dieser unbedingt mehrere Jahrgänge Dom Pérignon kaufen.

Herzlichkeit war hier im Preis nicht inbegriffen.

Als die Tür abgeschlossen und Bourdain wieder im Hinterzimmer verschwunden war, trat der Professor aus dem Gang. Er hatte gehofft, den Laden in aller Ruhe durchsuchen zu können, bevor er Bourdain zur Rede stellte. Aber der schien nicht daran zu denken, die Mittagspause woanders zu verbringen, denn aus dem Aufenthaltsort des

Ladenbesitzers erklangen Kochgeräusche und ein fröhliches Pfeifen. Ganz leise näherte er sich diesem nun. Wenn seine Nase ihn nicht täuschte, und das tat sie nie, bereitete der Weinhändler einen klassischen Salade lyonnaise zu, der neben leicht bitterem Friseesalat mit warmer Vinaigrette, aus krossem Speck, Croûtons und einem pochierten Ei bestand. Es war eines der Gerichte, für welche die Welt Frankreich auf ewig dankbar sein musste. Der Moment, wenn das warme Eigelb sich über den Salat ergoss, kam einer kulinarischen Gotteserscheinung gleich.

Ein dicker dunkelgrüner Vorhang trennte das Hinterzimmer von der Weinhandlung. Adalbert trat ganz nah an diesen heran.

Plötzlich sprach Bourdain. »Freu mich sehr, dass du gekommen bist.«

Adalbert erstarrte. Hatte Bourdain ihn bemerkt? Aber wieso freute er sich dann? Oder war es purer Zynismus?

»Du verrücktes Ding!«

Wohl eher doch nicht.

So hatte ihn noch nie jemand genannt.

Und aller Voraussicht nach würde es dabei bleiben.

Es musste Emmanuelle Gratien sein, die gerade eingetroffen war. Wie wundervoll! Zwei auf einen Streich!

»Komm her, Süße. Du willst es doch auch.«

O nein…

»Auf meinen Schoß. Da hast du es doch am liebsten.«

Das taten Franzosen also in ihrer Mittagspause. Hatte sich Adalbert immer schon gedacht.

»Aber mir nicht wieder durchs Gesicht lecken! Ich weiß nämlich, wo deine Zunge vorher war.«

Auch noch abartige Sexualpraktiken!

»Ja, da geht das Schwänzchen ganz schnell.«

Der Professor war verwirrt. Bourdain hatte das gesagt. Sollte diese Beobachtung nicht eigentlich von Emmanuelle Gratien kommen?

»Hier hast du etwas Speck, schling aber nicht wieder alles auf ein … okay, zu spät. Wirst sehen, gleich kotzt du alles auf den Fußboden.«

Der Professor atmete durch. Entweder führten Bourdain und Gratien eine exzeptionell exzentrische Beziehung – oder die Süße war ein Hund. Es erklang ein röchelndes Geräusch, dann ein Würgen, gefolgt von Bourdains Stimme: »Siehste! Und wer darf es wieder wegmachen? Herrchen!«

Bietigheim trat ein. Und war ungemein glücklich, dass es sich tatsächlich um einen Hund handelte. Eine zauberhafte weiße Jack-Russell-Terrier-Hündin, die nun wedelnd auf ihn zukam und direkt zu schnüffeln begann. Bourdain war derweil auf dem Boden zugange. Das kleine Zimmer hatte nur ein einziges Fenster und war mit einem altersschwachen Kühlschrank, einer verschmutzten Herdplatte, Tisch und zwei Stühlen vollgestellt sowie Regalen, die vor Unterlagen, etliche davon Rechnungen, überquollen. Eine schmale Holztür mit Hundeklappe führte auf einen ungepflegten Innenhof.

»Ich nehme auch einen Salade lyonnaise«, sagte der Professor.

»Was machen Sie denn hier?«

Adalbert kraulte der Hündin den Kopf. »Eigentlich wollte ich Ihre Freundin Emmanuelle fragen, ob sie bereits den nächsten Mord an einem Badoit-Kunden plant, der auszusteigen droht. Wer seinen eigenen Vater derart blutig umbringt, für den gibt es sicher keine Grenzen mehr.«

»Raus!« Bourdain erhob sich ächzend vom Boden.

»Es ist besser, mit mir zu reden als mit der Polizei.«

»Raus, hab ich gesagt!«

Seelenruhig zog der Professor einen der abgewetzten Küchenstühle vor und setzte sich. »Mit dieser unfreundlichen Reaktion Ihrerseits habe ich gerechnet. Deshalb ein Angebot. Sie mögen doch Glücksspiele. Machen wir eines:

Jeder von uns verkostet drei Champagner, wer diese besser errät, bekommt seinen Willen.«

Bourdain schnaubte verächtlich. »Das ist kein Glücksspiel. Sie haben nicht den Hauch einer Chance.«

Über Nacht hatte der Professor drei Flaschen vom Concierge des Les Crayères besorgen lassen – der damit bewies, dass er wirklich alles möglich machen konnte. Sie waren in Alufolie eingepackt, als er sie nun aus dem mitgebrachten Lederkoffer holte.

Bourdain blies die Wangen auf. »Und danach hauen Sie sofort ab, und ich muss Ihre blöde Fratze nie wieder ertragen?«

»Falls Sie gewinnen, kommen Sie nie wieder in den Genuss meiner Gesellschaft. Versprochen.«

Bourdain stellte den Herd ab und drängte sich an Adalbert vorbei in den Weinladen. Nach kurzer Zeit erschien er mit drei Bouteillen, die in Zeitungspapier gewickelt waren. »Sind jetzt zwar zu warm, aber für einen Experten wie Sie ist das ja sicher kein Problem.« Er wartete nicht auf eine Antwort, sondern holte sechs Gläser aus dem Unterschrank. »Wir machen das wie Blitzschach. Drei Gläser, alle füllen, für jeden Champagner eine Minute Zeit. So oder gar nicht.«

Der Professor hatte nicht vor, zu diskutieren. »Klingt fair.«

Schnell goss Bourdain die von ihm ausgewählten Champagner ein und stellte die Flaschen hinter die jeweiligen Gläser. Bietigheim tat es ihm gleich. Der Weinhändler stellte mit einem Wumms eine Eieruhr auf den Tisch und diese auf drei Minuten ein.

»Los geht's, Fritz.«

»On y va, Froschesser.« Selbst in solch einer Situation sollte man nicht ausfallend formulieren.

Rasch führte der Professor die erste Champagnerflöte zur Nase. Und musste lächeln. Bourdain war ein Spieler, mehr noch ein Zocker. Dieser Champagner war ein einfacher Tropfen, einer, von dem Bourdain annehmen musste, dass der Professor ihn nie trank. Ein Standard-Cuvée von Maxim's, süßlich-breit, ohne Tiefe, ein Champagner für Menschen, die keinen Champagner tranken. Bourdain konnte ja nicht ahnen, dass der Professor diesen seinen Studenten stets als abschreckendes Beispiel servierte. Der zweite Champagner stellte eine härtere Nuss dar. Doch als der Professor erschnuppert hatte, dass es ein seltener, reiner Meunier war, und er sich denken konnte, dass Bourdain keinen ausgewählt haben würde, den der Professor in der Probe an der Lahn präsentiert hatte oder der in Deutschland oft zu finden war, schlussfolgerte er aufgrund der nur leichten Schwefelung, dass es das famose Cuvée spéciale nature von Champagne Charlot Père et Fils sein musste. Auf zum dritten Champagner!

Doch dieser war ein echtes Rätsel.

Egal, wie oft der Professor in das goldfarbene Elixier hineinroch, die typischen Aromen der Region fanden sich nicht. Stattdessen erschnupperte er eine leichte, aber angenehme Oxidierung wie bei einem jungen Sherry. Das Bouquet duftete zudem verführerisch nach Apfelkompott und feinem Gebäck.

Hier stimmte etwas nicht.

Der Professor blickte auf die Eieruhr. Es blieben nur noch zehn Sekunden. Womit würde Bourdain versuchen, ihn hereinzulegen? Was wäre das Gemeinste?

Dass es sich gar nicht um Champagner handelte!

Als der Professor dies dachte, war es, als würde der Vorhang einer Theaterbühne emporgezogen. Das vor ihm im Glas war ein spanischer Schaumwein! Aus den Rebsorten Xarel-lo und Macabeu. Ein Cava. Arbeitete Badoit nicht mit Cavas Gramona zusammen? Diese produzierten einen Schaumwein, der über zwölf Jahre lagerte, mehr als jeder andere Cava, über hundert Euro kostete und die Champagner herausforderte. Der Enoteca Brut Nature.

Die Eieruhr schrillte.

»Und?«, fragte der Weinhändler mit Siegesgewissheit in der Stimme.

»Von links nach rechts?«

»Von mir aus auch von oben nach unten. Hauptsache, Sie sagen es. Jetzt. Oder Sie haben verloren.«

»Es war schwer«, erwiderte der Professor.

»Sie wissen es also nicht?«

Der Professor zeigte auf das erste Glas. »Maxim's.«

Bourdain starrte ihn an, dann wickelte er die Flasche mürrisch aus. Es war tatsächlich Maxim's. »Wieso kennen Sie den Dreck?«

Bietigheim legte den Finger auf das zweite Glas. »Cuvée spéciale nature von Champagne Charlot Père et Fils.«

Bourdains Augen funkelten ihn an. »Sie haben gemogelt! Den können Sie gar nicht kennen.«

»Auspacken«, forderte der Professor, was sein Gegenüber widerwillig tat. Und dann breit grinste. »Ist nicht das Cuvée spéciale nature, sondern das gerade erst auf den Markt gebrachte Cuvée reserve nature. Kein Punkt! Und jetzt zum letzten!«

»Der war besonders schwer.«

»Jetzt geben Sie schon zu, dass Sie keinen Schimmer haben. Da kann keiner drauf kommen.«

Der Professor fuhr sich nachdenklich über das Kinn. »Ich bin mir wirklich nicht sicher.«

»Sie machen mich echt fertig. Geben Sie auf? Ja oder ja? Ich pack dann mal aus.« Bourdain griff sich die Flasche und riss am Zeitungspapier.

»Enoteca Brut Nature von Cavas Gramona«, sagte der Professor gerade noch rechtzeitig.

Bourdain erstarrte, wobei die Flasche ihm beinahe aus der Hand glitt. Er rang um Fassung, als er sie schließlich auspackte. Der Professor lag wieder richtig. »Zwei Punkte.«

»Nun Sie.«

Bourdain lehnte sich zurück und fuhr mit der Zungenspitze über die dicken Lippen. »Es sind drei seltene Champagner von kleinen Erzeugern, die ich alle nicht führe und deshalb nicht oft verkostet habe: Renoir, Simon und Gabin. Der letzte muss ein jüngerer Jahrgang sein, denn er hat etwas von dem Stil Bollingers, von denen erst vor Kurzem ein Kellermeister zu ihnen gewechselt ist. Das sind drei Punkte für mich. Und jetzt raus mit Ihnen!«

Bietigheims Gesicht fiel in sich zusammen. »Wie konnten Sie …?«

»Weil ich verdammt gut bin. Los, packen Sie die Flaschen aus!«

»Ach, machen Sie das doch lieber selbst.«

Der Professor stand auf.

Bourdain wickelte die Alufolie von der ersten Flasche. »Raumland? Aus Rheinhessen?« Er griff sich die nächste, sein Gesicht nun mit leichter Röte. »Aldinger aus Württemberg?« Die Wangen des Weinhändlers wurden beinahe rot – der Professor setzte sich mit süffisantem Lächeln zurück an den Tisch. Die letzte Flasche wurde von ihrer Hülle befreit. »Reichsrat von Buhl aus der Pfalz?« Bourdain blickte ihn an, zornig bis in die Spitzen seiner Haare. »Sie vermaledeiter Drecksack! Drei deutsche Sekte?«

»Zugegeben ein wenig unfair. Wir sagten schließlich Champagner. Aber Sie haben auch einen aus einem anderen Land ausgewählt, also beschweren Sie sich nicht. Für den dritten gebe ich Ihnen einen Punkt, denn der Kellermeister Buhls war früher ebenfalls bei Bollinger. Trotzdem 2:1 für mich. Da Sie bei keinem Schaumwein darauf kamen, dass er nicht aus der Champagne stammt, bin ich zudem der moralische Sieger. Und bevor Sie darüber nachdenken, die Niederlage nicht einzugestehen: Nur wenn Sie mir nun die Antworten geben, wegen denen ich gekommen bin, erzähle ich niemandem von dieser Schmach für Sie und die Champagne.«

Bourdain blickte ihn lange an, dann ging er zur Herdplatte. »Keiner soll sagen, ich sei ein schlechter Verlierer. Aber die deutschen Sekte bleiben alle hier, und von meinem Salade lyonnaise gibt es nichts ab.«

»D'accord. Erste Frage: Was bedeutet die Tätowierung des Schwerts auf Ihrem Arm?«

»Darf ich Ihnen nicht sagen. Will ich aber auch nicht.«

Die Jack-Russell-Hündin sprang auf den Schoß des Professors und rieb ihr Köpfchen an seinem Bauch. Was für ein liebreizendes Tier! Es war ein Faszinosum, dachte der Professor, dass auch böse Menschen wie Bourdain liebe Tiere haben konnten. »Ghislain vermachte mir etwas, das darauf hindeutet, dieses Symbol stehe mit seinem Tod in Zusammenhang. Vielleicht ist es sogar ein ganz konkreter Hinweis auf Sie.«

Bourdain winkte ab, dann bereitete er den Salat weiter zu. »Ghislain hatte sie doch nicht mehr alle. Zeigt ja auch die Sache mit Fachingen. Ich verrate Ihnen nicht, was es mit dem Schwert genau auf sich hat. Nur so viel: Es ist Johanna von Orléans' Waffe.«

»Von einer Kämpferin also. Wer sich deren Symbol stechen lässt, ist sicherlich zu einem Mord fähig.«

Bourdain wurde lauter, der Professor hatte den Eindruck, er sei in seinem Stolz verletzt. »Wir haben mit Ghislains Tod nichts zu tun!«

Der Professor nickte zufrieden. Was für eine interessante Information da aus Bourdain gesprudelt war. »Also handelt es sich um eine Gruppe!«

»Ich hab schon zu viel gesagt ...«

Der Professor schwenkte verneinend den Zeigefinger. »Noch viel zu wenig. Sie stehen unter Mordverdacht. Denn Sie sind an der Lahn dabei gewesen. Und haben ein Motiv, weil Emanuelles Erbe Sie finanziell rettet.«

»Ja, das tut es.« Bourdain senkte beschämt den Blick. »Aber dafür hätte ich Ghislain nicht getötet, und Emmanuelle hätte ihn sicher nicht wegen dieser Marketingsache umgebracht. Sie war tief getroffen, keine Frage, so enttäuscht habe ich sie noch nie von ihrem Vater gesehen. Aber Mord? Ich bitte Sie! Und dass ich an der Lahn war, ist auch kein Argument, da waren sehr viele.«

»Außer Ihnen von den Verdächtigen nur Antoinette de Montgolfier.«

»Nur Antoinette?« Er lachte laut. »Seine Yogalehrerin hatte er auch mitgenommen und in einem anderen Hotel unter falschem Namen einquartiert. Fragen Sie mich jetzt nicht noch mal, warum ich mit ihr in der Kathedrale Notre-Dame gestritten habe, denn das fällt auch unter die Kategorie Schwert. Klar? Keine Widerworte! Stattdessen erzähle ich Ihnen was viel Wichtigeres, nämlich dass diese blöden Italiener, die seinen Versailles gefälscht haben, in Mie Montagnes Hotel auch Zimmer hatten, zusammen mit Julie Berthomieu, Ja, ich weiß von der Fälschung, weil sie versucht haben, mich zum Mitmachen zu überreden. Aber so einen Scheiß mach ich nicht! Denn ich liebe Champagner. Aus tiefstem Herzen. Deswegen würde ich auch nie jemanden wie Ghislain umbringen, dem es genauso geht. Und deswegen war ich auch an der Lahn, weil mich die Probe interessierte.« Er holte Luft. »Und weil ich Ghislain die Sache mit Fachingen ausreden wollte.«

»Und warum sind Sie dann so schnell nach dem Mord abgehauen?«

»Weil ich mir dachte, dass alle auf den Typ zeigen, der anders gekleidet ist. Da hatte ich keinen Bock drauf. Also hab ich mich so schnell wie möglich verpisst. Haben Sie für so was etwa kein Verständnis?«

Auf das Wort hatte der Professor nur gewartet. »Sie haben mir gedroht! Sie haben Pit gedroht! Erwarten Sie kein Verständnis von mir. Für nichts.«

Bourdain setzte das pochierte Ei auf den Salat und sich damit an den Tisch. Es duftete köstlich. Der Professor wendete den Kopf ab, als Bourdain das Ei anstach, um den Anblick des zerfließenden Gelbs nicht ertragen zu müssen.

»Ich wollte Sie loswerden, und Drohungen sind billig. Emmanuelle hatte mir von Ihrem Kompagnon erzählt, da redeten die Putzfrauen wohl miteinander drüber. Und ich hatte keine Lust, dass meine Süße auch noch Probleme bekommt. Eigentlich ist sie ganz harmlos. In ihrem harten Kern schlägt ein weiches Herz.« Bourdain aß eine große Gabel des Salats und sprach mit vollem Mund weiter. »Sie wollen wissen, wer Ghislain auf dem Gewissen hat? Ich sag's Ihnen: Sie suchen am falschen Platz.«

Sanft streichelte der Professor den Kopf des Hundes, der friedlich auf ihm eingeschlummert war. »Ich habe längst begriffen, dass Sie behaupten, ich könne mir die Ermittlungen bei Ihnen sparen.«

»Sie verstehen mich total falsch. Die Champagne ist der falsche Platz, das Lahntal der richtige! Gottfried von Kramp geht seit dem Mord mit seinem großen Verlust hausieren und erzählt überall, dass Ghislain mit ihm noch eine Probe durchführen wollte, eine große Vertikale. Die wollen ihm plötzlich alle wichtigen Häuser hier ermöglichen. Vor der Probe in Limburg kannte ihn niemand, und wäre alles normal gelaufen, hätten sie diesen aufgeblasenen Fatzke danach auch schnell wieder vergessen. Ghislains grausiger Tod hat ihn berühmt gemacht, ihm das Mitgefühl und Mitleid einer ganzen Region eingebracht. Wenn das kein Mordmotiv ist!«

Der Professor lehnte sich zurück und nestelte nachdenklich an den goldenen Knöpfen seiner maßgeschneiderten Weste. Konnte Bourdain vielleicht recht haben? Aber weshalb deutete dann keiner der Hinweise von Ghislain auf von Kramp? Oder etwa doch, in Form der *Kölner Zeitung*? Stellte 1914 ein wichtiges Datum im Leben von dessen Familie dar? Und noch eine Frage drängte sich auf, die er nun Bourdain stellte.

»Warum sollte er mich dann anheuern, den Fall zu lösen?«

»Weil es seine Ernsthaftigkeit unterstreicht und Ihr guter Ruf ihn in ein seriöses Licht stellt. Er war sich vermutlich sicher, dass Sie nie auf ihn kommen würden. Dabei, ganz ehrlich, wer bringt jemanden um, als sei derjenige eine Glasflasche? Wohl nur ein Glasflaschenproduzent.«

Mit diesen Worten schob er dem Professor den Rest seines Salade lyonnaise hinüber.

Doch dem Professor war gerade der Appetit vergangen.

Als er kurze Zeit später in der Brasserie Flo zum Mittagessen saß, war der Hunger nur teilweise zurückgekehrt, weshalb er sich, genau wie sein Gegenüber am Tisch, ein Steak tartare bestellte. Der Professor schätzte das Gericht, seit er durch Studien belegt hatte, dass es nach dem asiatischen Steppenvolk der Tataren benannt war. Diesen wurde früher nachgesagt, sie hätten rohe Fleischstücke unter ihren Sätteln mürbe geritten und anschließend gegessen. Gerne hätte er solch ein Fleischstück einmal verzehrt – sicher ein unvergessliches Geschmackserlebnis!

Die Brasserie Flo lag genau gegenüber dem Bahnhof von Reims mit Blick auf den geschäftigen Place Drouet-d'Erlon und war so trubelig und eng, hatte so forsche Kellner und eine so klassische Menükarte, dass man sich wie in Paris fühlte. Gérard Le Coq, der Notar von Haen-Montgolfier, hatte ihn hierher zum Essen eingeladen. Jetzt saßen sie auf Samtstühlen, umgeben von Schmiedeeisen, Glas, Holz, Kupfer, Spiegeln und Leuchten, so als herrsche noch das Zeitalter der Dampfmaschinen.

»Danke, dass Sie sich die Zeit genommen haben«, sagte Le Coq.

»Danke für die überraschende Einladung«, erwiderte der Professor. »Dürfte ich erfahren, was dahintersteckt?«

»Sie sind sehr direkt, Professor.«

Ein Kellner erschien, und der Notar bestellte einen Champagner, selbstverständlich von Haen-Montgolfier.

»Wir haben heute eine Extralieferung Cristal bekommen – wegen unserer besonderen Gäste.« Der Kellner blickte in Richtung des Separees. »Die Rapper 100 Cent und Cheek Catty Cat sind bei uns. Sie trinken ausschließlich«, er zögerte, »*Cris.* Deshalb können wir diesen heute ausgesprochen günstig anbieten.«

»Dann sind wir gerne mit von der Partie«, erwiderte Le Coq.

»Sie wussten sicher, dass dieser Wein eigens für den russischen Zaren erfunden wurde?«, fragte der Professor.

»Ich habe etwas in der Art gehört, aber kenne mich en détail nur mit den Champagnern meiner Kunden aus.«

Adalbert war froh, ein wenig referieren zu können, denn dies war sein Element. Außerdem entspannte es ihn ungemein. »Es handelt sich um Alexander II., ein äußerst paranoider Herrscher, der sich ständig bedroht fühlte. Was allerdings nicht verwundert, denn in der zweiten Hälfte des 19. Jahrhunderts kam es zu einigen Anschlägen auf seine Familie. Alexander vermutete in jeder dunkel gefärbten Flasche eine versteckte Bombe oder ein Gift, wollte aber nicht auf Champagner verzichten. Louis Roederer beauftragte deshalb 1876 einen flämischen Glasmacher, eine besondere Flasche für den Cristal zu entwerfen. Sie sollte sowohl durchsichtig als auch mit einem flachen Boden versehen sein, damit dort keine Bombe versteckt werden konnte.«

»Ist das helle Glas nicht eigentlich ein Problem für Champagner?«, fragte Le Coq.

»Eine kundige Nachfrage. Weinflaschen werden schließlich mit der Absicht dunkel gefärbt, sie vor schädlichem Sonnenlicht zu schützen. Daher ist jede Flasche Cristal in goldglänzendes Zellophanpapier gewickelt.« Der Professor blickte den Notar auffordernd an. »Sie haben auf meine direkte Frage noch gar nicht geantwortet.«

Le Coq sah sich nervös um. »Da kommen ja schon unsere Steaks tartare. Sie sollten deren Zubereitung genießen. In Deutschland macht man das ja kaum noch bei Tisch.«

»Zu meinem größten Bedauern.«

Als Purist schwor der Professor auf Pferdefleisch, aber gut gelagertes Rind ließ er als Ersatz gelten. Mit geübten Handgriffen bereitete der Kellner den Klassiker zu und servierte begleitend Salade mesclun und Pommes frites.

»Eine Schönheit!«, rief der Professor aus. »Aber nun sprechen Sie endlich.«

Le Coq schob zwei Tickets über den Tisch. »Für das heutige Oldtimerrennen der Champagnerhäuser auf dem alten Kurs in Reims. Ich hatte sie mir vor einiger Zeit gekauft, nun kann ich leider nicht anwesend sein. Hildegard zu Trömmsen und Sie werden sicher Vergnügen daran finden.«

Es war das Rennen, von dem Taittinger gesprochen hatte. Was für ein Zufall! Wenn es denn einer war. »Woher kennen Sie die …« *Göttliche*, wollte der Professor sagen, rettete sich dann aber mit: »… Dame?«

»Obwohl sie erst seit Kurzem in der Champagne weilt, hat sie sich schon tief in das kollektive Gedächtnis eingebrannt.«

»So ist sie, man vergisst die Göttliche nie wieder.«

Nun war es ihm doch herausgerutscht. Aber was wahr war, musste auch wahrhaftig ausgesprochen werden!

»Das kann man zweifellos so sagen«, pflichtete ihm der Notar bei. »Vor allem ihren Humor vergisst man nicht wieder. Oder wie man es nennen möchte.«

Der Professor begann zu essen, denn sonst hätte er sich an der Frische des Steak tartare versündigt. Erst als der Mund völlig leer gekaut war, sprach er wieder: »Nun sind wir abermals abgeschweift. Die Antwort auf meine direkte Frage bitte.«

Erneut sah sich der Notar nervös um. Aber bis auf ein

paar junge Damen, die an dem Stoff ihrer Kleidung, nicht aber an ihren Absätzen gespart hatten und auf dem Weg zum Separee der Rapper waren, fand sich niemand in unmittelbarer Nähe. Trotzdem flüsterte Le Coq: »Im Gegensatz zu Antoinette – die ich sehr schätze, bitte verstehen Sie mich diesbezüglich nicht falsch – glaube ich genau wie Ghislain, dass Sie diesen schrecklichen Mordfall aufklären können. Mir ist zudem wichtig, dass dem Geist des Testaments entsprochen wird, und dieses sieht vor, dass Ihnen jede mögliche Unterstützung zuteilwird. Das schließt auch Hilfe von mir ein. Also, genug der Vorrede, ich habe den abschließenden Bericht der Gerichtsmedizin einsehen dürfen und darin etwas Merkwürdiges gefunden. Mir ist unklar, ob es etwas zu bedeuten hat, aber ich denke, Sie sollten lieber etwas zu viel als zu wenig wissen.«

»Ich bin ganz Ohr.« Der Professor legte das Besteck beiseite.

»Neben Ghislains Leichnam ist etwas gefunden worden. Zuerst dachte sich niemand etwas dabei, doch mittlerweile sorgt es bei den ermittelnden Beamten für Irritation.«

»Sie machen es sehr spannend.«

Aus dem Separee ertönte lautstark Rapmusik. Le Coq musste lauter sprechen, was ihm augenscheinlich missfiel. »Neben der Leiche lagen Champagnerdeckel.«

»In einem Keller mit vielen Champagnern nicht ungewöhnlich.« Der Professor schickte einen strafenden Blick Richtung Separee, der hoffentlich das Anstandszentrum eines der dort Anwesenden traf.

»Das dachte die Polizei zuerst auch, aber es sind mehrere Deckel von Champagnern darunter, die niemals im Keller dieses Restaurants geöffnet wurden. Hilft Ihnen dieser Hinweis vielleicht weiter?«

Bietigheim tupfte sich den Mund ab. »Ich denke ja.«

Ein Kellner näherte sich dem Tisch mit der Flasche Cristal.

»Jetzt, da wir mit dem Essen beinahe fertig sind, brauchen Sie mit dem Champagner nicht mehr zu kommen«, sagte Le Coq vorwurfsvoll.

Der Kellner machte umgehend einen Diener. »Es tut mir sehr leid, die Flasche geht nun selbstverständlich aufs Haus. Ich schenke schnell ein und lasse sie gleich am Tisch.« Nervös stellte er zwei Champagnerflöten auf die Tischdecke, steckte den Daumen ein wenig in die Vertiefung am Flaschenboden und schenkte großzügig ein.

Adrenalin schoss durch den Körper des Professors.

Er riss dem Kellner die Flasche aus den Händen, sah schnell hinaus auf den Place Drouet-d'Erlon, erblickte einen Abschnitt, an dem sich keine Menschen aufhielten, holte weit aus und warf die Flasche Cristal mit aller Kraft durch ein zerberstendes Fenster ins Freie.

Der Kellner rannte davon.

»Warum um alles in der Welt haben Sie das getan?«, fragte Le Coq und blickte durch das kaputte Fenster.

»Die Antwort erhalten Sie in wenigen Sekunden.«

In diesem Moment explodierte die Flasche und ließ die Brasserie erbeben.

»Wie du mir, so ich dir!«, brüllte jemand von draußen. Mit italienischem Akzent.

»Wir kriegen Sie schon noch, Professor!« Das Geräusch fortrennender Ledersohlen erklang.

Als Bietigheim durch die neu geschaffene Öffnung im Glas hinausblickte, konnte er den Rufer schon nicht mehr ausmachen.

Der Notar war aufgesprungen, ihm stand der Schweiß auf der Oberlippe. »Woher wussten Sie das, um Himmels willen?«

»Weil ich mein umfassendes Wissen auch praktisch anwende.« Der Professor setzte sich wieder an den Tisch und legte die Serviette ordentlich auf den Schoß. »Der Cristal hat, wie ich eben erwähnte, einen flachen Boden. Wenn ein nervöser Kellner, der noch dazu sagt, dass er bald wieder verschwindet, den Daumen in eine nicht vorhandene Vertiefung am Flaschenboden drückt, aber nicht so weit, wie dies bei anderen Champagnern möglich und dem sicheren Einschenken dienlich ist, kann dies nur eines bedeuten: Es handelt sich nicht um eine echte Flasche Cristal, und in der vorhandenen Einbuchtung steckte etwas, das ein tieferes Eindringen des Daumens verhindert. Höchstwahrscheinlich eine Bombe.«

Der Notar ließ sich auf den Stuhl sinken. »Chapeau, Monsieur le Professeur!«

»Dafür nicht. Das hätte jeder getan, der sich so gut wie ich mit den Flaschenformen der Champagne auskennt.«

Der Professor blickte nach draußen, wo sich eine Menschenmenge um die Explosionsstelle sammelte.

Es war ausgesprochen knapp gewesen.

Pit hatte erzählt, dass er kurz vor dem Explodieren der selbst gebastelten Bombe triumphierend »Für den Professor!« gerufen hatte.

Anscheinend hatten weder Tommaso Bonucci noch Gianluca Chiellini dies klar und deutlich gehört.

Plötzlich stürmten die beiden Rapper in den Speisesaal und vor das zerbrochene Fenster. »Habt ihr auch diesen wahnsinnigen Knall gehört?«, fragte der mit mehr Schmuck behängte der beiden, welcher den Professor an einen Plastikweihnachtsbaum erinnerte. »Geiler Sound, oder?«

»Nichts im Vergleich zum Geräusch eines sich öffnenden Champagners«, erwiderte Adalbert. »Das sollten Sie einmal in Ihrer Musik verwenden.«

Die beiden Rapper sahen sich an. »Fette Idee!«

Der Professor hob überrascht die Augenbrauen. »Ich weiß wirklich nicht, was an dieser Idee wie Triacylglycerine sein soll.« Dann senkte er die Gabel in die Reste des köstlichen Steak tartare, um es endlich in aller angemessenen Ruhe zu genießen.

Pit stand in einer gut gelaunten Menschenmenge rund sieben Kilometer westlich von Reims. Er blickte vom Straßenrand aus hinauf in die erste Etage der alten Boxenanlage des Circuit de Reims-Gueux, wo sich unter den VIP-Zuschauern auch der Professor fand. Pit erkannte, dass dieser gerade vor irgendwelchen armen, unbeteiligten Menschen referierte. Und er hätte jede Wette abgeschlossen, dass es um die erste Champagnerdusche im Motorsport ging: Jo Siffert hatte 1966 als Sieger von Le Mans eine Flasche Champagner erhalten, deren Korken sich wegen der Sonneneinstrahlung von selbst löste. Der Schweizer reagierte souverän und spritzte den Schaumwein in die jubelnde Menge. Im Jahr darauf machte es ihm der US-Amerikaner Dan Gurney nach – eine Tradition war geboren.

Genau das hatte der Professor ihm nämlich bei der Hinfahrt erzählt.

Sowie jedem Menschen, dem sie danach begegnet waren.

Es war seine Art, sich die Enttäuschung nicht anmerken zu lassen.

Adalbert hatte sich so darauf gefreut, mit Hildegard zu Trömmsen dieses Rennen anzuschauen. Im Schatten der Göttlichen vor den Sonnenstrahlen geschützt zu sein, durch ihre gewaltige Duftwolke, welche die Festigkeit von Zuckerwatte aufwies, vor den schädlichen Abgasen geschützt zu sein und durch ihre selbst dicksten Stahl durchdringende Stimme vor dem Röhren der Boliden. Doch Hildegard zu Trömmsen hatte sich vielmals entschuldigt, sie müsse ganz dringend etwas vorbereiten. Und der Professor würde sich unglaublich darüber freuen. Als sie dies sagte, war Hildegard aufgeregt wie ein kleines Kind gewesen.

Der köstliche Benzingeruch wurde stärker, und die Rennwagen rauschten an Pit vorbei – mit halsbrecherischen 50 km/h. Das auf einem Kurs, der einst als einer der schnellsten Europas galt und Sieger wie Juan Manuel

Fangio gesehen hatte. Der Circuit de Reims-Gueux war ein klassischer Straßenkurs, der 1972 sein letztes Rennen erlebte und nur noch für Fahrten historischer Automobile wiederbelebt wurde. Beim Rennen der großen Champagnerhäuser stellte jedes ein Team, hinter den Steuern saßen Besitzer oder Geschäftsführer. Da alle Wagen nicht nur die Logos der Champagnerhäuser trugen, sondern auch runde Punkte auf den Seitentüren mit den Startnummern und zudem einige der Oldtimer VW Käfer waren, kam Pit sich vor wie in einem Herbie-Film.

Jetzt rauschte Antoinette de Montgolfier in einem wunderschönen weißen Citroën DS, einer La Déesse, vorbei, dicht gefolgt von Franck Taittinger in einem Renault 4CV in Saharabeige. Wegen Form und Farbe war der Wagen auch als »Butterklumpen« bekannt gewesen und im Saarland als »Cremeschnittchen«. Über leckere Namen für Autos sollte der Professor mal eine Abhandlung schreiben, dachte Pit.

Und dann dachte er, dass dies sicher längst geschehen war.

Montgolfier und Taittinger schienen ihr ganz eigenes Rennen zu fahren, denn mit dem Ausgang des eigentlichen hatten sie nichts mehr zu tun, viel zu weit war die Spitze um Pommery und Mumm enteilt. Taittinger fuhr nun ganz nah im Windschatten der La Déesse, immer wieder zu Überholmanövern ansetzend, doch Antoinette de Montgolfier machte jedes Mal die Tür zu.

»Hätte ich mir denken können, dass ein Mann mit einer Indian sich das Rennen anschaut.«

Pit drehte sich um und sah, dass Emmanuelle Gratien neben ihm stand. Ihre glasigen Augen verrieten, dass sie bereits leicht beduselt war. »Genau wie eine Frau, die gern Verträge mit Champagnerhäusern abschließt.«

Sie zeigte auf eine der wehenden Fahnen – mit dem Logo von Badoit. »Wir sponsern das Ganze. Genau wie morgen den Marathon. Das komplette Sportwochenende in Reims.«

Pit sah sich um. »Und Fachingen?«

»Falsches Thema«, erwiderte Emmanuelle. »Wollen Sie was trinken? Also kein Wasser, meine ich.«

Pit hatte schon einige Gläser geleert, aber das war ja kein Grund, damit nicht weiterzumachen. »Von meiner Blutprobe könnten die Bullen zwar schon Betriebsfest machen, aber gern.«

Sie holte ihm einen Champagner. »Bier gibt es leider keins. Aber der Champagner hier schmeckt fast so schlecht wie Bier.«

Pit schenkte ihr als Dank ein Lächeln. »Sie sind ja fast wie eine Mutter zu mir.«

Emmanuelle wartete, bis Pit den ersten Schluck getrunken hatte, dann sprach sie weiter: »In Reims ist eine Bombe hochgegangen. Und Ihr Professor soll was damit zu tun haben.«

Auge um Auge, Zahn um Zahn, Bombe um Bombe, dachte Pit. Doch er sagte: »Die war wohl für zwei Rapper gedacht, die dort gefuttert haben. Der Professor musste trotzdem stundenlang auf dem Polizeiquartier eine Aussage machen.«

»Da kommen sie schon wieder!«, rief Emmanuelle Gratien und wedelte mit einer Badoit-Fahne.

Pit wedelte mit dem Champagnerglas. Nachdem die Spitzengruppe durch war, blickte er den Streckenverlauf hinunter. Ob Franck Taittinger es endlich geschafft hatte, Antoinette de Montgolfier zu überholen? Vielleicht in einer der tückischen Haarnadelkurven?

Es dauerte noch etwas, bis die weiße Schönheit heranrauschte. Antoinette de Montgolfier fuhr rasant an der alten Boxenanlage vorbei.

»Sie macht das sehr gut«, kommentierte Emmanuelle. »Eine tolle Frau!«

»Klingt so, als wären Sie handelseinig.«

Emmanuelle lachte. »Ja, tatsächlich. So gut wie. Aber das hätte ich auch sonst gesagt.«

Pit blickte erneut auf die Strecke. »Wo bleibt denn der Typ von Taittinger?«

»Wahrscheinlich Probleme mit dem Auto. Passiert ständig bei dem Rennen. Wenn man das Ziel erreicht hat, ist man quasi schon unter den Siegern.«

Pit sah sich als Gefühlsmensch, als jemand, der etwas auf seine Intuition gab, weil in ihr so viel Erfahrung lag. Und seine Intuition sagte ihm, dass hier etwas nicht stimmte.

»Ich muss los.«

»Das Rennen ist doch noch gar nicht vorbei! Und wir haben es erstmals geschafft, wie zwei normale Menschen miteinander zu reden.«

»Das liegt daran, dass Sie schon einen sitzen haben. Sollten Sie echt häufiger machen. Dadurch sind Sie richtig nett.«

Dann rannte er die Strecke entlang, in die Richtung, aus der Franck Taittinger kommen musste.

Emmanuelle Gratien zog ihre hochhackigen Schuhe aus und rannte hinter ihm her.

Sie liefen fast zehn Minuten, dann erst sahen sie Franck Taittingers Renault 4CV in einer unübersichtlichen Kurve stehen, aufgrund vieler Bäume kaum einsehbar von irgendwo. Der Wagen stand mit dem Heck in ihre Richtung, der Kofferraum war geöffnet und dampfte – was Pit nicht wunderte, denn der 4CV besaß einen längs eingebauten 750-ccm-Motor mit Wasserkühler hinter der Rücksitzlehne.

Pit warf kurz einen Blick in den Motor und erkannte sofort, dass eine rechteckige Stelle auf dem verrußten Metall viel zu sauber war. Sie erinnerte ihn an eine Zimmerwand, wo einst ein Bild gehangen hatte, von dem jetzt nur noch der Umriss erkennbar war. Hier war etwas befestigt gewesen, und nun war es fort.

Erst danach blickte er in den Wagen.

Und nickte.

»Normalerweise würde ich sagen: nicht hingucken. Aber ich glaub, du hast schon einiges im Leben gesehen.«

Emmanuelle Gratien zögerte, schaute dann aber auch in den Passagierraum des Renault. Sie schrie nicht vor Schreck, wie es die meisten anderen wohl getan hätten. Sie schluckte nur fest. »Er ist erwürgt worden, oder?«

»Du scheinst nicht überrascht zu sein.« Pit sah sie an. Emmanuelle schien sehr gefasst.

»Seit Ghislains Tod überrascht mich nichts mehr. Hatte Taittinger vielleicht was damit zu tun?«

Gutes Ablenkungsmanöver, dachte Pit. Selbst in angetrunkenem Zustand.

Er antwortete jedoch nicht auf die Frage, sondern blickte nochmals genauer in den Wagen.

Auf der Fußmatte vor dem Fahrersitz lag ein langes Seidenband.

Es gab wohl keinen Zweifel, wer Franck Taittinger getötet hatte.

Und dadurch auch nicht, wer Mie Montagnes Mörder war.

Ihr Tod war nun gerächt.

Die Polizei musste umgehend informiert werden. Der Professor würde dieser alles sagen, was er wusste. Denn die Angehörigen von Taittinger hatten ein Recht darauf, zu erfahren, wer ihren Angehörigen umgebracht hatte. Und warum.

Pit beugte sich weit in den Wagen und schloss dem Toten die Augen.

Warum zog ein Mord nur immer weitere nach sich?

Einer war doch schon mehr als genug.

KAPITEL 10

Der Professor dankt Benno

Neben das prachtvolle Himmelbett des Professors hatte Rena einen Kerzenleuchter gestellt, der nun die Eisstückchen in ihrer Hand wie Diamanten schimmern ließ. Ein paar Tropfen der schmelzenden Fracht rannen zwischen den Fingern hindurch, was angenehm kitzelte. Sie widerstand der Versuchung zu kichern, zog stattdessen mit einer Hand die schwere Bettdecke vom Rücken des Professors und ließ dann alle Eisstückchen auf einmal in den Kragen seines gestreiften Seidenpyjamas gleiten.

Schon als das erste Eis seine Haut berührte, setzte der Professor sich senkrecht auf, wodurch alle Stücke seinen Rücken hinuntertanzten, bis sie über dem Hosenbund wieder herausschossen. Wütend hielt er einen Zeigefinger vor die quietschvergnügte Rena.

»Was fällt Ihnen ein?«

»Das haben Sie bei mir auch gemacht!«

Der Professor zog die Bettdecke genierlich bis zum Kinn, als sei er darunter unbekleidet. »Das war ja nun etwas völlig anderes. Ich weckte Sie im Interesse einer Mordermittlung. Und nicht aus kindischem Schabernack. Das wird Konsequenzen haben. Ihnen mangelt es an Respekt vor Ihrem Professor. Ich habe die Zügel fraglos schleifen lassen.«

Rena winkte ab. »Ach, lassen Sie die blöden Zügel ruhig liegen. Ich habe Sie nämlich wegen etwas viel Wichtigerem als Mordermittlung geweckt.«

»Gibt es nicht«, erwiderte der Professor mit einem Blick

auf den goldenen Reisewecker. »Schon gar nicht um fünf Uhr früh!«

»Oh, wohl«, antwortete Rena. »Ich habe Sie nämlich im Interesse der göttlichen Hildegard zu Trömmsen geweckt.«

Der Professor sprang auf, und diesmal war es ihm völlig gleichgültig, dass seine Assistentin ihn im Pyjama und mit unbekleideten Füßen sehen konnte. »Was ist mit ihr?«

Rena reichte Adalbert den Morgenmantel. »Sie wünscht ihren Professor zu sehen. Es handelt sich um die Überraschung, für die sie gestern unterwegs war. Ach, das wird toll!« Sie klatschte voller Vorfreude in die Hände.

»Worum geht es denn?«

»Verrate ich nicht«, singsangte Rena vergnügt. »Sonst bringt Hille mich um die Ecke, jetzt ernsthaft.«

»Sie werden Ihrem Professor jetzt sofort sagen, um was es geht.« Er schlüpfte in den Morgenmantel und die Filzpantoffeln.

»Nö. Und Sie müssen sich beeilen. Hab Sie extra so geweckt, dass Sie noch Ihre kalte Morgendusche nehmen können – falls das wegen der Eiswürfel nicht schon als erledigt gilt.« Rena zog die schweren Vorhänge auf, obwohl dahinter noch tiefste Nacht herrschte. »Also: hopp hopp!«

»Das wird ein Nachspiel haben, das kann ich Ihnen versprechen! So bin ich in meinem ganzen Leben noch nie …«

»… geweckt worden? War Hilles Idee.« Rena verschwieg, dass sie selbst einen Eimer Wasser vorgeschlagen hatte.

Der Professor brauchte einen Moment, um sich zu fassen. »Sie hat es sicher ganz anders gemeint. Wahrscheinlich sollten Sie mich mit Eiswürfeln in einem kühlenden Getränk wecken.« Mit gerümpfter Nase zog er sich ins Bad zurück.

Eine halbe Stunde später trat Adalbert komplett angekleidet, mit einem perfekt aus der Sakkotasche ragenden Seidentuch wieder heraus – bereit für das Frühstück. Ohne dieses durfte ein Tag schließlich nicht beginnen. Benno saß bereits neben Rena am Tisch. Immer wenn sie ansetzte, etwas zu sagen, bildete der Professor mit den Fingern der rechten Hand den Schweigefuchs. Damit hatte er bei aufmüpfigen Studenten ausgesprochen gute Erfahrungen gemacht – und auch die schwatzhafte Rena brachte er damit zur Räson.

Nach dem Frühstück fuhr Rena ihn mit einem Bentley des Hotels in die Dämmerung der erwachenden Weinberge. Die ersten Sonnenstrahlen tasteten prüfend über das schier endlose Rebland, das der baldigen Ernte entgegenreifte. Es war eine Zeit der freudigen Erwartung in der Champagne, aber auch der Anspannung, ob warme Regentage die Arbeit eines ganzen Jahres in Mitleidenschaft ziehen würden. Heute war der Himmel, dessen Schwarz sich langsam zu Dunkelblau wandelte, beruhigend wolkenlos.

Der Professor rauchte seine Pfeife bei geschlossenem Fenster, um sich für das frühe Wecken zu rächen, und genoss den Blick über die eng stehenden, niedrigen Reben. Sie sahen aus wie Bedienstete, die sich verbeugten. Taten sie es vor der Sonne, ihrer Herrscherin? Oder vor den Menschen, die sie pflegten und hegten? In ihren knorrigen Händen hielten sie grüne und rote Trauben, dank Tautropfen funkelten sie im Morgenlicht.

Der Professor stieß einen perfekten Rauchkringel in Renas Richtung aus. »So, nun verraten Sie mir endlich, wohin wir fahren.«

»Darf ich nicht. Hat Hille gesagt. Soll ja eine Überraschung sein.«

»Ich schätze keine Überraschungen, sie treffen einen stets unvorbereitet. Also sprechen Sie. Schließlich sind Sie meine Mitarbeiterin und nicht ihre.«

Rena drückte auf die Hupe. »Wir sind schon da!«

Es war gelogen, sie kamen erst fünf Minuten später an, aber auf diese Weise schaffte Rena es, den Professor noch etwas hinzuhalten.

Dann hielt sie auf einem großen Feld vor zwei am Boden verankerten Heißluftballons. Sie waren golden, und es sah aus, als stiegen Abertausende Champagnerperlen an ihnen empor. Auf einem stand »Haen« auf dem anderen »Montgolfier«. Aus dem Korb des Letzteren winkte Hildegard zu Trömmsen mit altmodischer Fliegermontur inklusive Fliegerbrille und Lederkappe.

Der Professor hatte schon von diesen prachtvollen Ballons gehört, sie stiegen eigentlich nur bei wichtigen Festivitäten des Champagnerhauses in die Luft. Doch es gab einfach nichts, was die Göttliche nicht zuwege brachte.

»Sie hat extra den berühmten Alphonse herkommen lassen«, erklärte Rena, während sie Adalbert die Tür aufhielt. »Er ist der älteste und beste Ballonfahrer Frankreichs. Zudem etwas schwerhörig, was seine Wahl für Hille noch attraktiver macht. So können Sie beide sich ganz ungestört sagen, was Sie sich schon sehr lange sagen wollten.« Sie zwinkerte ihm zu.

»Haben Sie etwas im Auge?«, fragte Adalbert.

»Ach, Professor!« Rena lachte. »Was soll ich nur mit Ihnen machen?«

»Meine Kleidung kontrollieren. Manchmal verrutscht der Sitz durch eine Autofahrt.«

Rena strich das Sakko an der Schulter glatt. »So, jetzt könnten Sie problemlos bei Downton Abbey auftreten.«

»Bei was?«

Eine Antwort bekam der Professor nicht, denn Rena stieß einen schrillen Schrei aus.

Als er sich umdrehte, sah Adalbert, wie Hildegard eine Flasche Champagner sowie zwei Gläser in die Höhe hob. »Verbrüderung!«, rief sie freudestrahlend.

Doch das war nicht der Grund für Renas Schrei. Alphonse ließ in Hildegards Rücken das Team die Ankerseile lösen. Dabei blies er die Wangen, zeigte auf diese Art, dass Wind aufkam, der einen Start unmöglich machen würde.

Rena winkte Hildegard hektisch zu, doch sie missverstand die Geste und winkte mitsamt Flasche und Gläsern zurück. »Er startet!«, brüllte Rena so laut, wie Adalbert es noch nie gehört hatte, während das letzte Seil gelöst wurde.

Hildegard verstand und drehte sich um, wies Alphonse auf den Fehler hin, doch dieser schaltete den geräuschvollen Brenner ein, um den Heißluftballon schnell in die Lüfte steigen zu lassen. Denn er verstand nichts von dem, was sie sagte, legte deshalb sanft die Hand auf Hildegard zu Trömmsens Schulter, um ihr zu bedeuten, dass alles in bester Ordnung sei.

Mehr bekamen der Professor und Rena nicht mehr mit, denn der Ballon war bereits zu hoch in die Luft gestiegen.

»Holen Sie den sofort runter!«, sagte der Professor zu einem der Helfer am Boden. »Ich gehöre an Bord!«

»Der ist weg«, antwortete dieser und packte die herumliegenden Utensilien zusammen. »Und kommt auch nicht mehr runter. Also nicht hier. Nehmen Sie den anderen, haben dieselbe Richtung.«

»Hören Sie mir denn gar nicht zu? Ich muss in diesen dort oben! Mein Name ist Professor Dr. Dr. …«

»Wenn Sie sich nicht beeilen, bekommen Sie den anderen auch nicht mehr. Der muss fix in die Luft, kommt nämlich Wind auf.«

Adalbert wusste nicht, wie ihm geschah, halb zog es ihn, halb sank er hin, und wenige Augenblicke später stand er in dem zweiten Korb und gewann schnell an Höhe.

»Folgen Sie diesem Heißluftballon«, sagte der Professor zu dem jungen Mann am Brenner. »Darin ist die Liebe meines Lebens. Wir wollen uns duzen!«

Der Ballonfahrer, dessen Namensschild ihn als Zinedine auswies, hatte die kompletten Unterarme tätowiert und so viel Metall im Gesicht und an den Ohren, dass man es im Notfall sicher als Ballast abwerfen konnte. Er lächelte – mit goldverkronten Zähnen. »Sie gehen ja ganz schön ran, Meister.«

»Professor, wenn ich bitten darf!«

»Mein Großvater legt zwar ein Heidentempo vor, aber ich geb mein Bestes.«

Nicht nur die Höhe nahm stetig zu, sondern auch Bietigheims Höhenangst. Und die Welt unter ihm hörte einfach nicht auf, kleiner zu werden.

Schon bald schwebten die beiden Heißluftballons über die Außenbezirke von Reims, das blinzend aufwachte, als überall Lichter hinter den Fenstern erschienen. Ein Prachtbau nach dem anderen glitt unter ihnen vorüber, schließlich näherten sie sich dem Maison Taittinger, vor dem es ungewöhnlich trubelig zuging. Ein Gerüst wurde hektisch aufgebaut, um zwei meterhoch auf die Außenwand gesprayte, blutrote Wörter zu verdecken und entfernen zu können.

Doch noch waren sie zu lesen.

Das erste lautete: »Mörder!«

Das zweite: »Vergewaltiger!«

Der mittlerweile von der Polizei gesuchten Julie Berthomieu schien der Mord an Franck Taittinger nicht zu reichen. Sie wollte, dass ganz Reims von seinen Taten erfuhr.

»Wir haben Glück«, sagte Zinedine. »Großvater kommt gerade nicht voran, wir aber schon.«

Es dauerte trotzdem eine Weile, bis sie endlich in Rufweite waren.

»Können Sie mich hören, Hildegard?«

»Jedes Wort! Aber wir treiben wieder ab. Also sagen Sie es endlich!«

»Was sagen?«

»Na, was Sie mir seit Jahren sagen wollen. Ich warte nun schon sehr lange darauf, Adalbert.«

Der Professor holte Luft. Es war ihm äußerst unangenehm, vor Zinedine und dem schwerhörigen Alphonse so offen über Gefühle zu sprechen. »Niemand kocht den Tee so gut wie Sie!«

Jetzt war es raus. Deutlicher konnte er ja wohl nicht sagen, was er fühlte!

»Das ist jetzt nicht Ihr Ernst, oder? Ich miete extra diese Ballons hier, kleide mich passend, besorge Ihren Lieblingschampagner, damit Sie mir endlich die magischen Worte sagen können, und dann reden Sie über Tee?«

Sie wollte es also noch deutlicher. Da hieß es, sämtliche hanseatische Zurückhaltung abzulegen und frei von der Leber raus damit. »Ich genieße unsere Treffen mehr als jeden akademischen Vortrag.« Adalbert errötete. Das hier war wohl die Ballonspielart von dem, was man Telefonsex nannte.

»Das weiß ich doch! Aber ich will andere Worte hören. Drei an der Zahl. Nun machen Sie schon.«

Gott, fiel ihm das schwer! Adalbert atmete tief durch. Und gleich noch einmal. Sowie ein drittes Mal, atmen konnte ja nie schaden. Gerade als er genug Mut gefasst hatte, entfernten sich die beiden Ballons voneinander. Er konnte das wütende Gesicht von Hildegard sehen, doch ihr Gebrüll kam nur undeutlich bei ihm an.

Unter ihnen zog die wunderschöne Innenstadt von Reims vorbei, die nach dem Ersten Weltkrieg im Stile des Art déco wieder aufgebaut worden war. Die Strecke für den bald beginnenden Marathon war bereits abgesperrt und zog sich wie ein Lindwurm durch die Straßen und Gassen.

»Die Stadt liegt vor einem wie ein aufgeschlagenes Buch«, meinte Zinedine überraschend poetisch.

»Aber durch den Krieg fehlen ein paar Seiten«, ergänzte der Professor.

Und ohne es in diesem Moment in Gänze zu begreifen, setzte sich ein Räderwerk in seinem Kopf in Gang. Zur gleichen Zeit blies ein liebestoller Wind seinen Ballon wieder näher zu dem von Hildegard.

Diese zeigte mit den Fingern die Zahl drei.

Adalbert atmete tief durch. »Sie sind wundervoll!«

Hildegard schüttelte den Kopf. »Der Satz fängt mit ›Ich‹ an und hört mit ›Dich‹ auf.«

Doch Adalbert war mit den Gedanken woanders, denn das Räderwerk in seinem Kopf hatte Fahrt aufgenommen. Das Bild der Person, die Ghislain ermordet hatte, gewann mit jeder Umdrehung an Schärfe.

Er drehte sich zu Zinedine. »Landen Sie! Sofort!«

Der junge Mann sah ihn verwirrt an. »Erstens müssen Sie der Dame da drüben noch was sagen, und zweitens kann ich nicht mitten in Reims landen.«

In Gedanken packte Adalbert ihn am Kragen. »Es ist mir völlig egal, wo Sie landen! Und wenn es auf der Kathedrale ist. Aber Sie landen jetzt auf der Stelle!«

»Nennen Sie mir einen guten Grund.«

»Weil Ghislain de Montgolfiers Mörder umgehend festgenommen werden muss.«

Zinedine fragte nicht weiter nach, er ließ den Heißluftballon sinken.

»Drei Worte, Adalbert!«, rief Hildegard zu Trömmsen nochmals.

Welche drei Worte konnte sie bloß meinen? »Ich bete dich an« waren vier – und außerdem wusste sie das sicher längst. Nein, es musste in eine andere Richtung gehen. Hildegard war eine moderne Frau, was war diesen wichtig bei einem potenziellen Partner? Gleichberechtigung und ... er hatte es! Jetzt wusste er, was sie so dringend von ihm hören wollte.

»Hildegard?«

»Ja, Adalbert?« Sie sah ihn erwartungsvoll an.

»Ich respektiere dich!« Er schenkte ihr ein warmherziges Lächeln.

Sie schmiss die Champagnerflasche nach ihm.

Sie versank unter ihnen mit einer riesigen Fontäne in der Vesle. Einige Enten stoben geschockt auf.

»Sie sind echt der König unter den Casanovas«, bemerkte Zinedine.

»Mit viel gutem Willen und Geduld werden Sie das vielleicht auch noch lernen«, erwiderte der Professor väterlich. Vielleicht waren bei diesem Schwermetallwesen doch noch nicht Hopfen und Malz verloren.

»Ist das in Ordnung, dass wir so nah an den Turmspitzen der Kathedrale vorbeirauschen?«

»Nein«, antwortete Zinedine. »Uns hat ein Fallwind erwischt.«

Der Professor hatte nicht gewusst, dass Heißluftballons so schnell sein konnten. Es glich nun mehr einer Achterbahnfahrt. Sie flogen so tief über den Vorplatz, dass der Professor sogar die Gesichter der Passanten erkennen konnte.

Was ein Glück war.

Vom Erdboden aus wäre dem Professor sicher nicht aufgefallen, dass sich eine Gruppe Männer und Frauen einer Statue auf dem Place du Parvis näherte, doch die Vogelperspektive enthüllte es.

Bruno Bourdain gehörte zu dieser Gruppe.

Und die Statue zeigte Johanna von Orléans in voller Rüstung auf einem trabenden Pferd, den rechten Arm erhoben.

Doch das Schwert in ihrer Hand fehlte.

»Landen Sie neben Ihrer Nationalheiligen!«

»Das ist ein Heißluftballon und kein Hubschrauber! Ich bin froh, wenn wir überhaupt heil runterkommen.« Danach sagte Zinedine nichts mehr, sondern verlegte sich aufs Steuern in Verbindung mit Schwitzen. Das erste Wort, das er nach zwei Minuten wieder sprach, war »Festhalten!«.

Der Professor antwortete mit: »Wassern Sie dort, Herrgott noch mal! Muss man Ihnen denn alles sagen?« Dann klemmte er sich gerade rechtzeitig zwischen die Seile, um durch den Aufprall nicht aus dem Korb geschleudert zu werden.

Am Ufer hielt quietschend der Begleitwagen, das Team sprang heraus, johlte und applaudierte frenetisch.

»Danke«, rief der Professor ihnen zu. »Es war das richtige Wort zur richtigen Zeit an den jungen Zinedine. Manchmal macht dies den entscheidenden Unterschied. Aber nun hören Sie auf zu klatschen und holen mich trockenen Fußes an Land!«

Als er endlich dort war, ließ er sich ein Handy geben – und erklären. Dann rief er bei Champagne Taittinger an und stellte eine einfache und eigentlich harmlose Frage. Es war kein Geheimnis, nach dem er fragte.

Die Antwort war dieselbe, die das Räderwerk in seinem Kopf ausgespuckt hatte.

Warum war er nicht viel früher darauf gekommen?

Weil wer immer mordete, alles dafür tat, dass genau dies nicht passierte.

Die Stelle, wo der Heißluftballon gewassert war, lag nah am Place du Parvis, zu dem sich Adalbert nun strammen Schrittes aufmachte.

Schon als er den großen Platz betrat, sah er, dass die Gruppe um Bruno Bourdain noch am Standbild Johanna von Orléans'… versammelt war. Es waren elf Personen, Männer wie Frauen, jung wie alt, einige davon kannte er. Sie hatten mit Champagner zu tun, ob als Weinbauern, Kellermeister, Händler oder Journalisten.

Der Professor drängte sich nun in ihre Mitte.

»So nehmet auch mich zum Genossen an. Ich sei, gewährt mir die Bitte, in eurem Bunde der Dritte!« Er lächelte verschmitzt. »Oder der Zwölfte, um genau zu sein.«

Stille. Und Blicke wie Nadelstiche.

Es war Bruno Bourdain, der als Erster das Wort ergriff. »Darf ich vorstellen: Professor Dr. Adalbert Bietigheim.«

»Professor Dr. Dr. Dr. h. c., so viel Zeit muss sein. Wollen wir unter vier Augen reden oder vor allen Mitgliedern Ihrer kleinen Geheimgesellschaft, deren Gesichter ich mir bereits eingeprägt habe.«

Bourdain sah ihn an, als habe er einen Tiefschlag von Muhammad Ali eingesteckt. »Entschuldigt uns kurz, wir reden gleich weiter.« Er trat um die Statue, gefolgt von Bietigheim.

»Ich höre«, sagte dieser.

»Sie sind echt wie ein Terrier, der sich verbissen hat.«

»Das nehme ich als Kompliment. Und höre immer noch.«

Bourdain spuckte auf den Boden. »Wir sind die Confrérie des Chevaliers du Champagne.«

»Und Ihr Zeichen ist das Schwert der Jungfrau, das Sie vermutlich stahlen?«

Bourdain krempelte den echten Hemdsärmel empor und entblößte das Tattoo in Schwertform. »Es ist fort, weil wir es jetzt alle auf uns tragen. Johanna bekommt es wieder, wenn wir uns befreit haben. So wie sie damals Frankreich befreit hat.«

»Von wem oder was befreit?«

»Von denen, die statt individuellen Champagner miese Massenware machen, ein Industrieprodukt statt handwerklicher, mit allen technischen Tricks geschraubter Weine, die kaum noch etwas Natürliches haben.«

Obwohl Bourdain den anderen Mitgliedern der Confrérie gesagt hatte, dass sie warten sollten, zerstreuten sie sich nun in alle Winde. Franzosen, dachte der Professor, hielten einfach nichts von Weisungen und Obrigkeit, selbst in Geheimgesellschaften.

»Und wie passt Ghislain da hinein?«, fragte er Bourdain. »War er einer, von dem Sie sich befreien wollten?«

»Er war einer, von dem ich hoffte, er käme auf unsere Seite. Das wäre ein Zeichen gewesen. Ein großes Haus, das komplett unseren Weg geht. Den Weg, den auch Julie Berthomieu geht, einen nachhaltigen für unsere einzigartige Region. Die Etablierten wollen aber, dass alles so bleibt, wie es ist. Deshalb halten wir unsere Confrérie auch geheim, sonst würden sie gegen uns arbeiten.«

»Arbeitete Ghislain gegen Sie?«

Bourdain lehnte sich gegen den Sockel der Statue, als ermüde ihn das Gespräch sehr. »Nein, er war einer, den wir zum Nachdenken gebracht haben. Aber Ghislain war noch nicht so weit, uns zu unterstützen. Und nein, deshalb habe ich ihn nicht umgebracht. Ich war bereit, zu warten.«

»Und Mie Montagne? Waren Sie bei ihr auch bereit, zu warten?«

Bourdain schaute ihn fragend an, sagte aber nichts.

»Wegen Ihres Streits hier vor der Kathedrale«, ergänzte der Professor.

»Ach, das. Mie war ein Miststück mit unschuldigen Augen. Von Ghislain hatte sie über ihr ›Institute Freya‹ geerbt, und ich versuchte, sie zu überzeugen, das Geld in die gute Sache zu stecken statt in ihr blödes Yogazentrum.« Er trat nun näher, und seine Stimme klang mit einem Mal, als habe er sie eingecremt. »Das verstehen Sie doch, Professor, oder? Auch dass es bei der Geheimhaltung bleiben muss, bitte!«

Es war erfrischend, Bruno Bourdain auf einmal so klein mit Hut zu sehen, dass sogar Gartenzwerge über seine Größe Witze gerissen hätten.

»Ich bitte Sie inständig, halten Sie Stillschweigen. Wir wollen im Hintergrund agieren.«

Der Professor beschloss, den Weinhändler zappeln zu lassen. Das hatte dieser mit ihm schließlich auch getan. »Ich muss leider fort.«

»Sie haben noch gar nicht auf meine Frage geantwortet.«

»Das kann warten. Es gibt da etwas Dringendes, das ich erledigen muss.«

»Dringender als die Zukunft der Champagne?«

»Durchaus.« Der Professor wandte sich zum Gehen.
»Und was, wenn ich fragen darf?«
»Pornobilder von Flaschen.«

Rena war nicht im Château Les Crayères, sondern, wie der Concierge ihm mitteilte, bereits am Startpunkt des Marathons, dem Porte de Mars, einem über dreißig Meter langen und mehr als zehn Meter hohen Triumphbogen, dem ältesten Monument der Stadt. Schnell zog Adalbert sich in seiner Hotelsuite die Yogakleidung an, um unter all den Sportlern dort nicht unangenehm aufzufallen, und ließ sich ein Taxi rufen, das ihn und Benno hinbrachte.

Die pralle Sonne stand hoch am Himmel und erhitzte die dicke Luft so sehr, als wolle sie Reims kochen, bis es gar war. Doch das hatte unzählige Menschen nicht davon abgehalten, herzukommen. Warum, fragte der Professor sich, wollten so viele eigentlich vernunftbegabte Wesen etliche Kilometer bei dieser Hitze laufen? Und noch viel irritierender: Warum wollten das so viele Menschen sehen?

Auf der Bühne sangen die beiden Rapper aus der Brasserie Flo und hüpften dabei herum, als befänden sich kratzende Insekten in ihrer viel zu großen Kleidung. Bei ihrem Anblick zog der Professor seine Leggings bis zum Anschlag empor. Es machte ihn unsicher, ein Kleidungsstück zu tragen, dessen korrekten Sitz er nicht kannte.

Er musste sich lange durch die Menschenmassen wühlen, wobei ihn Benno mit stetigem Bellen unterstützte, bis er seine wissenschaftliche Mitarbeiterin an einem Champagnerstand zwischen unzähligen Läuferinnen und Läufern mit Startnummern fand. Champagner galt in Reims anscheinend als isotonisches Getränk.

»Ich bin auf der Suche nach unseren Verdächtigen und dachte, ich finde sie hier«, erklärte Rena, nachdem sie ihr Glas abgesetzt hatte.

»Verspotten Sie meinen Intellekt nicht, sondern zeigen

Sie mir umgehend diese Flaschen-Porn…« Er hielt inne, senkte dann die Stimme. »Also diese anzüglichen Fotos von Flaschen.«

Rena war von der Bitte des Professors überrascht, holte aber ihr Tablet aus der farbenfrohen Umhängetasche und die gewünschten Fotos fix auf den Bildschirm. Damit sie das Display erkennen konnten, mussten sie sich unter einen Sonnenschirm stellen, der passenderweise das Logo von Haen-Montgolfier trug.

»Meinten Sie das hier?«

»Nein, das andere.«

»Das?«

»Nein, ich sagte doch, das andere.«

»Das sind alles andere.«

»Das andere andere eben.«

Sie lachte. »Jetzt weiß ich genau, welches Sie meinen.«

Es war dann aber doch das übernächste. Es zeigte die Flaschen einer Probe mit alten Champagnern. Der Professor bat um einen Zoom. Dann nickte er. Alles passte. »Ich suche eine bestimmte Person. Können Sie herausfinden, ob diese hier mitläuft?«

»Es gibt eine Starterliste. Wenn Sie mir sagen, wen Sie meinen, kann ich das checken.«

Der Professor sagte es ihr.

Rena hob die Augenbrauen. Damit hatte sie anscheinend nicht gerechnet.

Nachdem sie ein paarmal auf ihr Tablet gedrückt hatte, nickte sie. »Person X läuft mit. Darf ich beim Zugriff mit dabei sein? Oder es selber machen? Ich wollte mich schon immer mal auf jemanden werfen, der versucht zu flüchten. Eigentlich ist das ja der Grund, warum ich an der Universität Hamburg arbeite.«

»Sie sollten lieber Ihren unterentwickelten Humor trainieren. Das ist ja nicht zu ertragen.« Adalbert bat am Champagnerstand um etwas Wasser für Benno und stellte es vor diesen. Der kleine Foxterrier begann umgehend mit dem Fortschlabbern.

»Soll ich schon mal die Polizei verständigen?«, fragte Rena.

»Wir haben nichts in der Hand. Deshalb benötigen wir ein Geständnis. Wo ist eigentlich Herr Kossitzke?«

»Das muss ich Ihnen zeigen, sonst glauben Sie es mir nicht. Ich schlag mal eine Bresche.«

Sie ging, gefolgt vom Professor und Benno, durch das Starterfeld und gute hundert Meter die Strecke entlang. Dort saß Pit mit Neonweste auf Nscho-tschi und ließ ihren Motor zur Begrüßung aufheulen. »Bonjour, Professore, willkommen bei der Vorhut!« Ihm war anzusehen, dass er eigentlich einen Buchstaben mehr sagen wollte, aber es sich dann verkniff.

»Also wirklich«, erwiderte der Professor kopfschüttelnd. »Jetzt steigen Sie runter von dem Motorrad und hören auf mit dem Rumgekasper, wir müssen den Fall beenden.«

Pit zuckte entschuldigend mit den Schultern. »Ich bin händeringend gebeten worden, mit meinem Motorrad vorauszufahren, da der eigentliche Fahrer ausgefallen ist. Er hatte einen Unfall. Der für ihn sehr überraschend kam.«

Der Professor hob eine Augenbraue. »Aber nicht für Sie?«

»Ich bin sehr vorausschauend, was Unfälle betrifft. Also die von anderen.«

Der Professor blickte zurück. Als sie sich eben durch das Starterfeld gedrückt hatten, war ihm aufgefallen, dass die Berühmtheiten der Champagnerhäuser in der ersten Reihe standen. Darunter, ganz in Schwarz, Antoinette de Montgolfier samt Notar – vermutlich als Wasserträger. Emmanuelle Gratien, natürlich im Badoit-Trikot, fand sich etwas dahinter, noch weiter Bruno Bourdain, der wie ein wild wuchernder Mammutbaum aus der Menge ragte. Und war das ganz dahinten nicht Julie Berthomieu? Mit anderer

Haarfarbe? Oder hatte er schon einen Hitzschlag? Bei Gottfried von Kramp war er sich aber sicher, dieser lief definitiv mit, einen schwarzen Trauerflor tragend, Fotografen bei ihm.

Es gab keinen Grund, zu warten. Sie würden Person X, wie Rena so treffend gesagt hatte, zu dritt überwältigen, ins Kreuzverhör nehmen und zu einem Geständnis bewegen. Und wenn es den ganzen Tag und die ganze Nacht dauerte.

»Zugriff«, sagte der Professor entschlossen. »Jetzt!«

Doch dann fiel der Startschuss.

Adalbert, Benno und Rena schafften es gerade noch, rechtzeitig zur Seite zu springen, bevor die Welle aus drängelnden Leibern über sie hinweggespült wäre. Pit dagegen fuhr seelenruhig voraus, verschwand mit seiner Indian am Horizont.

Der Professor blickte auf seine Armbanduhr. »Wann kommen sie wieder hier an?«

»Gar nicht«, antwortete Rena. »Das Marathonende ist in Épernay, und die Ziellinien für fünf und zehn Kilometer liegen auf dem Weg dorthin.«

»Was sagen Sie da?«

»Dass Sie hinterher müssen.« Rena machte eine einladende Handbewegung zur Rennstrecke.

»Ein Gentleman rennt niemals, er geht höchstens zügig.«

»Dann wird dieser Gentleman erst nach dem Rennen zuschlagen können. Kann natürlich sein, dass sich Person X bis dahin aus dem Staub macht.«

Der Professor holte Luft. »Sie erzählen niemandem davon! Besonders nicht Hildegard zu Trömmsen!«

»Ab mit Ihnen«, sagte Rena und gab ihm einen leichten Schubs auf die Strecke. »Team Hamburg rollt das Feld jetzt von hinten auf.«

Team Hamburg kam allerdings schnell außer Puste.

Das heißt der menschliche Teil des Teams, denn Benno hatte einen Mordsspaß. Der Professor fuhr zwar jeden Tag Fahrrad, doch dabei wurden völlig andere Muskeln beansprucht. Das Fleisch war deshalb schwach, doch der Wille stark. Er kam nur langsam vorwärts, doch dem Hauptfeld peu à peu näher. Immer mehr Starter fielen aufgrund der Hitze ab. Höflich versuchte der Professor, sich an ihnen vorbei nach vorne zu arbeiten, doch keiner dieser egoistischen Traber machte ihm Platz. So blieb ihm nichts anderes übrig, als jeden davon zu belehren, wie man sich als Läufer korrekt verhielt. Dabei hatte er weiß Gott Wichtigeres zu tun! Über das Belehren vergaß er ganz, wie anstrengend das Laufen war, und sein Tempo beschleunigte sich stetig.

Die Strecke führte in Schlangenlinien durch Reims. Der Professor bekam den Eindruck, dass wirklich jeder Straßenzug der Innenstadt genutzt wurde.

Plötzlich erschien eine schwer atmende Rena neben ihm und Benno. »Sie sind ganz schön fix.«

»Mens sana in corpore sano.«

Rena hechelte nun. »Eine Antwort in der Art hab ich erwartet.«

»Wie können Sie mich eingeholt haben?«, fragte der Professor.

»Hab mir den Streckenverlauf angesehen«, antwortete Rena stockend. »Und eine Abkürzung gefunden.«

»Das wünsche ich auch zu tun.«

Sie schüttelte den Kopf. »Geht jetzt leider nicht mehr. Gab nur die eine.«

»Dann bleiben Sie bei mir bis zur Ergreifung.«

»Das würde ich nicht überleben!« Sie hielt ihr Handy hoch. »Ich mach's schnell: Commissaire Belmondo hat angerufen. Sie haben die von uns organisierten DNA-Proben untersucht. Keine davon stimmt mit dem Sperma in Mie

Montagne überein. Franck Taittinger war also nicht ihr Mörder. So, und jetzt muss ich Luft holen. Und zwar so viel wie möglich.«

Sie blieb am Rand stehen.

Der Professor lief weiter, ohne irgendjemanden zu belehren, wie man korrekt an einem Rennen teilnahm. Franck Taittinger war also fälschlicherweise umgebracht worden. Vielleicht hatte er nicht mal um Mie Montagne geworben, weil sein Herz Antoinette de Montgolfier gehörte. Doch wenn er nicht der Täter war und Montagnes andere Yogaschüler auch nicht, wer dann?

Läufer um Läuferin überholte der Professor und war dabei so in Gedanken versunken, dass er sie sich nicht anschaute. Doch sein Unterbewusstsein hatte die Arbeit nicht eingestellt und riss ihn aus seinen Überlegungen, als eine Frau vor ihm auftauchte, die vor Kurzem ihre Haare neu gefärbt haben musste. Julie Berthomieu. Sie war es wirklich. Wie konnte das sein?

»Mademoiselle«, sagte er zu ihr. »Sie sollten bei der Polizei sein und nicht hier.«

Sie sah ihn nur kurz an, dann wieder starr geradeaus. »Ich habe Mie versprochen, dass ich mitlaufe. Sie wollte das unbedingt, also dass ich mich mehr bewege. Und ich werde mein Versprechen nicht brechen! Ist mir egal, ob die Polizei mich sucht.«

»Apropos Polizei«, sagte der Professor. »Wir haben dieser eine DNA-Probe von Franck Taittinger zukommen lassen, die mit der aus Mie Montagne entnommenen Spermaprobe verglichen wurde. Sie sind nicht identisch. Franck Taittinger war also weder ihr Vergewaltiger noch ihr Mörder. Sie haben ihn ganz umsonst getötet.«

Julie Berthomieu wurde aschfahl und blieb stehen.

Der Professor hätte ebenfalls stehen bleiben und sie der Polizei übergeben können. Doch er fand, dass sie diesen Weg alleine gehen sollte. Und war sich sicher, dass sie ihn auch gehen würde. Denn ihre Tat wog nun unendlich schwer auf den schmalen Schultern. Statt ihre Geliebte zu rächen, hatte sie einen Unschuldigen grausam ermordet. Adalbert versank wieder ganz in seinen Gedanken.

Bis hinter ihm italienische Stimmen erklangen.

»Professore! Da sind Sie ja! Wir möchten Sie gern sprechen.«

Er drehte sich um. Zwei bullige Männer lösten sich aus den Zuschauerreihen und rannten hochroten Kopfs hinter ihm her.

Adalbert legte einen Zahn zu, was Benno mit erfreutem Bellen quittierte. Immer wieder blickte der Professor hinter sich. Bald schon sah er sie nicht mehr, aber sie konnten hinter einem der anderen Läufer versteckt sein oder sich seitlich nähern. Er wartete förmlich auf eine Bombe, die nach ihm geworfen wurde, doch in den nächsten fünf Minuten kam keine.

Stattdessen ertönte Motorradlärm, verbunden mit röhrendem Hupen.

»Dringende Nachricht für Professor Bietigheim! Eilzustellung!«

Pit tauchte mit seiner Indian neben ihm auf.

»Gut, dass Sie da sind«, sagte der Professor. »Lassen Sie mich flugs aufsteigen, dann schlagen wir gemeinsam zu.«

»Geht nicht, ich muss direkt wieder zurück, sonst endet das im Chaos, weil irgendwelche Deppen auf der Strecke stehen. Ich soll Ihnen von Rena sagen, dass Commissaire Belmondo nochmals angerufen hat. Julie Berthomieu hat sich in voller Rennmontur bei ihm gestellt.«

»Das sind wunderbare Neuigkeiten!«

»Nicht so wunderbar, wie Sie denken. Sie hat sich nur wegen der Graffiti an der Wand von Taittinger gestellt. Nicht wegen des Mordes an Franck Taittinger. Dafür hat sie ein wasserdichtes Alibi, war bei einer alten Schulfreundin in Straßbourg. Over and out.« Pit gab Gas und rauschte, die Hand nicht von der Hupe nehmend, durch das Läuferfeld.

Zuerst hakten die Rädchen im Kopf des Professors wegen dieser Information, verweigerten das Weiterdrehen. Doch dann fand er das Öl, das sie wieder in Gang brachte. Das Räderwerk war komplex, verwinkelt und wurde angetrieben von blinder Rache und gewaltsamer Wahrung eines Geheimnisses. Es ergab die Antwort auf die Frage, wer Ghislain umgebracht hatte und wer Franck Taittinger, und dass beide durch dieselbe Hand starben. Nur an einer Ecke griffen die Räder noch nicht ineinander. Eine Frage war noch unbeantwortet: Wer strangulierte Mie Montagne?

Das Laufen, dachte der Professor, half ungemein beim Denken. Vielleicht musste er nur immer weiterlaufen, um die Antwort zu finden. Benno so ungemein glücklich neben sich herlaufen zu sehen, verlieh ihm zusätzliche Kraft. Auf den nächsten Kilometern überholte er viele Berühmtheiten, die das Rennen allesamt zu schnell angegangen waren. Kam er an ihnen vorbei, streckte er die Brust weit vor und strahlte, als sei dies für ihn nichts als ein launiger Spaziergang,

Als er einen feuerroten Haarschopf erreichte, verlangsamte er allerdings das Tempo. »Ich habe mit Ihrem Freund gesprochen. Wollen wir ihn Bruno d'Arc nennen?«

»Ist nicht mehr mein Freund«, antwortete Emmanuelle Gratien. »Ist ein Arschloch.«

»Solch ein reizender, gepflegter Mann mit guten Manieren?«

Sie lachte schnaubend. »Der war echt gut.«

»Was ist denn vorgefallen?«

»Ärsche und Titten sind vorgefallen. Bruno hat eine Vertikale Dom Pérignon verkauft und sich für die Kohle vier asiatische Luxusnutten in seinen Laden kommen lassen. Auf Asiatinnen stand er nämlich immer schon. Am liebsten gefesselt. Ansonsten kriegt er nur bei Champagnern mit wilden Hefen einen hoch. Ich bin es so satt. Warum kann ich nicht mal an einen normalen Typen geraten?«

Die Polizei hatte nie öffentlich gemacht, auf welche Art Mie Montagne gestorben war. Emmanuelle hatte das mit den asiatischen Amüsierdamen also nicht gesagt, um ihren Exfreund zu belasten.

»Wissen Sie, wo ich ihn im Feld finde?«

»Sicher am Ende. Treten Sie ihn von mir gepflegt in die Eier.«

Der Professor hatte nichts dagegen, auf das Ende des Feldes zu warten, denn es bot ihm die Gelegenheit, neues Wasser für Benno zu organisieren. Ein Zuschauer reichte ihm netterweise eine Flasche. Adalbert bildete mit seiner Hand eine Kuhle, goss etwas hinein und ließ Benno trinken.

Und das Trinken brachte ihn auf eine Idee.

Er wandte sich an die Zuschauer. »Könnte mir jemand eine Flasche Champagner geben?«

Keiner meldete sich, obwohl etliche Flaschen mit Champagner in Händen hielten.

»Dafür erhalten Sie später drei volle von Haen-Montgolfier!«

»Sechs!«, verlangte eine ältere Dame.

»Sollen Sie haben«, erwiderte Adalbert und nahm ihre Flasche an sich. »Lassen Sie diese im Château Les Crayères auf Professor Bietigheim anschreiben.«

Als er gemeinsam mit Benno die Strecke zurücklief, hörte er die Frau von hinten wieder rufen: »Ich hab's mir überlegt, ich bekomme zwölf!«

Es dauerte lange, bis er auf den schlurfenden Bruno Bourdain traf. Es tat körperlich weh, mit anzusehen, wie er sich voranschleppte. Der Professor reihte sich neben ihm ein.

»Warum tut sich ein adipöser Mensch wie Sie so etwas an?«

»Ich setze ein Zeichen dafür, dass man sich für die Champagne quälen muss.«

»Nun«, erwiderte der Professor, »das ist auf jeden Fall besser, als mit Ihrer unerträglichen Art andere zu quälen. Aber das soll nicht unser Thema sein.« Er reichte ihm die Flasche. »Hier, nehmen Sie einen Schluck. Es ist zwar kein guter Champagner, und er ist auch nicht kühl, aber flüssig. Mehr Gutes kann ich nicht darüber sagen.«

»Reicht.« Bourdain trank die Flasche leer. Danach wollte er sie wegschmeißen, doch der Professor nahm sie wieder an sich.

»Sie haben mich angelogen. Beim Streit mit Mie Montagne ging es gar nicht darum, dass Sie Geld von ihr wollten. Sie wollten Mie Montagne selbst.«

Bourdain lachte. »Hat Ihnen das Emmanuelle gesagt, die blöde Schlampe?«

»Und weil Mie nach Ghislains Tod verständlicherweise nicht wollte, dass Sie dessen Platz einnehmen, hatten Sie Streit an der Kathedrale, und später haben Sie die arme Frau dann beim erzwungenen Liebesspiel erdrosselt.«

»Schwachsinn.« Er schubste Adalbert zur Seite.

Doch dieser ließ sich nicht abschütteln. »Emmanuelle erzählte mir, dass Sie eine Schwäche für Asiatinnen haben.«

»Deshalb würde ich die ja auch nicht umbringen.«

»Unerwiderte Liebe!«, rief der Professor, und ein Seufzer stahl sich seinen Hals empor. »Sie ist die machtvollste aller Lieben.«

Dann rannte er wieder schneller, denn die Person, wegen der er an diesem Lauf überhaupt teilnahm, war in seinem Blickfeld aufgetaucht. Die Champagnerflasche in seiner Hand machte das Laufen nicht leichter, doch er brauchte sie – oder besser Bourdains Speichelprobe. Dabei hatte er wirklich genug davon, Speichel einzusammeln. Moderne Ermittlungsarbeit musste auch hygienischer durchzuführen sein. Weniger feucht! Doch dieser Speichel würde Bourdain fraglos des Mordes an Mie Montagne überführen.

Die Laufstrecke führte entlang der Maison Taittinger, die

beschmierte Wand war nun komplett mit einem Gerüst verkleidet. Schritt für Schritt kam er der Person näher. Adalbert aktivierte seine letzten Kraftreserven, um die Lücke zu schließen.

Doch dann blickte sich die Person um.

Sah in die Augen des Professors.

Und wusste Bescheid.

Dann waren die Augen verschwunden.

Hinter den Mauern der Maison Taittinger.

Es gab für Adalbert keine Frage, dass er folgen musste. Die Champagnerflasche mit Bourdains Speichelprobe deponierte er am Eingang, von wo offene Türen den Weg wiesen. Es roch nicht nur nach einer Falle, es stank danach. Doch der Professor lief weiter. Nach einigen Kurven, Treppen und Gängen fand er sich in den Kreidekellern unter dem Champagnerhaus wieder, deren Stille sich wie ein uralter Drache in jede Ecke erstreckte. Es war eine Stille, die man nicht stören wollte, eine Stille, die zu enden drohte.

Dann erklangen Schritte, ganz nah bei ihm. Leise folgte er ihnen. Immer noch weiter hinein ging es, in das nicht enden wollende Gewirr der Gänge, tiefer auch in die Erde, tiefer in die Kälte.

Und dann erlosch das Licht.

Die Dunkelheit wirkte hier unten so fest und undurchdringlich wie Stein.

»Sie wissen, dass ich Sie hier nie wieder herauslassen kann, Professor.«

Adalbert drückte den Gedanken, hier unten zu sterben, mit aller Kraft beiseite, denn er würde ihn nur blockieren. Vorsichtig tastend fanden seine Hände eine der feuchten Kalksteinwände. »Zwei Morde wegen einer Sache, die so weit zurückliegt? Verjährt Zorn nicht?«

»Ghislain wusste um die Ungerechtigkeit, das Verbrechen, das meiner Familie einst angetan wurde.« Die Stimme kam von weiter weg und hallte nach. »Er wusste allerdings nicht, dass ich Teil dieser Familie bin, weil wir unseren Namen änderten.«

»Aber nur leicht«, erwiderte der Professor. Seine Augen gewöhnten sich nicht an die Dunkelheit, denn in dieser lag kein Sonnenstrahl verborgen.

»Ist trotzdem keinem im Haus jemals aufgefallen. Weil auch keiner des Deutschen mächtig ist.«

Es war Zeit, den Namen auszusprechen, den Namen eines zweifachen Mörders, einen Namen, den er schon an seinem ersten Tag in der Champagne ausgesprochen hatte, ohne zu ahnen, dass er die Antwort auf die Frage nach dem Mörder seines Freundes war.

Den Namen Gérard Le Coq.

»Ein gutes Champagnerhaus sollte sich seiner Geschichte bewusst sein. Jeder Mitarbeiter sollte wissen, dass die eigentliche Gründerfamilie die aus Deutschland stammenden Haens waren. Und dass Haen von Hahn stammt, auf französisch Le Coq. Ebenso sollte ihnen bekannt sein, dass der Erste Weltkrieg alles änderte. Und genau wie bei Champagne Mumm die deutschen Besitzer, die nicht die französische Nationalität angenommen hatten, enteignet wurden. Stammte Ihre Familie genau wie die Mumms aus Köln?«

»Ja, sie waren befreundet.«

Stets eine Hand an der Wand des Ganges, näherte sich der Professor dem Ursprung der Stimme. »Dann erscheint endlich die erste umfassende Darstellung der Geschichte des Hauses Haen-Montgolfier, und Ghislain verschweigt darin Ihre Familie völlig.«

Wieder waren Schritte zu hören, vorsichtig gesetzte, die sich entfernten. »Ich hatte ihn jahrelang immer wieder darauf hingewiesen, dass er dies aufarbeiten musste – ohne dass er von meinen persönlichen Gründen etwas ahnte. Er versprach es jedes Mal aufs Neue, sagte, es laste auf ihm. Doch all das war gelogen. Als dieser Journalist ihn befragte, verschwieg er es mit voller Absicht. Der schöne

Schein war ihm wichtiger. Ich war es leid. Und tief enttäuscht von einem Freund.« Le Coq atmete tief durch, sein Atem zitterte. »Ich war noch nie so enttäuscht von einem Menschen. Ich dachte, er würde endlich alles geraderücken. Und als ich begriff, dass auch er es nicht tun würde, kam der Hass. Er hat mich regelrecht überwältigt. Als ich es dann zu Ende brachte, fühlte ich nur Glück. Ein wenig war ich erschrocken vor mir selbst, vor dem, der ich geworden war. Doch es war gut so, und mir liefen die Tränen. Es war eine unglaubliche Erleichterung.«

»Dabei hat es nichts geändert, oder? Ihre Familie kommt in der Historie immer noch nicht vor.« Der Professor schüttelte den Kopf. So viel Gewalt, so viel Leid – wegen sinnloser Rache.

»Das wird sich bald ändern. Ghislain war nur der erste Schritt, der letzte wird die Übernahme des Weingutes sein. Auf die eine oder andere Weise.«

Leise Schritte waren zu hören.

»Doch so ganz glücklich war Ghislain mit seinem Schweigen nicht, oder? Deshalb Fachingen?«

Die Stimme des Notars war nun leiser, er musste sich weit entfernt haben. »Er sah es als Zeichen an, dass die Gründungsjahre übereinstimmten. Als Möglichkeit, etwas wiedergutzumachen an den Deutschen. Doch es ging mir nicht um Wiedergutmachung, sondern einzig und allein um die Wahrheit.«

Adalbert ging nun schneller, denn sonst würde er Le Coq verlieren, und dann wäre er verloren. »Fiel Ghislain nie auf, dass Sie eine Krawattennadel mit dem alten Logo des Hauses tragen, aus der Zeit, als Ihre Familie noch im Besitz desselben war?«

»Ghislain hielt mich für einen Romantiker. Und vielleicht bin ich das auch. Ein Romantiker, der alles wieder zurechtrückt. Nun, da Franck tot ist, wird sich Antoinette noch mehr an meine Schulter lehnen. Und später in meinen Armen befinden. Franck hat etwas davon geahnt. Kluger Franck, Ghislain hatte wohl mit ihm über die Geschichte seines Hauses gesprochen, und Franck war im Gegensatz zu ihm jemand, der Deutsch spricht und dem Kleidungsaccessoires auffallen. Deshalb musste er sterben. Wissen Sie, Professor, der zweite Mord ist bei Weitem nicht mehr so schwierig wie der erste. Beim dritten fällt es einem sogar noch leichter.«

»So gehen Sie also mit Ihren Mandanten um. Zuerst Ghislain, dann Franck.«

Beim Telefonat nach der Bruchlandung des Heißluftballons hatte Adalbert bei Taittinger erfragt, wer der Notar des Hauses sei. Die Antwort war Gérard Le Coq gewesen.

»Ich trage bei meinem Kunden sogar Sorge für den Einzug ins Paradies.« Le Coq ließ ein trockenes Lachen hören.

»Nur dafür haben Sie Ghislain an die Lahn begleitet, es war alles von langer Hand geplant.«

»Selbstverständlich. Niemand hat dort auf mich geachtet, ich bin ja nur der Notar, also Personal, Staffage. Ich ließ Ghislain einige Tage vorher einen Brief zukommen, geschrieben von einem gewissen Siegfried Haen, der vorgab, das Buch gelesen zu haben, und ihn erpresste. Einhunderttausend Euro oder er würde alles erzählen, Übergabe des Geldes nach der Probe im Keller der Kapelle. Allein. Ghislain war sehr überrascht, als er mich dort antraf. Zuerst dachte er, ich hätte den Erpresserbrief unerlaubterweise gelesen und sei dort unten, um ihm beizustehen. Umso leichter fiel es mir, ihn zu überwältigen und dann langsam sterben zu lassen, so wie er das Andenken an meine Familie langsam sterben ließ.«

Da Le Coq nun so lange geredet hatte, war der Professor seiner Stimme ein gutes Stück näher gekommen. Mit einem Mal wich die Wand zurück, und der wenige Schall, den seine vorsichtig gesetzten Füße verursachten, schien sich in einer großen Halle zu spiegeln.

»Woher wussten Sie, auf welche Art Mie Montagne zu Tode kam, um es nachzustellen?«, fragte der Professor. »Es wurde nicht publik gemacht. Für die Polizei sieht es nun aus, als sei es die zweite Tat eines Serienmörders. Ich vermute, Ihre guten Kontakte?«

»Als Notar und Rechtsanwalt in Reims hat man diese zur Polizei. Aber genug mit dem Gerede. Sie sind jetzt genau da, wo ich Sie haben wollte. Es ist Zeit zu gehen, Professor.«

Etwas klickte in der Dunkelheit. Der Professor kannte das Geräusch. Eine Waffe wurde entsichert.

»Wollen Sie nicht wissen, wie ich auf Sie gekommen bin?«

»Sie sind ein kluger Mann«, antwortete Le Coq. »Es war nur eine Frage der Zeit.«

»Es war der Moment im Heißluftballon, als ich …«

»Ich will es wirklich nicht hören. Sie befinden sich nun im tiefsten Kreidekeller, Professor. Hier unten lagern nur alte Flaschen, deren Inhalt keinen Wert mehr hat. Hier kommt nur selten jemand hin. Gleich werde ich die beiden Eingänge zum Einsturz bringen, dann werden Sie und Ihr Hund hier verrecken. Falls man sich jemals die Mühe macht, den Schutt wegzuräumen, wird man nicht mehr viel von Ihnen finden.«

»Es war der Moment im Heißluftballon, als der junge Ballonfahrer sagte, die Stadt liege aufgeschlagen wie ein Buch vor ihm. Ein Buch, das vom Ersten Weltkrieg erzählt. Und ich sagte, es sei ein Buch, in dem Seiten fehlten, herausgerissen waren. Da ging mir auf, dass auch etwas im Champagnerbuch des deutschen Journalisten fehlte: die Geschichte der Enteignung, sie war einfach übergangen worden.«

Le Coq sagte nichts dazu. Seine Schritte waren zu hören, doch die Kuppel spiegelte sie so oft, dass ihr Ursprung nicht mehr auszumachen war.

Angst durchströmte Adalbert, eine alte, archaische

Angst, die tief in den Knochen eines jeden Menschen steckt, eine Angst vor ewiger Dunkelheit, eine Angst davor, keinen Ausweg mehr zu haben, und die Angst, zu sterben. Seine Hände tasteten hastig die Wand entlang, die an einer Stelle zurückglitt und durch Glasböden ersetzt wurde, von Flaschen, die übereinandergestapelt waren. An einigen Stellen gab es Lücken oder scharfe Kanten. Der Professor wusste, dass immer wieder Flaschen explodierten, doch die gewaltige Menge darüber stürzte wegen vereinzelter Flaschen nicht in sich zusammen.

Aber wegen mehrerer schon.

Drei Schüsse fielen, und mit ohrenbetäubendem Lärm stürzte Kalkgestein auf den Boden. Der aufgewirbelte Staub stach in Bietigheims Augen.

»Das war die Decke des ersten Durchgangs. Nun werde ich den zweiten schließen.« Le Coq kannte sich gut aus, seine Schritte waren fest und sicher. Er konnte nicht mehr weit von dem Gang entfernt sein, der hinausführte.

»Einen Augenblick noch«, rief Adalbert. »War Antoinette de Montgolfier schon einmal in diesen Kellern? Vielleicht vor Kurzem?«

Le Coq lachte irritiert. »Das ist Ihre letzte Frage?«

»Wenn die Antwort wie gewünscht ausfällt, ist es eine sehr wertvolle.«

»Nun, zum einen war sie bei der Probe Ihrer Hildegard zu Trömmsen im größten Kreidekeller von Taittinger anwesend. Aber das wissen Sie ja selbst, schließlich hielten Sie eine Rede. Und dann gab es gestern Abend im selben Keller noch eine Jungweinprobe der großen Champagnerhäuser von Reims, da war sie bis zum Schluss mit dabei. Ist das die gewünschte Antwort, Sie Verrückter?«

»Ja«, antwortete der Professor, stellte sicher, dass er Bennos Leine gut festhielt, beugte sich zu diesem herunter und sagte: »Such Antoinette de Montgolfier!«

Manchmal verstand der kleine Kerl ihn.

Es war den Versuch wert.

Mehr als diesen hatte er ohnehin nicht.

Dann zog der Professor nicht eine, sondern schnell nacheinander vier Flaschen an einer neuralgischen, bereits geschwächten Stelle aus dem Stapel Tausender Flaschen – der daraufhin scheppernd zusammenbrach. Nun würde Le Coq nicht hören können, wohin er und Benno sich bewegten.

Doch der Lärm war noch viel größer als erwartet, er echote an der Decke des kuppelförmigen Saales. Wurde verdoppelt, vervierfacht, verhundertfacht. Er hörte gar nicht mehr auf, war wie ein eingesperrtes Tier rasend vor Zorn.

Benno zog an der Leine.

Ob er nur fortrennen wollte und sie gleich an der anderen Wand endeten oder er tatsächlich das vielleicht noch schwach im entfernt liegenden Kreidekeller liegende, von Antoinette de Montgolfier stets literweise aufgetragene Chanel N° 5 roch, war Adalbert in diesem Moment unklar.

Er ließ sich einfach von Benno ziehen, kam mehrfach aus dem Tritt, stolperte sogar, doch er fiel nicht, und Benno zog immer weiter, mit einer Kraft, die er dem kleinen Kerl nicht zugetraut hätte.

Dann blieb er stehen.

Und der Professor hörte hinter sich die Kuppel einstürzen. Das Klirren der tausendfach zersplitternden Flaschen musste sie zu schwer erschüttert haben.

Adalbert wartete. Nur langsam verebbte der Lärm.

Dann herrschte wieder Stille.

Völlige Stille.

Doch diesmal klang sie nicht bedrohlich.

»Le Coq?«, rief Adalbert in die Stille hinein.

Doch keine Antwort.

Nicht einmal ein Stöhnen.

Adalbert kniete sich neben Benno, legte seinen Kopf sanft an den des Freundes. »Du bist der beste Hund, den sich ein Professor wünschen kann.« Er kraulte ihn lange und überschüttete ihn mit Lob. Doch irgendwann war es Zeit zu gehen. »Und jetzt bring uns hier raus.«

Benno rollte sich auf die Seite und begann, ausgiebig seine Füße zu lecken.

Alles wieder beim Alten, dachte der Professor, und ein Schmunzeln erschien in der Dunkelheit auf seinem Gesicht.

»Ist hier unten wer?«, war plötzlich eine Stimme zu hören.

»Ja«, antwortete Adalbert. »Ein glücklicher Professor und ein Hund mit sauberen Füßen.«

EPILOG

Es war einen guten Monat später, als der Professor zum zweiten Mal im Altarraum der schmucken Kapelle am Schafsberg stand und in das kleine Kirchenschiff blickte. Wie damals saßen alle Größen der Champagne an den Tischen und ganz am Ende Gottfried von Kramp, den dies viel Überredungskünste und Geld gekostet hatte.

Ein Platz ganz vorne, neben Pit, Rena und Benno, war noch leer. Er gehörte Hildegard zu Trömmsen, die, seit der Professor ihr mit voller Inbrunst über den Dächern von Reims seinen Respekt gestanden hatte, nicht mehr aufgetaucht war. Adalbert vermutete, dass sie noch völlig durcheinander von seiner Direktheit war. Den Briefumschlag mit der Einladung für heute Abend hatte er eigenhändig mit dem Duft ihres Lieblingsessens, Labskaus, aromatisiert. Inständig hoffte er, dass sie erschien und er ihr sagen konnte, dass er sie nicht nur respektierte, sondern auch wie ein kleiner Schuljunge in sie verliebt war.

»Meine hochverehrten Damen und Herren, ich darf Sie herzlich willkommen heißen zu einer ganz besonderen Probe. Vorher soll es aber eine Stärkung geben, die Grundlage für all das wunderbare Prickeln, welches unsere Gaumen danach erfreuen wird. Ich darf dafür nun die begnadete Köchin des Gerichts zu mir bitten. Bitte schenken Sie Hiltrud Kossitzke einen ganz besonders warmen Applaus!«

Pits Mutter erschien mit einem schüchternen Winken, und die Gäste erhoben sich applaudierend. Unsicher stellte sie sich hinter das für sie viel zu hohe Mikrofon. Der Professor trat neben sie, um simultan für die französischen Gäste zu übersetzen.

Hiltrud Kossitzke zog erst mal die Kittelschürze gerade. Es war ihre beste, die mit den Lilien drauf, und für den Anlass frisch gewaschen. »Bleiben Sie doch sitzen! Bleiben Sie bitte sitzen. Ist doch nur ein einfaches Süppchen, das ich gekocht habe. Aber mit tüchtig Fleisch drin. Und zwar nicht das schäbige, das der Hermann manchmal verkauft, das lass ich mir nie andrehen, sondern das gute! Deshalb ist mein Junge auch so groß geworden. Steh auf, Pit, damit die dich alle mal sehen können!«

Pit stand grinsend auf und zeigte mit beiden Zeigefingern auf seinen Bauch.

»Der Bauch, den hat er vom Biertrinken, aber die festen Knochen von der Gulaschsuppe«, erklärte seine Mutter. »Passt sehr gut zum Champagner. Aber Vorsicht, die Teller sind heiß. Und wenn Sie mehr wollen: Ist von allem noch genug da. Dann mal guten Hunger! Und wer sich noch nicht die Hände gewaschen hat, der sollte das jetzt tun!«

Wieder brandete Applaus auf.

Und einige verschwanden, um sich die Hände zu waschen.

Hiltrud Kossitzke verstand nicht, dass dies der Moment war, in dem sie zurück in die Küche gehen konnte. Sie blickte zu Pit. »Ich weiß gar nicht, was du hast, Junge. Dein Professor ist doch gar nicht so töffelig, wie du immer sagst. Und kluggescheißert hat der auch nicht. Oh, ist das Mikrodingens noch an?«

Der Saal lachte, nur der Professor nicht.

Nach dem Essen folgte der nächste Programmpunkt. Bei diesem war der Professor sich nicht sicher, ob er dem Anlass wirklich angemessen war. Doch Rena versicherte, es würde ein echter Höhepunkt werden.

»Ich darf nun die Rapper 100 Cent und Cheek Catty Cat

zu mir in den Altarraum bitten. Sie haben ein Hippedihopp-Lied komponiert, das aus knallenden Champagnerkorken, eingegossenem Champagner, dem Klirren von Champagnergläsern, dem Schlürfen von Champagner und dem zufriedenen ›Aaaah!‹ nach einem Schluck Champagner besteht. Das Lied heißt ›Professor B's Champagne Bomb‹.«

Das, was folgte, konnte man nach Adalberts Meinung kaum als Musik bezeichnen. Er wusste auch nicht, warum man so oft »Motherfucker«, »Bitch«, und »Suck it to me, Baby« in einem Lied sagen musste, bei dem es um einen ebenso genialen wie kultivierten Professor ging, der drei Champagnermorde aufklärte.

Zumindest hatten sie ihm vorher gesagt, dass es darum ging.

Ein Kameramann filmte den Auftritt, denn Ausschnitte davon sollten für das Video zum Song verwendet werden. Zuvor waren wohl Aufnahmen des Gefängnisses gemacht worden, in dem sowohl Bruno Bourdain als auch Tommaso Bonucci und Gianluca Chiellini einsaßen. Julie Berthomieu kam ebenfalls vor, deren Geschichte von den Medien an die Öffentlichkeit gezerrt worden war – inklusive ihrer sexuellen Orientierung. Zu Julies Überraschung hatte ihr dies jedoch einen weltweiten Markt bei Gleichgesinnten geöffnet, und ihre Champagner waren begehrter denn je.

Die Rapper waren fertig und verbeugten sich.

»Vielen Dank, 100 Cent und Cheek Catty Cat. Herzlichen Glückwunsch, dass man mit so etwas Geld verdienen kann.«

Die beiden Rapper traten zu Adalbert und machten mit ihren Händen komische Dinge, bis sie begriffen, dass der Professor nur dazu imstande war, ihnen die Hand zu reichen. Nachdem sie Richtung Sakristei, wo eine Künstlergarderobe eingerichtet worden war, verschwunden waren, griff sich der Professor wieder das Mikrofon. »Die zwei haben darauf bestanden, nach der Probe noch ein Konzert zu geben.« Er räusperte sich. »Es muss aber niemand bleiben!«

Mit dem Mikrofon in der Hand trat er zum Tisch der Ehrengäste des Abends. »Sie alle wissen um die schrecklichen Ereignisse, die hier im Keller ihren Anfang nahmen. Es ist mir eine große Freude, mitteilen zu können, dass das Buch, welches den Anlass dazu gab, überarbeitet wurde. Nun wird darin die Bedeutung der Familie Haen gewürdigt. Zusätzlich erinnert in der Stadt Köln jetzt eine goldene Tafel am Stammhaus an den großen Einfluss der Haens auf den Champagner von Ghislains Champagnerhaus. Wie mir Antoinette de Montgolfier versicherte, soll es zudem in jedem Jahr einen deutschen Stipendiaten geben, der in der Champagne in die Geheimnisse der Schaumweinproduktion eingeführt wird. Das ist, finde ich, einen Applaus wert.«

Antoinette de Montgolfier erhob sich.

»Vielleicht«, ergänzte der Professor, »wären auch zehn Stipendiaten eine Möglichkeit. Ich sehe, sie nickt, bitte einen stürmischen Applaus!«

Antoinette hatte keineswegs genickt, doch der Professor fand, dies war die Gelegenheit, eine alte Rechnung zu begleichen. Er hatte nicht vergessen, wie die Witwe ihn behandelt hatte, und lächelte ihr nun verschmitzt zu.

Sie erwiderte das Lächeln gequält.

Neben ihr saßen der Concierge des Les Crayères und Emmanuelle Gratien, die bei Badoit gekündigt und den Weg ins Haus ihres verstorbenen Vaters gefunden hatte. Die Trennung von Bourdain, der für den Mord an Mie Montagne hinter Gittern saß, schien ihr gutzutun. Neben Emmanuelle hatte Dirk Weiler von Fachingen Platz genommen, der gerade einen Vertrag mit Haen-Montgolfier unterschrieben und die Wasserversorgung der Probe netterweise übernommen hatte. Die beschädigte Rohrleitung der wertvollen Heilwasserquelle war repariert, und das mineralische Nass sprudelte wieder aus den Tiefen der Erde.

»Damit kommen wir nun zum wichtigsten Tagesordnungspunkt: der Probe. Gottfried von Kramp bat mich nach Ghislains Tod darum, diesen aufzuklären, und versprach mir im Gegenzug, jeden Wunsch zu erfüllen. Mein Wunsch ist dieser Abend, an dem Sie, und damit meine ich vor allem die Vertreter der bedeutendsten Häuser der Champagne, die besten Sekte Deutschlands blind verkosten werden, um am eigenen Gaumen zu erfahren, dass auch außerhalb der Grande Nation Großartiges erzeugt wird! Nicht nur aus Burgundertrauben, sondern auch aus Königin Riesling und ihren Hofdamen Gewürztraminer und Silvaner. Die erste Flasche ist eine Magnum, ein zweiundsiebzig Monate lang gereifter Sekt des Schlossgutes Diel, den ich nun sabrieren werde.«

Bietigheim umfuhr mit den Fingerspitzen gekonnt die Flasche, um die Längsnaht zu finden. Dann stellte er sich vor dem Pult in Positur, setzte den Säbel ohne Umschweife oberhalb des Etiketts an und ließ die Klinge in einer fließenden Bewegung am Glas entlang auf den Wulst zugleiten.

Diesmal würde alles glattgehen, der Hals der Flasche zielte ungefährlich auf die breite Seitenwand.

In diesem Moment öffnete sich das Portal, und Hildegard zu Trömmsen trat ein, in einen Traum aus rieslinggrünem Chiffon gewandet – und schenkte Adalbert ein Lächeln.

Er schenkte ihr natürlich eines zurück.

Wofür er sich zu ihr wenden musste.

Der Hals der Flasche zielte nun genau auf von Kramps Stirn.

Die Klinge des Säbels traf den Wulst.

Der Hals brach ab.

Der Kopf der Champagnerflasche schoss weit in den Raum hinein, vorbei an den Tischen der Staunenden, und näherte sich dem Kopf des Gastgebers mit großer Geschwindigkeit.

Die Blicke der Anwesenden folgten ihm fasziniert. Auch Bennos Blick.

Doch diesmal rührte er sich nicht.

Rundum glücklich saß er auf seinem Stuhl.

»Platz!«, rief der Professor.

Dann erst lief er los.

Der Kopf der Champagnerflasche schien immer schneller zu werden.

Gottfried von Kramp hatte vor lauter Staunen den Mund weit geöffnet.

Rezepte

Private Rezeptsammlung
Professor Dr. Dr. Dr. h. c. Adalbert Bietigheims

Exemplarische Gerichte mit der Ingredienz Champagner
(zusammengestellt unter Mithilfe von Sternekoch
Julius Eichendorff, Heppingen)

Kapitel:
Suppen & Eintöpfe
Vorspeisen
Hauptmahlzeiten
Desserts

Soupe de Champagne et de la Moutarde

Zutaten

1 Liter Kalbsfond
0,2 Liter Sahne
1 Stange Lauch
100 Gramm Sellerie
1 kl. Flasche Champagner von
Haen-Montgolfier (0,375 Liter)
30 Gramm Butter
30 Gramm Mehl
2 TL Dijonsenf mittelscharf
2 TL Senfkörner, gemörsert oder grob gemahlen
½ Bund Schnittlauch

Zubereitung

Zuerst Lauch und Sellerie in kleine Würfel schneiden und in Butter anschwitzen, danach bemehlen. Den Kalbsfond unter Rühren zugießen, dann alles rund 20 Minuten bei offenem Topf köcheln lassen.

Danach durch ein Sieb passieren. Champagner, 0,1 Liter Sahne und Senf einrühren. Die restliche Sahne steif schlagen.

Mit Salz und Pfeffer abschmecken und in Suppenteller aufteilen. Jeden mit einem Klecks geschlagener Sahne bedecken, dann mit Schnittlauchröllchen bestreuen und die Senfkörner grob darüber mahlen.

Warme Austern mit Champagner

Zutaten für 4–6 Personen

36 mittelgroße Austern
250 Milliliter Crème fraîche
250 Milliliter Champagner von Haen-Montgolfier
1 Stange Lauch
1 Stückchen Butter
1 EL Speisestärke (optional)

Zubereitung

Die Austern öffnen, das Fleisch entnehmen, die Flüssigkeit dabei in einem Topf auffangen. Die Schalen danach trocknen und auf ein mit Alufolie ausgelegtes Backblech legen. Champagner in den Topf gießen und alles auf niedriger Flamme auf die Hälfte einkochen lassen. Den Topf vom Herd nehmen. Pfeffern und die Austern kurz in die Flüssigkeit geben, danach auf die Schalen verteilen. Den Ofengrill vorheizen.

Die Crème fraîche unter die Sauce rühren und diese dann bei niedriger Hitze noch mal reduzieren lassen. Falls die Sauce zu dünn ist, Speisestärke in etwas Sahne auflösen und unterrühren, dann kurz aufkochen.

Butter in einer Pfanne erhitzen und den Lauch (nur den weißen Teil, fein gehackt) andünsten. Auf die Muscheln verteilen und darüber die Sauce löffeln. Alles unter dem Grill kurz gratinieren und heiß servieren.

Poulet Champenoise

Zutaten für 4 Personen

1 Hähnchen (rund 1 ¼ Kilogramm,
küchenfertig ausgenommen)
200 Gramm Champignons
1 Möhre (mittlere Größe)
1 Zwiebel (mittlere Größe)
1 Stange Porree
3 Gewürznelken
1 Lorbeerblatt
½ Topf Thymian
1 EL Pfefferkörner
60 Gramm Butter
30 Gramm Mehl
¼ Liter Champagner von Haen-Montgolfier
2 EL Schlagsahne
1 Eigelb

Zubereitung

Das Hähnchen waschen, trocken tupfen und in 8 Stücke zerteilen. Dann die Möhre schälen, waschen und grob schneiden sowie den Porree putzen, waschen und grob schneiden. Als Letztes die Zwiebel schälen und mit Lorbeer und Nelken spicken und den Thymian waschen.

Porree, Möhre, Zwiebel, die Hälfte des Thymians und die Pfefferkörner zusammen mit den Hähnchenteilen in einen großen Topf geben. Den Inhalt mit Wasser bedecken und zum Kochen bringen. Dann 1 Teelöffel Salz hinzugeben und rund 40 Minuten köcheln lassen, dabei den entstehenden Schaum abschöpfen. Danach die Hähnchenteile herausnehmen und die Brühe durchsieben, ¼ Liter davon werden benötigt.

Die Pilze putzen, waschen und in Scheiben schneiden. In einer ausreichend großen Pfanne 30 Gramm Butter erhitzen, darin die Hähnchenteile goldbraun anbraten. Dann die Pilze hinzugeben und alles für 10–15 Minuten weiter anbraten.

Nun den Rest Thymian hacken. Die restliche Butter in einem Topf erhitzen. Darin Mehl anschwitzen, mit der aufbewahrten ¼ Liter Brühe sowie Champagner ablöschen und aufkochen. Den Thymian hinzugeben. Für gut 5 Minuten köcheln lassen. Separat Sahne und Eigelb verrühren, Topf vom Herd ziehen und die Mischung erst einrühren, wenn die Sauce nicht mehr kocht.

Mit Salz und Pfeffer abschmecken. Alles zusammen anrichten – und dazu unbedingt Champagner trinken.

Spaghettini in Champagner-Sahne-Sauce

Zutaten für 4 Personen

500 Gramm Spaghettini
250 Gramm Riesengarnelenschwänze
(frisch oder tiefgefroren)
250 Gramm Champignons
100 Gramm geräucherter Lachs
250 Gramm Schlagsahne
200 Milliliter Champagner von Haen-Montgolfier
1 Knoblauchzehe
1 Zwiebel
3 EL Olivenöl
einige Spritzer Zitronensaft
1 EL heller Soßenbinder
3 Stiele Dill
Dill und Zitrone zum Garnieren (falls gewünscht)

Zubereitung

Zwiebel und Knoblauchzehe schälen und fein würfeln, dann in zwei Esslöffel heißem Öl andünsten. Die frischen oder aufgetauten Garnelen hinzufügen und rund 4 Minuten braten (dabei wenden), dann mit Salz, Pfeffer und Zitronensaft würzen und aus der Pfanne nehmen. Einen weiteren Esslöffel Olivenöl ins Bratfett geben.

Champignons putzen, waschen und in Scheiben schneiden, dann in die Pfanne geben und darin kräftig anbraten bis sie Farbe bekommen und trocken werden. Mit Champagner ablöschen und sofort 250 Milliliter Wasser und die

Sahne dazugeben. 5 Minuten bei starker Hitze einkochen, danach Saucenbinder einstreuen. Den Lachs in feine Streifen schneiden und gemeinsam mit den Garnelen kurz darin erwärmen. Jetzt den Dill fein hacken und unterrühren, mit Salz und Pfeffer abschmecken. Die Spaghettini entsprechend der Packungsangabe in kochendem Salzwasser al dente garen. Zuerst Nudeln in die Teller geben, dann Sauce, falls gewünscht mit Zitrone und Dill garnieren.

Ragout d'Agneau à la Champenoise

Zutaten für 4 Personen

1 Kilogramm Lammfleisch (aus der Schulter oder Haxe)
4 Scheiben Frühstücksspeck
3 Zwiebeln
8 kleine bis mittlere Kartoffeln
250 Gramm Karotten
350 Gramm Pilze
4 Zehen Knoblauch
400 Milliliter Champagner
400 Milliliter Hühnerbrühe
150 Milliliter Madeira
½ Bund Petersilie
2 Lorbeerblätter
2 TL Kräuter der Provence
1 großer Thymianzweig
1 ½ TL Salz
½ TL Zucker
Pfeffer
2 TL Petersilie, gehackt

Zubereitung

Die Karotten in dicke Scheiben schneiden, die Zwiebeln in feine Würfel, den Knoblauch fein hacken, die Kartoffeln schälen und vierteln (größere Kartoffeln achteln). Das Lammfleisch in gut 3–5 cm große Würfel schneiden.

Nun den Speck in einem Schmortopf auslassen und sie danach wieder entfernen. Das Lammfleisch salzen, pfeffern und mit den Kräutern der Provence würzen. Dann mit den Zwiebeln, Knoblauch, Kartoffeln und Karotten im Topf von allen Seiten gut anbraten. Mit Hühnerbrühe, Champagner und Madeira ablöschen, dann alles zum Kochen bringen. Nun Petersilie (grob gehackt), Lorbeerblätter, Thymian und Zucker hinzugeben, dann mit Salz abschmecken. Zugedeckt im vorgeheizten Backofen bei 175 Grad rund anderthalb Stunden schmoren lassen – falls nötig mit Champagner oder Brühe auffüllen.

Die Pilze putzen und je nach Größe halbieren oder vierteln. In der Sauce ohne Deckel weitere 15 Minuten schmoren lassen. Lorbeerblätter und Thymianzweig entfernen, falls nötig die Sauce abbinden. Petersilie hacken und vor dem Servieren über das Ragout streuen.

Champagner-Sorbet

Zutaten für 4 Personen

1 unbehandelte Zitrone
250 Milliliter Champagner von Haen-Montgolfier
100 Gramm Zucker
1 Eiweiß
Zitronenmelisse (einige Blätter) – wenn Sie Ihre Gäste vergraulen wollen, nehmen Sie Minze

Zubereitung

Die Zitrone heiß abwaschen, dann die Schale dünn schälen und in feine Streifen schneiden. Den Saft auspressen. Dann den Zucker mit 100 Milliliter Wasser, dem Zitronensaft und den Zitronenstreifen in einem Topf erhitzen, rund 5 Minuten köcheln lassen. Durch ein Sieb in eine Schüssel gießen, auskühlen lassen. Die Zitronenstreifen beiseitestellen (für spätere Garnitur).

Das Eiweiß zu steifem Schnee schlagen. Den Champagner in die Zuckerlösung rühren und das Eiweiß vorsichtig unterheben. Dann die Sorbetmischung in die Eismaschine füllen und cremig gefrieren. Vor dem Servieren das Sorbet in einen Spritzbeutel (Sterntülle) füllen und in gekühlte Gläser spritzen. Mit den Zitronenstreifen und Blättern der Zitronenmelisse garnieren.

Champagner-Charlotte mit Beerenmus

Zutaten für 8 Personen

150 Gramm Erdbeeren
150 Gramm Himbeeren
100 Gramm weiße Kuvertüre
100 Gramm Zucker
50 Gramm Puderzucker
250 Milliliter Champagner
250 Milliliter Schlagsahne
20 französische Löffelbiskuits (idealerweise aus Reims)
6 Blätter weiße Gelatine
1 Limette
3 Eiweiß / 3 Eigelb
10 Erdbeeren
4 EL Marc de Champagne

Beerenmus
100 Gramm Puderzucker
100 Gramm Himbeeren
100 Gramm Erdbeeren zur Garnierung

Zubereitung

Die Erdbeeren waschen, putzen und grob würfeln, dann mit den Himbeeren in eine Schüssel geben. Den Puderzucker mit Marc de Champagne verrühren und über die Früchte gießen. Gute 2 Stunden zugedeckt ziehen lassen.

Die Limettenschale dünn abreiben, dann den Saft auspressen.

In kaltem Wasser die Gelatine einweichen.

Die Kuvertüre grob hacken und in einem warmen Wasserbad schmelzen.

In einem Schneekessel Champagner, Zucker und drei Eigelb im heißen Wasserbad gute 10 Minuten cremig aufschlagen. Ausgedrückte Gelatine, Limettenschale und -saft sowie die aufgelöste Kuvertüre dazugeben. Die Masse im kalten Wasserbad so lange rühren, bis sie stockt. Eiweiß und Sahne getrennt steif schlagen, dann vorsichtig mit einem Schneebesen unter die Creme ziehen. Die im Marc de Champagne gezogenen Früchte in einem Sieb abtropfen lassen – die Flüssigkeit auffangen.

Einen großen Teller mit Klarsichtfolie bespannen und darauf eine Springform (20 cm Durchmesser) stellen. Nun die Löffelbiskuits an einer Seite gerade schneiden und bündig nebeneinander (gezuckerte Seite nach außen) rundherum an die Innenseite der Springform stellen. Die Creme hineinfüllen, schichtweise die Früchte einarbeiten (locker auf den einzelnen Cremeschichten verteilt). Für mindestens 5 Stunden (besser noch über Nacht) in den Kühlschrank.

Für das Beerenmus die gewaschenen und vom Strunk befreiten Erdbeeren grob würfeln. In einem schweren Topf den Puderzucker zu hellbraunem Karamell schmelzen. Himbeeren und Erdbeerwürfel hinzugeben und alles kurz aufkochen, bis der Karamell sich gelöst hat. Die Mischung nun kurz pürieren und danach durch ein feines Sieb streichen. Mit der Flüssigkeit der eingelegten Fruchtwürfel vermischen und abgedeckt in den Kühlschrank stellen.

Vorsichtig den Tortenring von der Charlotte heben und die Charlotte auf eine Servierplatte setzen. Jetzt die Erdbeeren zur Garnierung in Scheiben schneiden und kreisförmig auf der Charlotte verteilen. Mit Fruchtpüree servieren.

UNIVERSITÄT HAMBURG

INSTITUT FÜR KULINARISTIK

Vorlesung

»À votre santé! – Le Champagne, die Méthode champenoise und die dramatische Geschichte des legendärsten Schaumweins der Welt. Eine historisch-kritische Abhandlung. Mit einem Exkurs über die sowjetische Geschmacksverirrung Schampanskoje. Unter Auslassung aller Champagner, die eine Minznote aufweisen.«

Handout Nummer 783/42

Glossar

Agraffe
Die Agraffe (oder Muselet) ist ein Drahtkorb, welcher über dem Korken und dem Champagnerdeckel (franz. Capsule) einer Schaumweinflasche angebracht wird. Die Agraffe fixiert den Korken in der Flasche, damit dieser sich nicht durch den Innendruck der Flasche lösen kann.

Appellation Champagne AOP
Das Weinbaugebiet Champagne, im Nordosten Frankreichs gelegen, zählt zu den nördlichsten Europas. Durch ein Gesetz aus dem Jahr 1927 ist die Champagne auf ein Gebiet von 34 000 ha begrenzt, das sind rund 3 % der

gesamten Weinanbaufläche Frankreichs. 2008 wurde eine Erweiterung beschlossen, künftig dürfen Trauben für das edle Getränk in 357 statt wie bisher in 319 Gemeinden angebaut werden. Die Champagne unterliegt dem europäischen Ursprungsschutz AOP (Appellation d'Origine Protégée; die frühere Bezeichnung lautete AOC = Appellation d'Origine Contrôlée).

Assemblage

Bei der Assemblage werden verschiedene Grundweine (vins clairs) mit unterschiedlichen aromatischen und geschmacklichen Eigenschaften zu einer Cuvée vermählt. Sie können aus unterschiedlichen Anbaugebieten, Rebsorten und Jahrgängen sein. Das Ziel ist, einen Wein zu kreieren, der als Gesamtkunstwerk die Summe aller Grundweine übertrifft. Eine hohe Kunst des Kellermeisters.

Bewirtschaftung

Von der Gesamtrebfläche der Champagne gehören gut 90% den rund 15500 Winzern und nur knapp 10% den 299 Champagnerhäusern. Die Durchschnittsgröße eines Weinbaubetriebes in der Champagne liegt knapp über 2,1 Hektar.

Blanc de Blancs

Ein weißer Wein, der aus weißen Trauben, also ausschließlich aus Chardonnay oder den anderen zugelassenen weißen Trauben (Arbanne, Petit Meslier, Pinot Blanc, Pinot Gris), hergestellt wird.

Blanc de Noirs

Ein weißer Wein, der ausschließlich aus roten Trauben (Pinot Noir und Meunier) hergestellt wird. Da die Rotweintrauben wie Weißweintrauben behandelt werden, kommt es zu keiner Herauslösung der Farbstoffe aus den Beerenhäuten. Der Traubensaft an sich ist auch bei roten Trauben durchsichtig.

Boden

Der Boden der Champagne besteht überwiegend aus Kalkgestein – was sich sehr positiv auf die Bodenentwässerung und die Wasserversorgung der Rebstöcke auswirkt. An der Oberfläche finden sich auch Sedimente von Kreide, Mergel und Kalkstein. All das ist für die unverkennbaren mineralischen Noten im Champagner verantwortlich.

Capsule

Die Capsule ist der kleine Metalldeckel, der den Korken bedeckt und mit der Agraffe (dem Drahtkorb) fixiert wird. Jedes Champagnerhaus hat eigene Capsule, die bei Champagnerfreunden beliebte Sammelstücke sind. Besonders begehrt sind alte Exemplare. Der Fachausdruck der Sammlergemeinde ist *Placomusophilie.*

Cave

Als Cave bezeichnet man die meist unterirdisch liegenden Lagerkeller in der Champagne. Rund 250 Kilometer umfassen die Lagerstollen der Champagnerhäuser.

Chardonnay

Die wichtigste weiße Rebsorte der Champagne. Die anderen vier zugelassenen weißen Rebsorten (Arbanne, Petit Meslier, Pinot Gris, Pinot Blanc) haben gerade einmal eine Gesamtrebfläche von rund 100 Hektar, das sind nur 0,27 % des Weinbaugebiets Champagne.

Clos

»Clos« ist die Bezeichnung für einen einzelnen Weingarten (Mono-Cru), der von einer Mauer umgeben ist. Diese besonderen Weingärten werden auch oftmals einzeln zu Wein verarbeitet und als Einzellage abgefüllt.

Coteaux Champenois

Als Coteaux Champenois werden die seltenen Stillweine (rot wie weiß) der Champagne bezeichnet. Auch zu ihrer Herstellung werden nur die zugelassenen Rebsorten der Champagne verwendet. Rosé Coteaux Champenois wird am seltensten hergestellt.

Cru

»Cru« bedeutet wörtlich »Gewächs«, wird in der Champagne aber im Sinne von »Weingebiet rund um einen Ort« verwendet. In Frankreich ist Cru eine Prädikatsbezeichnung für höher klassifizierte Regionen, Lagen oder auch Weingüter.

Cuvée

Eine durch Assemblage geschaffene Vermählung aus verschiedenen Grundweinen. Fast jeder Champagner ist eine Cuvée.

Degorgieren

Beim Degorgieren werden die Heferückstände entfernt, welche sich durch das Rütteln im Flaschenhals ablagern. Dieser wird dafür in eine Kühlflüssigkeit eingetaucht, wodurch sich ein Eispfropfen bildet, der die Heferückstände umschließt. Wenn dann die Flasche geöffnet wird, schießt der Eispfropfen infolge des Flaschendrucks hinaus, der Verlust an Wein und Druck ist hierbei minimal. Es gibt auch die Möglichkeit, das Degorgieren per Hand (à la volée) durchzuführen, ohne Vereisen des Flaschenhalses. Der Verlust an Wein ist bei dieser Variante allerdings höher, und der Vorgang kann nur von sehr erfahrenen Degorgiermeistern durchgeführt werden. Großformatflaschen werden allerdings immer per Hand degorgiert. Der Mengenverlust in der Flasche nach dem Degorgieren wird mit dem »Liqueur de Dosage« aufgefüllt, und auch der gewünschte Restzuckergehalt wird in diesem Prozess eingestellt.

Dosage

Die Zugabe von (zumeist) in Wein gelöstem Zucker oder einer Süßreserve von Champagnergrundweinen zur Erzielung des gewünschten Süßegrads. Die Dosage wird auch als »Liqueur de Dosage« oder »Liqueur d'Expédition« bezeichnet. Je nach Zuckergehalt der Dosage wird der Champagner wie folgt auf dem Etikett bezeichnet:

- Brut Nature (naturherb) unter 3 g Zucker pro Liter
- Pas dosé unter 3 g Zucker pro Liter
- Dosage zéro unter 3 g Zucker pro Liter
- Zéro unter 3 g Zucker pro Liter
- Extra-Brut (extra herb) zwischen 0 und 6 g Zucker pro Liter
- Brut (herb) unter 12 g Zucker pro Liter
- Extra-Dry (extra trocken) zwischen 12 und 17 g Zucker pro Liter
- Sec (trocken) zwischen 17 und 32 g Zucker pro Liter
- Demi-Sec (halbtrocken) zwischen 32 und 50 g Zucker pro Liter
- Doux (mild) über 50 g Zucker pro Liter

Druck

In einer 0,75-l-Flasche Champagner sind normalerweise rund 5 Liter Kohlendioxid gebunden. Je mehr Kohlendioxid und Druck im Champagner enthalten sind, desto größer sind die Perlen. Ältere Champagner, die nicht mehr über viel Flaschendruck verfügen, moussieren deshalb prinzipiell feiner. Je stärker ein Champagner moussiert, umso schneller verliert er an Druck und gleichzeitig auch an Aromen.

Flaschenformate

- 0,2 l Quart/Piccolo/Viertelflasche
- 0,375 l Demi/Filette/Halbflasche
- 0,75 l Normalflasche
- 1,5 l Magnum
- 3 l Jeroboam (Doppelmagnum)
- 4,5 l Rehoboam
- 6 l Methusalem
- 9 l Salmanazar
- 12 l Balthazar
- 15 l Nebukadnezar
- 18 l Melchior bzw. Goliath
- 26,25 l Souverain oder Sovereign
- 27 l Primat
- 30 l Melchisedech bzw. Midas

Flaschengärung

Durch die erste (alkoholische Gärung) entsteht Stillwein. Die zweite Gärung (pris de mousse) sorgt für das »Prickeln« und dauert etwa 6 bis 8 Wochen. Dabei wandeln Hefekulturen den Zucker in Alkohol und Kohlendioxid um. Nachdem die Schaumbildung abgeschlossen ist, sterben die Hefekulturen durch die Autolyse nach und nach ab. Dabei löst sich der Zellinhalt der Hefen auf und setzt Moleküle frei, die mit denen des Weines interagieren.

Foudre

Die großen, klassischen Holzfässer der Champagne mit Füllmengen von 3000 Liter und mehr.

Grand Cru

Mit dieser höchsten Qualitätsstufe sind 17 Gemeinden der Champagne klassifiziert. Nur wenn die Trauben zu 100 % aus einer Grand-Cru-Gemeinde stammen, darf die Bezeichnung Grand Cru auf dem Etikett verwendet werden.

Grundwein
Der Grundwein für die Champagnerproduktion nach der alkoholischen Gärung wird als »vin clair« bezeichnet. Vins clairs lagern sorten- und jahrgangsrein im Keller. Verschiedene von ihnen werden bei der Assemblage dann für die Flaschenvergärung verschnitten.

Jahrgangswein
Ein Champagner, dessen Trauben ausschließlich aus einem Jahrgang stammen. Nicht in jedem Jahr sind die Trauben so gut, dass ein »Millésime« erzeugt wird. Diese Champagner besitzen besonders viel Charakter und spiegeln den Jahrgang wider. Die meisten Champagner sind keine Jahrgangsweine. Die Standardsorten der Champagnerhäuser werden aus Weinen mehrerer Jahrgänge zusammengestellt und tragen deshalb keine Jahrgangsbezeichnung.

Korken
Champagnerkorken bestehen aus einem Korkgranulat, auf das zwei Scheiben Naturkork geklebt werden. Diese Naturkorkscheiben, die mit dem Champagner in Kontakt kommen, nennt man »Miroir« oder Spiegel. Alle Korken müssen mit der Angabe »Champagne« und bei Jahrgangschampagner auch dem Jahrgang bedruckt sein.

Lagerung
Da der Kork durch das enthaltene Kohlendioxid in Champagnerflaschen nicht austrocknen kann, können diese stehend gelagert werden. Die stehende Lagerung wird von den Champagnerhäusern sogar empfohlen, da bei langer liegender Lagerung der Kork stark beansprucht wird, was zur Durchlässigkeit und somit zur Oxidation und zum Verlust von Kohlendioxid führt.

Lese

In der Champagne werden die Trauben ausschließlich per Hand gelesen. Die Lesebehälter (unter anderem auch Körbe) fassen maximal 50 kg Trauben und werden »Mannequins« genannt.

Liqueur de tirage

Der »Liqueur de tirage« wird dem Grundwein (oder der Cuvée) für die zweite Gärung hinzugefügt. Er besteht aus Zucker, Hefe und Hilfsstoffen für das Rüttelverfahren. Ohne ihn würde es nicht zu einer zweiten Gärung kommen, welche zur Kohlendioxidbildung führt. Bei der Herstellung von Rosé-Champagner kann der »Liqueur de tirage« auch roten Stillwein enthalten.

Meunier

Die Rebsorte Meunier hat 32 % Anteil an der Gesamtfläche. Vorwiegend wird sie im Vallée de la Marne angebaut. Charakteristisch für die Meunier im Champagner sind die Geschmeidigkeit am Gaumen sowie das weiche und fruchtige Bouquet.

Mindestreifezeit

Die gesetzliche Mindestreifezeit für jahrgangslosen Champagner (sans année) beträgt in der Flasche 15 Monate, davon müssen mindestens 12 Monate auf dem sogenannten Hefesatz erfolgen. Jahrgangschampagner müssen mindestens 36 Monate lagern – die besten lagern allerdings bedeutend länger.

Mono-Cépage

Als Mono-Cépage werden Champagner bezeichnet, die ausschließlich aus einer Rebsorte hergestellt werden.

Mousseux
Das kräftige Schäumen eines Weins wird als Mousseux bezeichnet, schwaches Perlen als Pétillant.

Perlage
Das Verhalten, die Größe und die Textur der vielen Kohlendioxidperlen im Champagner werden als Perlage bezeichnet. Der Physiker Gérard Liger-Belair versuchte die Perlen zu zählen und erhielt dank einer Hochgeschwindigkeitskamera ein Ergebnis: durchschnittlich 14 Millionen Kohlendioxidperlen sind in einer 0,75-l-Flasche enthalten, also rund 2 Millionen Bläschen in einem 0,10-l-Glas Champagner.

Pièce champenoise
Ein Eichenfass mit einem Volumen von 205 Liter. Es wird (genau wie andere Fasstypen und Tanks) für den Ausbau der Grundweine und die Lagerung der Reserveweine in der Champagne verwendet.

Pinot Noir
Dies ist mit einem Anteil von 39 % nicht nur die wichtigste rote Rebsorte, sondern die wichtigste Rebsorte der Champagne überhaupt. Angebaut wird sie vorwiegend an der Montagne de Reims und der Côte des Bar. Pinot Noir verleiht Champagnern einen Duft nach roten Früchten sowie Kraft, Körper und Tiefe.

Poignettage
Als Poignettage wird der Prozess bezeichnet, bei dem die Champagnerflaschen heftig geschüttelt werden, damit sich die gerade eingefüllte Dosage im Wein gleichmäßig verteilen kann.

Premier Cru

Mit dieser zweithöchsten Qualitätsstufe sind 44 Gemeinden der Champagne klassifiziert. Nur wenn die Trauben zu 100 % aus einer Premier-Cru-Gemeinde stammen oder ein Cuvée aus Grand Cru und Premier-Cru-Gemeinden sind, darf die Bezeichnung Premier Cru auf dem Etikett verwendet werden.

Pressen

In der Champagne ist gesetzlich die Ganztraubenpressung vorgeschrieben. Dies geschieht in über 1900 über das gesamte Gebiet verteilten Presshäusern. Sowohl der Pressvorgang wie auch die Ausbeute sind zur Qualitätssicherung gesetzlich streng geregelt. Zum Beispiel muss jede Rebsorte einzeln gepresst werden. Pro Pressvorgang werden 4000 kg Trauben verarbeitet, aus denen nur 25,5 Hektoliter Most gewonnen werden dürfen. Bei der Pressung trennt man die ersten 20,5 Hektoliter, die »Cuvée«, von den folgenden 5 Hektolitern, der »Taille«. Die beiden Arten von Most sind sehr unterschiedlich. Die Cuvée enthält besonders reinen Saft aus dem Fruchtfleisch, dieser ist sehr zucker- und säurehaltig, äußerst vielschichtig und weist subtile Aromen auf. Die Taille ist ebenfalls sehr zuckerhaltig, verfügt über weniger Säure, besitzt dafür jedoch viele Mineralsalze und Farbstoffe. In der Jugend sind die Weine der Taille sehr intensiv und aromatisch, verfügen aber nicht über eine sehr lange Lagerfähigkeit.

Prestige Cuvée

Ein Champagner mit oder ohne Jahrgang, der aus den besten Grund- und Reserveweinen kreiert wird.

Pupitre
Pupitre bedeutet Rüttelpult. Das Rüttelpult ist ein A-förmiger Holzständer mit Löchern. In diese werden die Schaumweinflaschen mit dem Flaschenhals hineingesteckt, um manuell gerüttelt zu werden. Siehe: Remuage.

Remuage (Rütteln)
Nach der Reifezeit im Rüttelpult muss der Wein von der Hefe getrennt werden – dies geschieht durch die Remuage. Durch diese wird das Hefedepot in den Flaschenhals befördert, sodass es beim Degorgieren leicht zu entfernen ist. Die Flasche wird dafür peu à peu von der liegenden Position (sur lattes) durch kurzes Rütteln, Drehen und steileres Aufstellen über mehrere Tage hinweg in die Kopfüber-Lage (sur pointe) gebracht, sodass sich die Sedimente im Flaschenhals sammeln. Das Rütteln erfolgt entweder per Hand im Rüttelpult (Pupitre) oder maschinell. Bis zum Degorgieren werden die Flaschen nach dem Rütteln kopfüber gelagert.

Rosé-Champagner
Rosé-Champagner wird entweder durch Einmaischen (Saignée-Methode) oder die Zugabe von rotem Stillwein (Assemblage-Methode) hergestellt.

Reservewein
Ein Stillwein, der zur Verwendung bei der Vermählung des Grundweins jahrgangsloser Champagner aufbewahrt wird.

Sans année
Ohne Jahrgang. Der Hauptteil der produzierten Champagner ist jahrgangslos.

Serviertemperatur

Die richtige Serviertemperatur ist wichtig für die Entfaltung der Aromen des Champagners. Ist sie zu kalt, können sich die Aromen nicht vollständig entfalten, ist sie zu warm, entweicht das Kohlendioxid zu schnell. Als ideal gelten 6 °C bis 8 °C. Besonders einige Spitzenchampagner vertragen auch höhere Temperaturen.

Solera

Beim Solera-Verfahren werden Reserveweine im Edelstahltank oder im großen Holzfass gelagert, wobei jedes Jahr ein Teil für die Abrundung der aktuellen Champagner-Grundweine entnommen und die fehlende Menge in der Solera mit vins clairs der aktuellen Ernte aufgefüllt wird.

Sur lie

Lagerung auf der Hefe. Sie wird einerseits beim Grundwein im Eichenfass oder Edelstahltank durchgeführt und andererseits nach der Beendigung der zweiten Gärung auf der Flasche.

Terroir

Der Begriff Terroir umfasst viele Einzelelemente, die einen Wein prägen, darunter Boden, Klima, Höhenlage, Ausrichtung des Weinberges, aber auch die einzigartige Handschrift eines Winzers. Als »goût de terroir« wird der entsprechend einzigartige Geschmack und Geruch im Wein bezeichnet.

Tirage

Die Abfüllung der fertigen Cuvée für die zweite Gärung auf der Flasche. Dafür wird sie mit dem »Liqueur de Tirage« versetzt. Frühestens am 1. Januar nach der Weinlese darf die Tirage erfolgen.

Vendange
Die französische Bezeichnung für Weinlese.

Vieilles vignes
Dieser Begriff wird für alte Rebstöcke verwendet, wobei das Alter nicht gesetzlich geregelt ist. Wird oftmals auch mit »VV« abgekürzt.

DANKSAGUNG

Mein Dank gilt zuallererst den Champagnerhäusern und -winzern, die mir so viele prickelnde Momente beschert haben. Sie haben wirklich eines der wunderbarsten Getränke der Welt geschaffen!

Weiterhin möchte ich meinen engagierten Erstleserinnen und Erstlesern Vanessa Rehme, Dr. Kerstin Wolff, Lars Schultze-Kossack, Gerd Henn und Uwe Voehl danken für ihre Zeit, ihre Aufmerksamkeit, ihre Anregungen. Mein Dank gilt auch Andreas Lelke und Ingmar Püschel, die mich in der Champagne begleitet und mit mir die ein oder andere Flasche geleert haben. Meiner Yogalehrerin Mie-Sook Mahlberg möchte ich für unendliche Stunden der Qualen danken und das wunderbare Gefühl im Körper, wenn die Übungen vorbei sind. An meine Kollegen Andreas Izquierdo und Judith Merchant Dank für wertvolle Gespräche, an meine Lektorin Kerstin von Dobschütz für ihren Einsatz und ihr Verständnis, was rheinische Autoren betrifft, und nicht zuletzt Dank an das wunderbare Team von Staatl. Fachingen, das mir einen tiefen Einblick in die Welt des Heilwassers gestattete und mich ihr Werk im schönen Lahntal besuchen ließ.

Liebe in Zeiten der Apfelblüte

* Cover- und Preisänderungen vorbehalten

Carsten Sebastian Henn

Das Apfelblütenfest

Roman

Piper Taschenbuch, 352 Seiten
€ 10,00 [D], € 10,30 [A]*
ISBN 978-3-492-31094-9

Jules war neun Jahre alt, als er eine Stellenanzeige in einen Baum im Apfelhain der Familie ritzte. Er suchte damals eine Haushälterin für seinen Vater, dem nach dem Tod seiner Frau alles über den Kopf wuchs. Seitdem sind zwanzig Jahre vergangen, Jules' Vater ist längst tot und er selbst hat das Hofgut übernommen, auf dem Calvados und Cidre produziert werden. Und plötzlich bewirbt sich Lilou um die Stelle, eine fröhliche, eigensinnige junge Frau. Jules' Herz beginnt sich zu öffnen …

Leseproben, E-Books und mehr unter **www.piper.de**

Mörderisches Elsass

Jean Jacques Laurent

Elsässer Erbschaften

Ein Fall für Major Jules Gabin

Piper Taschenbuch, 288 Seiten
€ 9,99 [D], € 10,30 [A]*
ISBN 978-3-492-31016-1

Bereits Major Jules Gabins erster Fall in dem Elsässer Städtchen Rebenheim bringt Unruhe in die sonst so verschlafenen Fachwerkgässchen. In einem brach liegenden Weinberg wurde eine junge Frau erschlagen. Was wollte die Lokalreporterin auf dem verwilderten Grundstück? War sie einer brisanten Story auf der Spur? Während seine Herbergsmutter noch versucht, ihn an Flammkuchen und Silvaner zu gewöhnen, hat Gabin schon bald einen ersten Verdächtigen ausgemacht …

* Cover- und Preisänderungen vorbehalten

Leseproben, E-Books und mehr unter www.piper.de

Von Mördern und anderem Ungeziefer

Arthur Escroyne

Der Killer im Lorbeer

Kriminalroman

Aus dem Englischen
von Rudolf Katzer
Piper Taschenbuch, 304 Seiten
€ 9,99 [D], € 10,30 [A]*
ISBN 978-3-492-30479-5

Der Mörder ist nicht immer der Gärtner, im Gegenteil: Arthur Escroyne, 36. Earl von Sutherly und passionierter Hobbygärtner, unterstützt seine Verlobte Detective Inspector Rosemary Daybell bei der Aufklärung eines Mordfalls. Und das, obwohl sich in seinem Garten gerade weitaus schwerwiegendere Katastrophen zutragen ...

* Cover- und Preisänderungen vorbehalten

Leseproben, E-Books und mehr unter www.piper.de